DER VORHANG
oder
Das Stück ist nicht zu Ende
wenn der Vorhang fällt

Rohna Buehler

DER VORHANG

oder

DAS STÜCK IST NICHT ZU ENDE
WENN DER VORHANG FÄLLT

Bibliografische Information der Deutschen Nationalbibliothek:
Die Deutsche Nationalbibliothek verzeichnet diese Publikation in der
Deutschen Nationalbibliografie; detaillierte bibliografische Daten sind
im Internet über http://dnb.dnb.de abrufbar.

TWENTYSIX – Der Self-Publishing-Verlag
Eine Kooperation zwischen der Verlagsgruppe Random House
und BoD – Books on Demand

ISBN 9 783740 708979

11,99 EURO

Herstellung und Verlag:: BoD – Books on Demand, Norderstedt

"Das Leben schlägt Haken, ebenso banal wie unglaublich."

(Zitat der Protagonistin)

Teil I

Sofia

"Können Sie die Augen aufmachen?"

Sie will ja sagen.

Aber sie kann nicht sprechen, sie kann auch nicht die Augen öffnen, taumelt in einem Gewitter von Lichtblitzen, ausgeliefert ihren Schlägen, wie Ohrfeigen prasseln sie auf sie ein, sie findet keinen Halt, bis sie schließlich auftaucht aus dem Ortlosen und weiß, wo sie ist. Und da ist auch der Schmerz, sie ist eingeschlossen in ihm, hört Stimmen wie unter einer Watteschicht, sie versteht nicht, was sie sagen, manchmal entfernen sie sich, kommen wieder näher, und sie kann immer noch nicht sprechen, ihr Leib brennt, wird von Händen gepackt, von links nach rechts gerollt, um die Mitte eingewickelt wie ein Gegenstand. Sie stöhnt, ihre Zunge will ihr nicht gehorchen. "Es tut weh", lallt sie. Eine Stimme über ihr sagt: "Die Operation ist gut verlaufen, wir werden Sie jetzt hinüber bringen." Ihr Körper wird hoch gehoben, wieder abgelegt, sie wird hinaus geschoben, irgendwo abgestellt. Jemand befingert ihren linken Handrücken. Eine Stimme über ihrem Gesicht sagt: "In der Infusion ist ein Schmerzmittel, Sie werden sich bald besser fühlen und schlafen können. Alles wird gut." Etwas wird über ihre Brust gelegt. "Hier ist die Klingel, wenn Sie mich brauchen, klingeln Sie." Schritte, die sich entfernen.

Wenn nur dieser Schmerz aufhört! Beweg dich nicht, lass die Augen zu, denk nicht an ihn, beobachte ihn nicht, er ist in deinem Körper, aber er gehört nicht zu dir, lass ihn nur zu, er wird schon gehen, wenn es soweit ist.

Sie stellt sich den Weg der Infusionsflüssigkeit vor, folgt ihr durch die Blutbahnen bis sie das Ziel erreicht, den Schmerz einkreist und ausmerzt. Dankbar überlässt sie sich der Dunkelheit des Schlafes.

*

Ina

"Untersteh dich, das Licht anzumachen, Ina, du hast jetzt eine halbe Stunde Zeit zum Nachdenken."

Das Kind sitzt auf der obersten Stufe der Kellertreppe und wagt nicht, hinunter zu sehen. Die Mutter hat die Tür abgeschlossen, Ina hört ihrem schnellen Schritt auf den Steinfliesen hinterher. Sie umschlingt ihre Knie mit beiden Händen, legt den Kopf darauf und kneift die Augen zu. Niemand kann sie nun sehen, denn in ihr ist auch nichts zu sehen, nichts, vor dem sie Angst haben muss, alles ist so gleichmäßig schwarz, keine buckligen Schatten wie die da unten. Nur nicht bewegen! Sie werden sie sonst entdecken, zu ihr hinauf klettern, sie packen und mitnehmen. Sie bleibt ganz still sitzen. Einmal will sie aufstehen, um sich nach dem Lichtschalter zu recken, aber den hat die Mutter – die ist ja groß genug – immer selbst herumgedreht, wenn sie zusammen in den Keller gegangen waren, um ein Glas Kirschen herauf zu holen. Eins von denen, die die Oma im Sommer eingeweckt hatte, als es so heiß war und der Vater Wasser in die alte Badewanne im Garten hatte laufen lassen, weil sie mit Theo und Erika drin spielen wollte. Ab und zu war Theo heraus gestiegen und hatte ins Beet gepinkelt, Ina hatte gesehen, wie er es gemacht hatte, und als die Mutter oben aus dem Fenster geguckt hatte, war sie aus der Wanne hochgeschnellt, hatte das viel zu weite Stoffhöschen vorn zusammen gedreht und ausgewrungen, bis das Wasser in einem dünnen Strahl herauslief und gerufen: "Guck mal, ich kann auch wie der Theo!" Die Mutter war böse geworden und hatte befohlen, sofort herein zu kommen. Es gab nur ein Butterbrot zum Abendessen und dann ging's *ab ins Bett!*, obwohl es noch viel zu hell zum Schlafen war. Es war wohl nicht recht gewesen, den Theo nachzumachen. Es war auch nicht recht gewesen, sich aus dem Portemonnaie auf dem Küchentisch ein Geldstück zu nehmen und beim Eismann ein Schokoladeneis zu holen. Sonst hatte ihr die Mutter am Samstag immer eins gekauft. Aber heute war sie nicht da gewesen. Und den Vater durfte man nicht stören, wenn er am Schreibtisch saß. Der Schreibtisch war auch so etwas Dunkles, so etwas Großes und Dunkles. Aber nicht so dunkel wie der Keller. Unter dem Schreibtisch konnte man durchkriechen und sich zwischen den beiden Schubladenhälften verstecken. Im Keller verstecken war nicht so gut, die Tür musste offen bleiben, damit es wenigstens noch ein bisschen hell war. Hier unten konnte man es manchmal auch rascheln hören, das waren die Mäuse, die hatten ein schönes, weiches Fell, aber wenn sie in der Falle klemmten, war es ganz platt gedrückt. Es roch auch so komisch hier, so nach alter Luft, vielleicht kam das von den Kartoffeln, aus denen weiße Würmer heraus wuchsen, Mutter knipste sie einfach ab und machte Pellkartoffeln und davon dann Kartoffelsalat. Der schmeckte gut, besonders, wenn es dazu noch ...

Das Kind fuhr zusammen.

Da hatte sich doch etwas bewegt!

Es öffnete die Augen, ganz weit öffnete es sie, klammerte den Blick an den schmalen Streifen Helligkeit zwischen der geschwärzten, handbreit geöffneten Fensterscheibe und der Wand. Wenigstens ein bisschen hell war es da noch, sicher würde die Mutter gleich kommen und das Licht anmachen. Unten an der Wand glänzten die Brikettstapel. Erst in der letzten Woche hatten Männer die Kohlen mit ihren Schaufeln durch das Fenster in den Keller geworfen und sie aufgeschichtet. Ein schönes Muster war das, immer drei nebeneinander, mal so herum und dann wieder anders herum ...

Jetzt schrie das Kind auf, es hatte gekracht da unten, es rumpelte und klackerte, etwas klapperte hinterher.

Wieder Stille.

So still war es jetzt, dass es seinen eigenen Atem hörte, der ging so schnell und tat ihm weh in der Brust, und vor lauter Wehtun fühlte es kaum, dass da etwas war an seinem Bein, es war weich. Es miaute und rieb seinen Kopf an dem Bein. "Ach du bist es, Max", sagte es mit einer ganz hohen Stimme, so hoch, als ob es schon weinen wolle, "wo kommst du denn her?" Es schlang seine Arme um den großen Kater. Nun war es nicht mehr allein im Dunkeln.

Der Schlüssel knirschte im Schloss, die Tür knarrte, die Mutter stand da und drehte den Lichtschalter.

"Was ist denn da passiert!", rief sie über Inas Kopf hinweg, "wie konnte denn der ganze Stapel zusammenbrechen? Bist du da unten gewesen? "

"Ich sitz doch hier, die ganze Zeit sitz ich hier, und da ist der Max auf einmal da gewesen, als es so gekracht hat ..."

"Komm jetzt", sagte die Mutter und zog das Kind hoch. "Hast du nachgedacht, Ina?"

"Ja", flüsterte das Kind, "ich muss immer erst fragen, wenn ich etwas haben möchte."

*

Sofia

Mitten in der Nacht wurde sie wach, fand sich nicht gleich zurecht im Dämmer des Krankenzimmers. Sie sah den Infusionsständer neben ihrem Bett, die baumelnde Flasche, ein ovaler Schatten vor dem blassen Viereck des Fensters hinter den geschlossenen Vorhängen, den dünnen Schlauch, der aus ihr heraushing, bevor er im Dunkel untertauchte. Ein Schalter glühte rot an der Wand im Eingang neben der Toilette, Tür und Decke schimmerten mattrosa in seinem Licht. Sie tastete nach der Klingel, stieß dabei an die Kanüle in ihrem linken Handrücken. Sie zuckte zusammen, ihre Bauchdecke spannte sich. Dieser scharfe Schmerz! Und alles war wieder da. Ihr Erschrecken über die Diagnose, die zuversichtlichen Worte des Arztes, die OP. Sie erinnerte sich an ihre Angst, die sie mit Ergebung ins Unvermeidliche hatte klein halten wollen, an die Narkoseärztin neben ihrem Transportbett. Über alle Flure und Aufzüge bis in den Operationssaal, die Hand beruhigend auf ihren Arm gelegt, war sie neben ihr hergegangen, während sie sich über Alltägliches unterhalten hatten, so, als müsse sie sich keine Sorgen über den Fortbestand des Alltäglichen machen. Auf dem Tisch in der Kälte des Operationssaales, dürftig bedeckt von dem dünnen OP-Hemd, hatte sie ein Zittern befallen, man legte ihr noch ein Tuch über, sie fühlte sich ausgeliefert, hingestreckt auf einem Opfertisch, ihr Körper den blinkenden Apparaturen dargeboten, ihren Skalen, Nadeln und Kurven. Gesichter hinter weißen Masken würden sich über sie beugen, scharfkantiges Werkzeug in latexumhüllten Händen, zielsicher unter grellem Licht. Für einen kurzen Moment hatte sie sich wie die Hauptdarstellerin in einem Theaterstück gefühlt, hatte versucht, in diese Vorstellung zu fliehen, sich abzulenken von der Wirklichkeit, von der Diagnose, die sie hierher gebracht hatte. Leiomyome seien gutartige Tumore der Organe mit glatter Muskulatur, vorwiegend des Uterus wie in ihrem Fall, hatte der Arzt ihr erklärt. Es gäbe auch die bösartige Variante der Leiomy-

11

osarkome, da komme fast immer jede OP zu spät, und da die Probeentnahme ein nicht unbedenkliches Zellwachstum gezeigt habe, empfehle er ihr die vorsorgliche Entfernung des Uterus. Ob sie noch Kinder wolle – er hatte einen Blick auf das Patientenblatt geworfen –, sie sei ja noch so jung. Sie hatte sich Bedenkzeit erbeten, um nicht wie eine karrieresüchtige Egoistin dazustehen. In Wirklichkeit hatte sie diese Zeit nur gebraucht, um abzuwägen zwischen ihrer momentanen Ablehnung und einem möglichen zukünftigen Kinderwunsch. Nie und nimmer aber um ein tödliches Risiko! Leben wollte sie! Ihr Leben, das eigentlich erst vor acht Jahren angefangen hatte.

Sie war noch einmal eingeschlafen, nachdem die Nachtschwester eine Beruhigungstablette mit einem Glas Wasser gebracht und ihre Schulter leicht angehoben hatte, damit sie trinken konnte, jede Anspannung der Bauchmuskulatur zerrte schmerzhaft an der Wundnaht. Das scheuernde Geräusch beim Zurückziehen der Vorhänge weckte sie. Es war noch früh, der Tag begann vor dem Fenster mit einem dunstiggrauen Himmel.

"Haben Sie noch ein wenig schlafen können, Frau Berger? Was machen die Schmerzen?" Schwester Beate, die sie zwei Tage zuvor in Empfang genommen hatte, zog die Blutdruckmanschette stramm.

"Wenn ich mich nicht bewege, erträglich, momentan ist es nur ein Druckgefühl, Aber lassen Sie mir auf jeden Fall eine Schmerztablette hier."

"Sie werden sich etwas bewegen müssen, schon wegen der Trombosegefahr. Heute Nachmittag vielleicht mal hinsetzen und die Beine aus dem Bett hängen lassen." Sie sah auf das Messgerät. "Das ist okay. Ich hänge Ihnen noch eine neue Infusion an, ein Schmerzmittel ist drin."

"Wann kann ich etwas essen?"

"Heute Abend dürfen sie etwas Kartoffelpüree zu sich nehmen, trinken können Sie, soviel Sie wollen."

Sie würde sich gedulden müssen. Mit dem Essen, mit dem Genesungsprozess, mit dem Leben, dem so jäh eine Zäsur gesetzt wurde.

Sie war sehr spät von der Probe nach Hause gekommen – sieben Wochen war es nun her –, erschöpft von der Anstrengung, die Angst im Zaum zu halten, die sie regelmäßig in der Anfangsszene des neuen Stückes überfiel. Nach der Probe hatte sie eine Ablenkung gebraucht, war noch mit den Kollegen ins Theatercafé gegangen, während Stefan gleich nach Hause strebte. Mehrfach hatte sie ihn gebeten, ihre Rolle mit Irma tauschen zu dürfen, die Clea sei doch eher ihr wie auf den Leib geschrieben – spontan, mutwillig, gefühlsbetont und ein kleines bisschen böse –, Irma habe nichts dagegen, die Carol zu übernehmen. Stefan war hart geblieben. Er liebe ihr komödiantisches Talent, mit dem sie der jungen, hübschen, sehr verwöhnten und sehr dummen Verlobten eines talentlosen Künstlers Facetten abgewinnen könne, die sie sogar in deren Höhere-Tochter-Gehabe liebenswert machten. Die berechnende Clea, die aus der Dunkelheit eine dramatische Situation entwickelt, sei hingegen bei Irma gut aufgehoben.

Sofia hatte gezögert, mehr von den Ängsten preiszugeben, die sie nun immer häufiger befielen. Sie verstand sie selbst nicht. Probleme machte ihr nicht die Rolle, sie liebte sie sogar, jedenfalls den weitaus überwiegenden Teil. Der Beginn der Komödie jedoch mit einer Szene auf stockdunkler Bühne war jedes Mal beklemmend, plötzliche Versagensängste, die nichts mit Lampenfieber gemein hatten. Für sie hatte es immer nur die freudige Erregung gegeben, ein fiebriges Warten auf den Moment, in dem sie in eine andere Haut schlüpfte, sie auslotete nach dem, was sie in ihr von sich selbst zu finden hoffte. Sie richtete sich ein in dieser Person, konnte sie kaum wieder loslassen. Oft erst dann, wenn sie sich wieder in eine neue Rolle begab, in die sie mit derselben, unerbittlichen Aufgabe ihrer eigenen Person hineinkroch. Bei dieser *Komödie im Dunkeln* war sie erst in ihrer Figur angekommen, wenn das Bühnenlicht aufleuchtete und alle Schauspieler so agierten, als sei es dunkel – eine witzige Umkehrung der Spielweisen im Hellen und im Dunklen. Bis dahin aber, bis sie im Licht so spielen durfte, als taste sie sich durch die Dunkelheit, fühlte sie die Angst wie einen Eisenring um ihre Brust, konnte sich kaum über die Bühne bewegen und musste doch Sicherheit zeigen, fürchtete, ihren Text nicht präsent zu haben, weil sie so sehr damit beschäftigt war, ihren Atem ruhig zu halten. Endlich dann die Umarmungsszene mit Harald, nur ein kurzer Dialog mit ihrem Bühnenverlobten, der im Dunkeln seine Hände weiter wandern ließ, als die Rolle forderte. Sie ließ ihn gewähren, war nur froh, einen Körperkontakt zu haben, der ihr die Einsamkeit in der Angst nahm. Danach lief alles wunderbar. Bis zur nächsten Probe. In der entspannten Atmosphäre des Cafés, bei einem Glas Rotwein, verschwanden die Ängste.

Beim Nachhausekommen sah sie noch Licht in Stefans Arbeitszimmer.

"Du bist noch auf?"

Er saß am Schreibtisch, den Kopf über ein Papier gebeugt.

"Da bist du ja endlich, Sofia!"

Er drehte sich um zu ihr, erhob sich, Vorwurf und Ungeduld in der Stimme, blieb stehen, die Hand auf der Stuhllehne.

"Ich muss mit dir reden."

Er sah müde aus, wenn auch seltsam entschlossen in der Art, wie sich die dichten schwarzen Augenbrauen über der Nasenwurzel zusammenzogen, so, als habe ihn der Entschluss Kraft gekostet. Oder war es Wut, die ihm zusetzte und ihn nicht länger auf einen günstigeren Zeitpunkt warten lassen wollte?

"Jetzt?" Ihr Blick ging zur Uhr. "Ist es so wichtig? Ich muss ins Bett."

"Jetzt, Sofia." Er setzte sich auf die Couch, ruhig jetzt, da er den Anfang gefunden hatte. "Komm, setz dich."

Sie zögerte. In ihrer Müdigkeit hatte sie nicht die Kraft, sich seinem Wunsch zu widersetzen. Sie streifte den Mantel von der Schulter, ließ sich in den Sessel fallen, sah ihn an. Er wich ihrem Blick aus, sah geradeaus über ihren Kopf hinweg in die Nacht hinter der Fensterscheibe.

"In der nächsten Spielzeit werde ich nach Hamburg gehen, das *Thalia* hat mir einen Vertrag angeboten. Schon vor einem halben Jahr. Ich habe angenommen."

Sie war plötzlich hellwach, richtete sich kerzengerade auf.

"Das ist ja wunderbar! Warum erzählst du mir erst jetzt davon?" Sie warf den Kopf in den Nacken. "Mein Gott, welche Perspektiven!"

"Ich werde allein gehen, Sofia."

Stefan sah sie nun an, nachdrücklich, direkt.

Sie holte Luft, ihr Oberkörper richtete sich auf, als wolle sie etwas sagen, dann schüttelte sie den Kopf, starrte ihn an.

"Das kannst du nicht tun", sagte sie leise, "du kannst mich nicht allein lassen. Warum sagst du so etwas?"

Er griff in seine Hosentasche, warf wortlos eine Tablettenpackung auf den Tisch. Als wolle er die Reaktion in ihrem Gesicht nicht mit ansehen, stand er auf und ging zum Fenster, blickte hinaus, obwohl es außer der Finsternis da draußen nichts zu sehen gab. Die Scheibe spiegelte den Raum, ihren Schatten, über die Knie gebeugt, die Hände vors Gesicht geschlagen, fast verschwunden unter der Wolke ihrer Haare.

"Ich kann nicht", hörte er sie flüstern, "ich bin noch nicht so weit, lass mir Zeit."

Alle Zeit der Welt hatte er ihr gegeben, acht lange Jahre. Er hatte ihr zu dem verholfen, was sie nun war und immer hatte sein wollen – eine Schauspielerin, die keine Rollen darstellte sondern lebte, und es war fast beängstigend, darauf warten zu müssen, wann sie wieder sie selbst sein würde. Die einzige Rolle – das wusste er nun –, die sie nicht hatte annehmen wollen, war die einer Mutter, der Mutter seiner Kinder. Er war vernarrt gewesen in sie, schon fast sofort, als er sie kennen lernte, eine zwanzigjährige Musikstudentin, war fasziniert von ihrem schauspielerischen Temperament, der Spontaneität, mit der sie sich in die Figur der Krächze in John Ardens Stück *Leben wie die Schweine* hinein gefunden hatte. Kurzerhand hatte er sie für die erkrankte Greta Ganden eingesetzt, drei anderen Schauspielerinnen vorgezogen. Sofia konnte singen, hatte während ihrer Schul- und Studienzeit in einer Theatergruppe Erfahrung für die Bühne gesammelt. Aus der alten Krächze wurde eine junge, schrullige Person, eine verhinderte Diseuse, die bei jeder sich bietenden Gelegenheit ihren Kommentar singend abgab. Sie machte aus der Nebenrolle eine Figur, die den Szenen etwas Kabarettistisches gab, auch eine Leichtigkeit, die dem sozialkritischen Engagement des Autors den pädagogischen Zeigefinger mit Lust verdarb. Das Stück hatte unerwarteten Zulauf, der Regisseur wurde in der Presse gelobt, seine Behandlung der Thematik als neu und originell gefeiert. Sofia blieb. Wurde seine Muse, bald schon seine Frau. Er, der Mittvierziger, mit einer jungen Frau! Endlich würde er eine Familie haben, Kinder, begabt mit der Fröhlichkeit und Lebenslust ihrer Mutter, für ihn mit neuen Aufgaben und Veränderung seines im Ernsthaften erstarrten Lebens. Er sehe verjüngt aus, hatten Freunde ihm schon wenige Monate nach der Hochzeit zugeflüstert, ob er Vaterfreuden entgegensehe. So wie sie, hoffte – ja, erwartete auch er, Sofia bald in einer Mutterrolle zu sehen. Er hatte vergeblich gehofft, Monat für Monat, Jahr für Jahr. An einem Tag vor acht Wochen war seine Hoffnung gestorben.

Auf der Suche nach seinem Script war er in die Künstlergarderobe gegangen, vielleicht hatte Sofia es versehentlich mit den eigenen Unterlagen gegriffen. Aber sie war nicht da, sei nur kurz hinausgegangen, erklärte Irma. Er schob Sofias Sachen auf ihrem Platz vor dem Garderobenspiegel hin und her, ein zusammengefalteter Zettel fiel auf den Boden, er hob ihn auf, hielt den Beipackzettel eines Verhütungsmittels in der Hand. Er warf nur einen kurzen Blick darauf – Irma schaute zu ihm herüber –, dann schob er ihn, während er so tat, als suche er immer noch, wieder zurück. Sofia kam herein, er sah sie lächeln, fühlte ihre Hand auf seinem Arm, hörte sie etwas sagen, er hatte nur ein Nicken für sie und ging hinaus. Bei der Probe war er sehr unkonzentriert, sein Script fehlte ihm, er improvisierte aus dem Gedächtnis, ständig belagert von irritierenden Vorstellungen. War das seine Frau da oben auf der Bühne, seine Sofia, die die Carol gab, hübsch, sexy und triebhaft? Die keine Kinder wollte, weil sie nicht in ihr Leben passten? Schließlich hatte er die Probe abgebrochen, starke Kopfschmerzen vorgeschützt. Zuhause hatte er in Sofias Abwesenheit nach dem Medikament gesucht. Ein paar Tage später hatte er es unter ihren Schminkutensilien in der Theatergarderobe gefunden.

*

16

Ina

Es war Sonntag, und die Straße glänzte nach den starken Regenfällen der vergangenen Nacht. Zu fünft liefen sie durch das Dorf – Erika, Theo, Ina, Elisabeth, Maria vorneweg. Sie war die älteste und ging schon in die dritte Klasse.

"Ihr verschiebt das besser auf morgen, Ina", hatte die Mutter gesagt, "es ist zu nass, und im Unterdorf ist der Kanal übergelaufen, da kommt ihr gar nicht durch."

"Wir passen schon auf! Wir können auch nicht länger warten, am nächsten Sonntag wollen wir doch schon unser neues Stück spielen, *Riese Döres* heißt das."

"So, so, ein Riese. Und wer spielt den?"

"Die Maria, weil sie am größten ist, aber ich habe mir das Spiel ausgedacht. Guck mal!"

Ina öffnete die Klappe ihrer Kindergartentasche, holte mehrere Papierstreifen heraus und legte sie auf den Tisch. "Die habe ich alle ausgeschnitten aus der Kirchenzeitung, weil die Schrift so schön gedruckt ist. Da steht überall drauf, was man nicht tun darf, und wenn man es doch tut, dann kommt der Riese Döres hinter dir her und will dich kriegen, die Maria macht dann ganz hohe Schritte mit den Beinen, ganz lange und ganz hohe Schritte und brüllt und macht die Hände wie mit Krallen, dann muss die Erika schreien und ganz schnell weglaufen und sich überlegen, wie sie das wieder gutmacht, und dann kommt der Riese und lobt sie und sagt: Selig bist du, weil du den Armen dein Brot gegeben hast."

Die Mutter lachte. "Ein tolles Spiel! Und wo spielt ihr es?"

"Unten im Hof, und wir spielen auch noch das Stück vom wilden Wassermann und der schönen Lilofee, die bin ich."

"Die rotgoldenen Feenhaare dazu hast du jedenfalls", meinte die Mutter.

Ina war losgerannt, die Ermahnung der Mutter wegen des übergelaufenen Kanals hatte sie nicht beachtet, sogar die Papierstreifen auf dem Tisch liegen lassen, wichtig in ihrer Tasche waren nur die Zettel mit der Ankündigung der Theateraufführung. Alle

Kinder im Dorf waren eingeladen, zehn Pfennig sollte der Eintritt kosten. Mit Heftzwecken drückten sie die bunt bemalten und beschrifteten Blätter an die Hoftore und Haustüren.

"Das ist nicht hoch genug, Ina", sagte Maria, "lass mich das machen, du bist noch zu klein, da muss sich ja jeder bücken, wenn er es lesen will."

"Ich bin nicht klein, ich habe das Spiel erfunden! Da steht es sogar geschrieben! *Der Riese Döres* – von *Ina Schwarz.*"

"Ina ist gar kein richtiger Name."

"Doch!"

"Nein! Das ist nur ein kleines Stück von einem Namen."

"Ist es nicht!"

"Dann frag mal deinen Vater, der ist doch Lehrer und muss es wissen, ob du richtig Regina oder Martina oder Katharina heißt oder Josephina."

"Ist mir doch egal, ich heiße Ina, und das ist ein schöner Name."

Sie gingen weiter, da waren noch Zettel zu verteilen.

Im Unterdorf, an der tiefsten Stelle, dort, wo neben der Straße ein schmaler Bach herlief, stand das Wasser bis zu den Knöcheln. Es quoll und gurgelte aus dem Kanaldeckel, dass es eine Pracht war! Sie zogen die Schuhe aus, stopften die Strümpfe hinein und platschten in dem lehmigen Wasser herum.

"Ich bin der Riese Döres", rief Maria, hob ihr rechtes Bein, drohte mit erhobenen Armen und Händen, Schuhe samt Söckchen schwenkte sie hoch über ihrem Kopf.

"Bäh, und ich bin die Lilofee und der Wassermann hat mich gefreit und der beschützt mich", schrie Ina und reckte ihr Kinn. Maria wollte nach ihr greifen. Ina gab ihr einen Schubs, in dem schlammigen Wasser konnte sich der einbeinige Riese nicht halten, rutschte aus und fiel in seinem Sonntagskleid samt Schuhen und Strümpfen ins Wasser. Das war nun ein Malheur, Maria heulte, die anderen lachten.

Aber Marias Eltern fanden es gar nicht lustig. Inas Vater und Mutter fanden es auch nicht lustig, dass Ina die Ermahnung nicht befolgt hatte.

"Aber du hast es mir doch nicht wirklich verboten!", weinte Ina, es gab eine Ohrfeige.

18

"Glaub mir, mir tut das viel mehr weh als dir, wenn ich dich strafen muss", hatte der Vater versichert, es gab ein Minus für ihr Verhalten in der Liste am Küchenschrank. Da musste sie zusehen, wie sie das wieder mit einem Plus ausgleichen konnte. Für zehnmal Plus gab es fünfzig Pfennig Taschengeld mehr.

*

Sofia

Ein kurzes, energisches Klopfen riss Sofia aus ihrer Erinnerung an jenen unseligen Tag und an Stefans mit eisiger Wut vorgetragene Anklage. Chefarzt Dr. Erich Klapphofer trat temperamentvoll ein, sein offener Kittel umwehte ihn. Sophia erfasste sofort die Bedeutung, mit der Interpretation von Gesten war sie vertraut. Klapphofer war ein gut aussehender Mann Anfang vierzig, schmaler Kopf, edelstahlgraue Schläfen, markant gekerbtes Kinn. Die Entscheidung eines Mediziners, Frauenarzt zu werden, fällt vor dem Spiegel, hatte Stefan einmal gesagt. Recht hatte er. Der wehende Mantel bei einem räumlich derart begrenzten Auftritt in einem Krankenzimmer signalisierte die Gewissheit, eine positive Nachricht zu überbringen, die in Szene gesetzt werden wollte. Oberarzt Dr. Wingen, der ihm mit einem Meter Abstand folgte, postierte sich am Fußende des Bettes, neben ihm Schwester Beate mit den ärztlichen Unterlagen.

Klapphofer fragte nach Sofias Befinden. Sie meinte *so la-la*, wenn sie sich nicht bewege, es sei ihre erste OP. Klapphofers ausgestreckte Hand forderte das Krankenblatt, er warf einen kurzen Blick darauf, nickte und reichte es der Schwester zurück.

"Alles okay", sagte er, "und die erfreuliche Nachricht, Frau Berger...", – er beugte sich leicht vor – "mit dem Uterus haben wir natürlich auch alle Myome entfernt, die Laboruntersuchung hat keine bösartigen Veränderungen ergeben. Sie sind gesund." Er lächelte aufmunternd. "Ich denke, in einer Woche können Sie nach Hause, sollten sich aber noch etwa sechs Wochen schonen. Keine Engagements!"

"Nein, nein, sicher nicht. Ich habe genügend Text zu lernen."

"In welcher Rolle werden wir Sie denn demnächst auf der Bühne bewundern dürfen? Es ist stets ein Vergnügen, Ihnen zuzusehen." Er schmeichelte ein Lächeln um ihre Augen, während er entspannt beide Hände in den Taschen seines blütenweißen Kittels versenkte.

"Tennessy Williams. *Endstation Sehnsucht* zur Eröffnung der nächsten Spielzeit", antwortete Sofia. Stefans Nachfolger würde die Inszenierung machen, ein Gedanke, den sie jetzt nicht zu

Ende denken wollte. "Ob es ein Vergnügen sein wird …?" Sie ließ die Frage in der Luft hängen. "Wir arbeiten dran. Bis es zu einem Vergnügen werden kann, macht es Arbeit."

"Na, dann kommen Sie mal schnell wieder auf die Beine!"

Klapphöfer nickte ihr zu, der Oberarzt hob kurz seine Hand zu einem Gruß, Schwester Beate lächelte, der Tross verließ das Krankenzimmer. Unter der Tür drehte sich Schwester Beate noch einmal um.

"Heute Mittag bekommen Sie Gesellschaft, die Geriatrie ist momentan überbelegt. Frau Laufenstein bleibt allerdings nur für eine Nacht. Eine ältere Dame, eher unauffällig."

Sofia schloss die Augen, war für einen Moment versucht, sich eine unauffällige Kranke vorzustellen, fühlte sich dann aber zu müde. Nachwirkungen der Narkose. Gern hätte sie sich in den wohligen Nebel fallen lassen, der sie einzuhüllen begann, sich dem Gefühl hingegeben, alles gut überstanden zu haben.

Doch nur der leichtere Teil war überstanden. Stefan hatte sie verlassen, zwei Tage nach jenem Abend. Am nächsten Morgen gab es eine hässliche Szene, er hatte sie eine Betrügerin genannt, nur durch Zufall sei er ihr drauf gekommen. Vielleicht sei sie es auch noch in einer anderen Hinsicht, die hätte er eher ertragen können. Sie hatte heftig widersprochen, und als sie schließlich einen zaghaften Ansatz machte, von ihren Problemen zu reden – viel zu spät, das wusste sie nun –, wollte er nicht zuhören.

Sie würden keine Kinder haben können, nun nie mehr. Gleich zu Beginn ihrer Ehe hätte sie versuchen sollen, ihm zu erklären, was sie bei der Vorstellung fühlte, eine Mutter zu sein. Doch sie war zu verliebt gewesen, auch ängstlich, ihn mit Erklärungen zu enttäuschen oder zu verwirren. Sie konnte sie ja selbst kaum formulieren. Ein Kind zu haben bedeutete, ihm etwas von sich selbst zu geben. Nicht nur biologisch. Und sie wusste nicht, was sie ihm da geben würde. Sie fühlte sich immer noch wie in einem Niemandsland auf der Suche nach sich selbst. Wie also sollte sie einem Kind – ihrem Kind – Sicherheit geben können? Nie hatte sie gewagt, davon zu sprechen. Stefan war so stark, so klar in dem, was er tat, was er wollte, er würde ihre Unsicherheiten nicht verstehen. Obwohl er ihr hätte helfen können, er war es doch, der sie zu ihrem eigentlichen Leben erst befreit hatte.

Manchmal hatte sie geglaubt, in einer Bühnenperson Eigenschaften zu finden, die ihre ureigensten waren, so sehr fühlte sie sich eins mit ihnen. Dann staunte sie: Das also bin ich? Und sah sich selbst wie eine Fremde an, die sie gerade kennen lernte. Bis dasselbe wieder bei einer ganz anderen Figur geschah und sie wieder unsicher machte in ihrer Selbstbetrachtung. So war es gewesen bei der Arbeit an *Bernarda Albas Haus*, Lorcas Drama um Liebe, Tod und Eifersucht, viel zu tief war sie eingetaucht, ja hineingeraten in die Person der *Adela* und hatte dadurch vielleicht selbst die schmerzhafte Wendung in ihrem Lebens ausgelöst. Sie fühlte sich wie ein leeres Gefäß. Jede Figur konnte sie in sich aufnehmen und lebendig machen. Nur die eigene Mitte fand sie nicht.

*

Ina

Ina lief mit blutigem Knie nach Hause, ein paar Blutstropfen sickerten aus dem zerfransten Loch im Wollstrumpf. Sie schluchzte.

"Ist doch nicht so schlimm", tröstete die Mutter, " komm, lass mich mal sehn, zieh den Strumpf aus."

Sie streute Puder auf die Wunde und klebte ein Pflaster darauf. Ina hörte nicht auf zu schluchzen, ihr Brustkorb hob und senkte sich mit jedem mühevollen Atemholen.

"Aber so weh kann es doch gar nicht tun, Ina!"

"Tut es ja auch nicht … ich bin ja nur so schnell gerannt, weil ich … weil ich … ich wollte es nicht mehr hören …"

"Nicht mehr hören?"

Ina wischte sich mit dem Handrücken durchs Auge.

"Sie rufen es immer hinter mir her. Rote Haare, Sommersprossen, sind des Teufels Volksgenossen, rufen sie immer. Und dann hören sie gar nicht mehr auf damit. Und dann muss ich wegrennen, damit ich es nicht mehr höre."

"Diese Kinder sind ganz dumm, Ina, mach dir nichts draus."

"Aber warum habe ich denn rote Haare, du hast doch auch keine und der Vater auch nicht, die Oma auch nicht, die hat jetzt graue Haare, was hatte die denn früher für Haare?"

Ina hörte nicht mehr auf mit dem Fragen, wollte sich nicht zufrieden geben mit den Antworten der Mutter, die ihrer Tochter zu erklären versuchte, warum Menschen verschieden sind, was Eltern, Großeltern, Urgroßeltern, Ururgroßeltern und noch ältere Vorfahren ihren Nachkommen mitgeben, wie manchmal Eigenschaften und Merkmale Generationen überspringen. Dass vielleicht jemand, der vor hundert Jahren gelebt hatte, ihr diese wunderschönen Haare vererbt hatte.

Hundert Jahre! Nein, das konnte Ina sich nicht vorstellen. Sie mochte diese Farbe nicht, schwarze Haare wollte sie haben, wie die Mutter. Aber das ging ja nun gar nicht.

Der Vater kam aus dem Studierzimmer.

"Nun hör schon auf zu weinen", sagte er, "ich kann dir etwas sehr Schönes sagen, da wirst du das alles ganz schnell vergessen." Er macht eine bedeutungsvolle Pause, Ina sah mit verheulten Augen zu ihm auf.

"Du kannst doch so schön singen. Der Herr Pastor meint, du solltest zu Weihnachten in der Christmette die Herbergssuche singen. Du bist die Maria und der Richard aus deiner Klasse der Josef. Was meinst du?"

Die Tränen versiegten, die Augen trauten sich, zaghaft zu lächeln. Zunächst. Aber dann begannen die Mundwinkel wieder zu zucken.

"Das geht doch gar nicht! Die Maria hat doch schwarze Haare, ich kann doch die Maria gar nicht sein!"

"Komm mal her."

Der Vater nahm Ina bei der Hand, ging mit ihr ins Studierzimmer und holte die große Bibel mit den bunten Bildern aus der Schublade.

"Schau mal."

Sein Finger wies auf eine Abbildung, Maria und Josef an der Krippe. Inas roter Schopf beute sich darüber, dann ging ihr Blick zum Vater hoch. Sie strahlte.

Die Gläubigen in der Christmette ließen sich anrühren von der Reinheit der Kinderstimmen zur leisen Orgelbegleitung, der ernsten Andacht in den Gesichtern von Maria und Josef auf ihrer Suche nach einer Herberge. *Wer klopfet an? – Ach, zwei gar arme Leut'! –*, der Josef in härenem Sackgewand mit Kopf- und Armlöchern, die Maria im weißen Nachthemd mit blitzeblauem Kopftuchschleier, unter dem sich kein Haar hervortraute.

Am nächsten Tag, beim Spiel mit den Weihnachtsgeschenken – Ina hatte die neue Puppenstube nach unten zu Maria und Erika getragen – wurde sie gelobt.

"Du hast sooo schön gesungen, Ina, wie ein Engel, und man konnte dich überall in der Kirche gut hören."

Da freute sie sich und hatte beim Abendessen keck gefragt:

"Was kann ich denn eigentlich besser: Singen oder Theater spielen? War da vielleicht schon mal eine Frau vor hundert Jahren, die mir das vererbt hat?"

24

Der Vater hatte sie so merkwürdig angesehen, und die Mutter hatte gesagt: "Jedes Kind kann singen, Ina, manche gut, andere weniger gut, aber du kannst es besonders gut."

*

Sofia

Kurz nach Mittag wurde sie wieder wach, Schwester Beate stand an ihrem Bett. Es sei an der Zeit, etwas aufrechter im Bett zu sitzen, befand sie, der Kreislauf brauche Anregung. Sie gab ihr das elektrische Bedienungsgerät in die Hand, das Kopfteil des Bettes richtete sich auf, Sofia ertrug es mit angehaltenem Atem. Die Schwester richtete die Kissen in ihrem Rücken, schob den Nachttisch näher heran, zog das Tischtablett in die Waagerechte und schwenkte es halb über das Bett. Sie stellte ein Glas und die Wasserflasche darauf.

"Noch etwas? Vielleicht die Modezeitschrift? Oder lieber den Stern? Das Buch auch?"

Sofia nickte.

"Alles. Für später vielleicht. Bin immer noch nicht ganz da."

"Das wird schon. Morgen werden Sie sich schon viel besser fühlen."

Sie öffnete die Tür bis zum Anschlag. Dann ging sie zum Nachbarbett, löste die Rollen aus der Arretierung und bugsierte es auf den Flur.

"Für Frau Laufenstein", sagte sie über die Schulter gewandt, bevor sie die Tür hinter sich schloss.

Sofia ließ den Kopf in die Kissen sinken, rutschte ein wenig tiefer. Morgen sollte sie sich schon viel besser fühlen, hatte die Schwester versprochen und den Körper gemeint. Der würde es schon machen, ganz von allein, ja, und natürlich mit ärztlicher Unterstützung. Alles würde sich wieder richten, einrenken, die Narbe heilen, verblassen, fast unsichtbar werden, alles wie immer. Fast wie immer. Sie musste nicht viel dafür tun. Für das andere konnte sie auch nicht viel tun. Eigentlich gar nichts. Wie sollte sie sich mit dieser Hilflosigkeit arrangieren? Sich damit abfinden, dass Stefan sie im Stich ließ? Wie Leonardos Frau in Lorcas *Bluthochzeit* sich abfindet ... Leonardo wird getötet, seine schwangere Frau trauert. Aber ich, Sofia Berger, kann das Verlassenwerden nicht hinnehmen, meine Bühnenrolle vor Augen haben und mich in Trauer ergeben. Auch nicht mit untätiger Hoffnung begnügen. Also nur Erinnerung an einen, der mein Leben geteilt hat? Da hat ja Leonardos Frau mehr als ich, denn sie wird sein Kind gebären! Wenigstens das. Etwas, das bleibt.

Ihr Gedankenstrudel stockte für einen Moment, blieb hängen an dem *Etwas-das-bleibt*. Eine kurze Zeit nur war ihr geblieben nach jenem Abend, der mit Stefans kaltem Zorn und ihrer Wort- und Hilflosigkeit geendet hatte. Zwei Wochen noch waren angesetzt für die Proben an der *Komödie im Dunkeln*. Die Anspannung, ihn täglich zu sehen, acht Stunden am Tag. Kein Problem, solange die Probe dauerte, da war alles wie immer, er, der sie anleitete, in das Innere der Figur einzutauchen. *Ich will die Figur verstehen, die ich auf der Bühne sehe, dann ist sie richtig* war einer seiner Glaubenssätze. Aber in den Pausen, beim Essen in der Kantine, so zu tun vor den Kollegen, als ob alles beim Alten sei, harmonieüberstrahltes Miteinander, das verlangte ihr etwas ab. Sie war dann in der Rolle der Nora, die bei ihrem Mann bleibt, obwohl er sie nicht verstehen wollte. Irgendwie half ihr der fremde Schmerz über den eigenen hinweg. Dann, zurück im Haus, wo Stefan ihr aus dem Weg ging – er schlief in seinem Arbeitszimmer, ging morgens früh und kam abends spät zurück – dann, zurück in dem, was seine Gegenwart atmete, war sie nicht mehr fähig, irgendeine Rolle zu spielen. Da war kein Publikum. Der Schmerz griff sie an, als sei er eine Person, sie musste sich ihm stellen, ihn aushalten, kein Zurückschlagen, nur Stillhalten. Am nächsten Tag wieder Probe, wieder seine Gegenwart, wieder ein Vergessen in die Rolle hinein, danach wieder die Nora. Alles war unaufhaltsam auf den letzten Tag der Spielzeit, die letzte Aufführung, den letzten Vorhang zugelaufen. Nach dem allerletzten Applaus hatte Stefan das Ensemble und die gesamte Crew zu einem Umtrunk ins Theaterrestaurant eingeladen, sich bedankt für die gute Zusammenarbeit und seinen Wechsel ans Thalia bekannt gegeben. Erstaunen, Beifall, Glückwünsche, Bedauern, Fragen nach einem Nachfolger, die nicht beantwortet wurden. Kein Wort darüber, dass sie sich trennen würden, eine Wochenendehe war bei Schauspielern nichts Ungewöhnliches. Ein paar Tage später hatte sie den alljährlichen Kontrolltermin bei ihrem Arzt wahrgenommen. Es gab eine Diagnose, ein OP-Termin wurde festgelegt, den sie Stefan mitteilte. Er hatte ihre Mitteilung mit versteinertem Gesicht entgegen genommen, sie hatte nicht versucht, seinen Panzer zu durchbrechen. Ein Gespräch fand nicht statt. Danach gab es noch eine großartige Abschiedsparty im Theater, ohne Sofia. In letzter Minute hatte sie abgesagt, eine Darmgrippe vorgeschützt. Für diese finale Situation, einen schmerzvollen Abschied zu feiern, gab es kein Rollenvorbild. Es war nur noch der eigene, schiere Schmerz, den sie in Stefans Gegenwart vor den anderen nicht hätte verbergen können. Danach ...? Immer noch war danach. Danach war Stefan ausgezogen, danach war sie operiert worden. Für ein Weiter hatte sie keine Vorstellung. Da war nur Leere. Und eine undefinierbare Angst. Sie öffnete die Augen, sah zum Fenster ... der Infusionsständer, die Flasche mit der Kochsalzlösung ... ein Schmerzmitte, nur für ihren Körper ... warum nicht für das andere auch ... sie schloss die Augen wieder.

Beim Aufwachen sah sie das Gitterbett neben dem ihren stehen, die Patientin, abgewandt, zusammengekrümmt, das schlohweiße Haarbüschel kaum erkennbar zwischen den Kissenwülsten. Die Bettdecke, flach, als läge nichts darunter, war von der Schulter gerutscht, welkes, blasses Fleisch hing vom angewinkeltem Arm herab. Unter dem lose gebundenen Nackenbändchen klaffte das OP-Hemd weit auseinander, der Rücken lag bloß, kalkweiße Haut wie lockere Stofflappen ums Schulterblatt gewickelt. Frau Laufenstein. War sie heute operiert worden? Da war keine Infusion, nur die Notrufklingel hing an der Gabel über ihrem Bett, viel zu hoch, um sie im Liegen erreichen zu können.
Sofia griff zum Stern. Bilder, überschaubare Texte, gut zu blättern in halbsitzender Position. Sie brauchte etwas, ihren Geist zu beschäftigen, ohne ihn anzustrengen, wollte nicht wieder eintauchen in ihr eigenes Problem. Hin und wieder schaute sie zum Nachbarbett hinüber, hörte unverständliche Laute wie von einem, der das Sprechen verlernt hat, krächzend, mühsam aus der Tiefe des Rachens. Erst allmählich verstand sie, was die Laute meinten. *Hallo*, sagte die Stimme, ihr Klang war verwaschen, als sei die Zunge schwer oder bewege sich in einem vollen Mund. *Hallo*, sagte sie immer wieder. Manchmal stolperte sie über das H zu Beginn oder verschluckte das o am Ende des Wortes, ein *Hallo*, das aus einer Einsamkeit zu kommen schien, so, als suche es verzweifelt nach einem Echo.

Schwester Beate kam zum Blutabnehmen. Sie nickte Sofia zu, beugte sich über den schmalen Hügel unter der Bettdecke nebenan. "Sie müssen ein wenig mitarbeiten, Frau Laufenstein", bat sie. Ihre Stimme klang demonstrativ aufgeräumt. Die andere Stimme kam knurrend, unwillig, durchsetzt von jammernden Schmerzenslauten, wenn die Nadel immer wieder vergeblich nach einer geeigneten Stelle suchte. Schwester Beate ging begütigend auf die Abwehr ein. "Ich weiß, ich weiß", sagte sie. Sofia hörte Mitgefühl. Eine Weile noch hielt dieser Dialog von Jammern und gutem Zureden an, dann gab Schwester Beate auf. Nüchtern stellte sie fest: "Das geht nicht." Sie deckte Frau Laufenstein wieder zu, zuckte mit den Achseln und ging hinaus.

Sofia hatte nicht zuschauen wollen, nicht mit Neugier eine doppelte Hilflosigkeit beobachten wollen. Nun sah sie wieder hinüber. Frau Laufenstein lag ihr zugewandt, ihr direkter Blick war wie eine Aufforderung.

"Hallo", sagte Sofia und lächelte.

Frau Laufenstein sah sie weiter an, wortlos.

Nun war es wie eine Anklage.

Sofia atmete ein und wieder aus. Sie griff zu ihrer Zeitschrift und setzte ihre Lektüre über die Eiablage der Schmetterlinge fort. Ab und zu während des Lesens schaute sie hinüber. Die alte Frau hielt die Augen geschlossen, ihre linke Hand hatte sich in das Gitter verirrt, die Finger zuckten, sie bewegte ihren Mund, betastete ihn mit der Rechten, zupfte an den Lippen, die Füße ruckten unter der Bettdecke. Sie gab kleine heisere Hustenlaute von sich, als wolle sie etwas herunterschlucken, das sich nicht vom Gaumen lösen wollte. "H … h … hallo", sagte sie immer wieder. Sofia versuchte, nicht hinzuhören. Doch das *Hallo* wollte nicht aufhören, und sie fühlte sich wieder angesprochen und wandte ihren Kopf erneut zur Seite. Frau Laufenstein sah sie an, ein direkter Blick durch die Gitterstäbe.

"Hallo?", sagte sie. Es klang wie eine Bitte.

"Haben Sie Schmerzen, soll ich nach der Schwester klingeln?", fragte Sophia.

Der Blick irrte ab.

Sofia nahm wieder die Zeitschrift zur Hand.

Eine Weile war Stille.

"Ich will nicht mehr." Diesmal eine Mitteilung, klar und deutlich.

Sofia schaute hinüber.

Frau Laufenstein hielt die Augen geschlossen.

"Ja, ich verstehe", murmelte Sofia.

Am frühen Abend gab es Kartoffelpüree und Kamillentee, ihre Nachbarin wurde mit einem Joghurt gefüttert. Danach wieder und bis spät in die Nacht hinein das nicht enden wollende *Hallo*, krächzend, klagend, bittend, rufend.

Gegen Mitternacht klingelte Sofia nach der Schwester und ließ sich eine Schlaftablette geben.

Die Visite am nächsten Morgen verlief unspektakulär. Dr. Klapphofer kam erst gegen Mittag, ohne Gefolge, der Mantel wehte nicht mehr. Er stand kurz an Frau Laufensteins Bett, ergriff ihre schlaffe Hand, tätschelte sie, beugte sich ein wenig hinunter.

"Guten Tag, Frau Laufenstein."

Er sprach sehr laut, richtete sich sofort wieder auf, eine Reaktion erwartete er offensichtlich nicht.

"Wir kennen uns schon lange", meinte er zu Sofia gewandt, "eine tapfere Frau, ist im Winter Vierundvierzig mit ihren vier Kindern aus Ostpreußen geflohen und hat sie alle gut durchgebracht. Nun ist sie immer mal wieder hier, wenn es besonders schlimm ist mit ihr. Ab heute Nachmittag haben wir in der Geriatrischen einen freien Platz für sie."

Sofia mochte nicht fragen, ob es der Platz eines soeben verstorbenen Patienten sei. Das war wohl so auf dieser letzten Station im Leben.

Nach dem Frühstück – heute gab es Kaffee, Weißbrot, Butter und Marmelade – kam Schwester Beate und brachte Schwester Anna mit. Und einen Rollstuhl. Sofia schaute ungläubig zu, wie sie den Stuhl an ihr Bett schob.

"Gestern haben wir Sie noch verschont, es war so hektisch, aber heute müssen Sie mal hoch. Wir helfen Ihnen."

Sie drückte die elektrische Bettbedienung, bis das Kopfteil fast senkrecht stand, und schlug die Bettdecke zurück. Sofia stützte sich auf die Arme, hielt den Atem an und drückte die Ellenbogen durch. Der Schmerz fuhr ihr wie mit Messern in den Bauch.

"Atmen! Vergessen sie nicht zu atmen!", mahnte Schwester Beate, "versuchen Sie, die Beine aus dem Bett zu drehen."

Sie stellte sich an Sofias rechte Seite, Schwester Anna auf die andere – Sofia atmete schnell und heftig, sie wollte es hinter sich bringen –, beide griffen unter ihre Achsel, zogen sie hoch. Mein Gott! Sie stand! Der Rollstuhl wurde in Position gebracht, Sofia langsam hinunter gelassen, die Schwester schob sie an den Tisch.

"Am besten bleiben sie eine Weile so sitzen, Frau Berger, und lassen die Beine hängen."

Sofia war froh, fürs erste eine Position gefunden zu haben, in der sie sich nicht bewegen musste. Sie nickte und lehnte sich zurück.

Es klopfte, die Tür wurde geöffnet, eine Frau trat ein. Dunkles, volles Haar bis auf die Schultern, kräftige Statur, rotes, weit ausgeschnittenes Sommerkleid.

"Guten Tag", sagte sie. Sie hielt einen bunten Dahlienstrauß in der Hand. Eine Weile stand sie am Fußende des Gitterbettes und sah auf die geschlossenen Augen der alten Frau hinunter. Dann nahm sie eine der Blumenvasen, die auf der Fensterbank standen, holte Wasser im Bad und stellte den Strauß auf den Nachttisch. Sie zog einen Stuhl heran und setzte sich dicht neben das Bett. Die dunklen Haare fielen über ihr Gesicht, während sie sich vorbeugte und die knochige, fleckige Hand auf der Bettdecke streichelte. Die alte Frau öffnete die Augen, ihr Blick war starr, glitt ab, die Lider schlossen sich wieder.

"Ihre Mutter?", fragte Sofia.

Die Frau nickte. "Sie erkennt niemanden mehr, mich auch nicht." Sie schwieg, deckte die Hand mit der eigenen, nahm sie zwischen ihre beiden Hände, hielt sie.

"Das ist das Schlimmste", fuhr sie fort, " ich kann nicht mehr mit ihr reden. Es ist, als sei sie lebendig tot. Noch nicht einmal *danke* kann ich ihr sagen, ich habe es nicht oft genug gesagt, die Zeit rennt und rennt, sie verschluckt uns, und dann ist es auf einmal zu spät." Sie machte eine Pause. "Und nun versteht sie mich nicht mehr."

Sofia dachte an die eigene Mutter, von der bevorstehenden Operation hatte sie ihr nichts gesagt. Warum auch, die Eltern hatten ja doch selbst den Kontakt abgebrochen. Sie lehnte sich vor, wollte nach dem Wasserglas greifen, aber selbst diese kleine Gewichtsverlagerung schoss Schmerzpfeile durch ihren Bauch. Sie drückte auf die Klingel. Die Schwestern kamen wieder zu zweit. Eine Wohltat, sich wieder im Bett ausstrecken zu können! Mit einem Seufzer atmete sie ihre Erleichterung aus.

"Geht es Ihnen nicht gut?", fragte die Frau. Sie wartete die Antwort nicht ab. "Ich glaube, ich kenne Sie", fuhr sie fort." Ich gehe zwar nicht oft ins Theater, aber ich meine, Sie im vorigen Jahr auf der Bühne gesehen zu haben. Eben, als ich von meiner Mutter gesprochen habe, ist mir eingefallen, woher ich sie kenne. Sie waren die *Kattrin* in *Mutter Courage und ihre Kinder*."

"Stimmt", antwortete Sofia, "ein interessantes Projekt. Mein Mann hat die Regie gemacht."

Sie hatte wenig Lust, sich mit einer Fremden, dazu in ihrem jetzigen Zustand, über diese Rolle zu unterhalten, die ihr einiges abverlangt hatte. Der Verdacht, Stefan habe ihr die *Kattrin* mit mehr als nur einer künstlerischen Absicht anvertraut, hatte sich ihr schon zu Beginn der Proben aufgedrängt. Eine junge Frau, stumm, von Narben entstellt, nimmt sich eines Säuglings an und entwickelt Muttergefühle. Sofia hatte den Gedanken nicht loswerden können, Stefan wolle sie über ihre Fähigkeit, in eine Bühnenfigur gleichsam hineinzukriechen, auch ihr eigenes Muttergefühl wecken. Umso mehr, als die Sprachlosigkeit der Figur sie herausforderte, Gefühle und Gedanken zu vermitteln, ohne sie aussprechen zu können. Erstmalig, seit sie vor acht Jahren fast über Nacht zugunsten der Schauspielerei ihr Musikstudium an den Nagel gehängt hatte, war ihr bewusst geworden, auf welch subtile Weise Gefühle mit Bewegung, Gestik und Mimik verknüpft sind, dass sie sowohl eine Körpersprache provozieren und umgekehrt Gestik und Mimik auch das innere Empfinden beeinflussen. Die Rolle hatte sie gezwungen, diesen Zusammenhängen in ihrem eigenen, alltäglichen Erleben nachzuspüren, um sie dann auch in der *Kattrin* zu entdecken. Es war ihr gelungen, das entstellte, behinderte Mädchen – selbst die Hilfloseste von allen – als die eigentliche Mutterfigur zu zeigen. Vielleicht hatte sie gerade deshalb kein natürliches Muttergefühl in sich entdecken können, weil sie mehr über den Kopf an die Rolle herangegangen war und nicht wie sonst intuitiv über in Sprache ausgedrückte Gefühle. Ihr Spiel hatte an Kraft m gewonnen, Stefans Absicht, Sofia die Mutter in sich selbst finden zu lassen, war ins Leere gelaufen.

Sie erinnerte sich an die anstrengenden Proben zu Beginn der Winterspielzeit. Die vielen Szenen, Darsteller, Statisten für Land- und Kriegsvolk, Getöse. Manchmal war sie nach der Probe nicht gleich nach Hause gegangen. Sie brauchte frische Luft, das Grün der Bäume im Stadtpark, die Farben, die harmlosen Alltagsgeräusche nach dem Donnern des Kriegsspiels auf der Bühne, dem zerlumpten Grau und Braun und Schwarz, zwischen dem die aufreizend roten Schuhe der Yvette zu einem Symbol der Verführung wurden. Sie hatte da gesessen, auf einer Bank am Weiher, an diese Schuhe gedacht und an die Gefühle, die sie in Brechts Kattrin auslösten. An ihre Sehnsucht nach Liebe, die sich nicht erfüllen konnte. An ihren Verzicht. Sie hatte ihre eigenen Gefühle in dieser Szene analysiert, nachgedacht, welche Körpersprache sie brauchten. Gedankenverloren hatte sie aufs Wasser geschaut, kaum bemerkt, dass sie nicht mehr allein auf der Bank saß.

"Darf ich hier neben Ihnen sitzen?"

Sofia wandte kaum den Kopf. Ein Junge, vielleicht sechs oder sieben Jahre alt. Sie fühlte sich gestört in ihrer geistigen Versenkung, nickte ihm kurz zu. Der Junge rutschte eine Weile auf seinem Sitz hin und her, Sofia schaute aufs Wasser.

"Darf ich Sie etwas fragen?", traute er sich schließlich.

"Ja?"

Sie schaute in sein Gesicht, glaubte, ihn unter den Statisten gesehen zu haben. Schmal, dunkles, strubbeliges Haar, lebhafte, neugierige Augen.

"Ist das schwer, das Theaterspielen ... ich meine, eine richtige Rolle zu spielen?"

Sofia war etwas verblüfft über diese Frage eines kleinen Jungen. Offensichtlich hatte er den Schauspielern bei der Probenarbeit genau zugesehen.

"Kommt drauf an", sagte sie. "Wie heißt du denn?"

"Martin ... heiß ich."

Der Junge fuhr sich mit der Rechten über den Kopf, als wolle er seine Haare glätten. Sie erinnerte sich an ihn.

"Ich hab dich schon ein paar Mal gesehen, Martin, bei den Statisten. Macht es dir denn Spaß, das Theaterspielen?"

"Weiß noch nicht so recht", sagte er und kratzte mit der Schuhspitze auf dem Boden herum, "ich hab ja nichts zum Sagen und lauf nur rum und schreie ab und zu und gucke hin und her, das ist doch kein Theaterspielen."

"Da geht's mir ja nicht anders als dir", meinte Sofia, "ich hab auch nichts zum Sagen und muss doch ganz viel ausdrücken."

"Wie macht man das, ist das schwer?"

"In meiner Rolle – du weißt, ich spiele die Kattrin – ist es schwer. Bei dir nicht, du musst nur drauf achten, dass du an den richtigen Stellen herumläufst oder schreist."

Martin nickte.

"Aber auf die Dauer ist es langweilig."

"Wie bist du denn eigentlich draufgekommen, als Statist mitzumachen?"

"Da waren welche vom Theater in der Schule und haben gesagt, sie brauchen noch Kinder als Statisten, und sie haben gesagt, dass es in einem Krieg spielt, der dreißig Jahre gedauert hat, und da hab ich gedacht, das ist aufregend."

Sofia lachte.

"Du würdest lieber herumballern, Martin, kann ich mir denken. Aber in dieser Geschichte geht es mehr noch um das, was der Krieg mit den Menschen macht, und wie er sie verändert. Manche werden schlechte Menschen in ihm, manche wollen das Beste aus ihm machen, viele sterben, und manche wachsen über sich hinaus."

Sie schwieg.

Martin schaute sie mit großen Augen an.

"Verstehst du das?"

"Ich weiß nicht … so ganz …", er kniff die Lider zusammen, "heißt das, wenn einer so wächst und größer wird, als er eigentlich ist, dass er Sachen macht, die ihm keiner zutraut?"

"Das hast du genau begriffen, Martin, und so eine Person muss ich spielen."

Martin hatte noch viele Fragen – wie das mit dem Auswendiglernen sei, wer das Stück ausgesucht habe, warum der Mann, der alles leitete, immer so ernst war, ob man viel Geld beim Theater verdienen könne –, er wollte immer noch mehr wissen. Als Sofia schließlich aufstand, um nach Hause zu gehen, rannte er mit einem halbblauen Danke wie der Blitz davon.

Sofia schaute ihm nach. Er war so schnell, dass sie die Sohlen seiner Schuhe rhythmisch auf- und abwirbeln sah. Ein Fohlen mit fliegenden Hufen.

Als sie nach Hause kam, war Stefan noch nicht da. In der Diele sah sie die Post durch. Zwei Rechnungen, eine Urlaubskarte von Irma aus Spanien, dort war es sehr heiß. Hier auch. Ein kühles Helles täte jetzt gut.

Mit einer Flasche Bier und der Tageszeitung setzte sie sich auf die Terrasse. Zunächst die Kulturseiten. Heute mit einer zweispaltigen Kritik eines Konzerts, zu dem sie vor drei Tagen allein gegangen war. Stefan hatte Arbeit vorgeschoben, vielleicht auch keine Lust gehabt auf barocke Klänge im barocken Rathaus.

Sie liebte das imposante Foyer mit seinen schwungvollen, breiten Treppenaufgängen und den prächtigen Säulen, die ausgewogene Akustik. Auf den Plakaten hatte sie den Namen ihres früheren Studienfreundes Gregor gelesen, und nun wollte sie wissen, wie sich sein Temperament am Cembalo ausnahm – nicht am Klavier, aber sicher wie immer wohltemperiert. Sie hatte hinter einer Säule gesessen und nur seinen halben Rücken gesehen. Zu Beginn schloss sie die Augen, sah nach innen und genoss die Musik. Beim Aufschauen fiel ihr Blick auf einen Mann, der seitlich unterhalb des Bühnenpodestes saß. Sieh da, Manfred Körner, ihr Kollege. Sie mochte ihn nicht, hatte ihn von Anfang an nicht gemocht, seine Besserwisserei, die gebieterische Art, mit der er die Rolle des Vaters – ihres Vaters als *Carol* in der *Komödie im Dunkeln* – mehr als angemessen ausgestattet hatte. Er hatte sich nicht gescheut, Sofia in herablassender Attitüde auf ihr mattes, von Angst besetztes Spiel zu Beginn des Stücks anzusprechen, sich als wissender, weil soviel älterer und erfahrungsreicher Kollege darzustellen. Gelegentlich meinte er sogar, sich mit korrigierenden Hinweisen in Stefans Arbeit einmischen zu dürfen. Sie ging ihm aus dem Weg, wo immer es möglich war. Hier war es ihr nicht möglich, jedenfalls nicht ihrem Blick. Manfred präsentierte sein Profil mit geschlossenen Augen, die grobe Nase unter der leicht fliehenden Stirn, den tiefen, pechschwarz gefärbten Haaransatz, in einem steilen Wirbel nach oben springend. Und wie er seine Kenntnisse in Szene setzte, einfach bühnenreif. Sein Kopf zuckte im Rhythmus der Musik, als wollten die Töne schier aus ihm herausspringen, die Finger der linken Hand, in Brusthöhe gehalten, griffen in imaginäre Saiten. Fehlte nur noch die Vorführung ruckartiger Lagenwechsel auf seiner Phantomgeige!

Derweil war die Rechte anderweitig tätig, schleuderte energisch exakte Schlusspunkte für das Ende einer jeden Phrase in die Luft. Offensichtlich tat er sich etwas darauf zu gute, dieses Ende voraus zu ahnen. Nein, nein! Natürlich zu kennen!

Je länger Sofia zugesehen hatte, desto mehr amüsierte es sie. Manfred glaubte, auf der Bühne ein Könner zu sein, hier missbrauchte er die Gelegenheit, dem Publikum gestisch vorzuführen, wie gut er sich auskannte. Die Hände wie betend vor der Brust gefaltet, ließ er die Fingerspitzen bei der Eins eines jeden Taktschlages im rechten Winkel nach unten kippen, der Kopf gab ein energisches Nicken dazu. Nach dem ersten Konzert von Vivaldi klatschte er besonders laut. Und länger als alle anderen. Zeigte seine Kompetenz, die musikalische Qualität sei mit deutlicherem Beifall zu loben. Bei der folgenden Händelsonate setzte er noch eins drauf. Nach dem ersten Satz gab es, wie üblich, eine kurzes Innehalten, in der ein gelernter Konzertbesucher nicht klatschen soll aber husten darf; einer tat es dann auch ganz unbefangen. Manfred riss Kopf und Hände hoch und schüttelte die Fäuste drohend in Richtung des Geräuschs, ja, fuhr sich gar mit dem Zeigefinger quer über die Gurgel! Dramatik, Mord und Totschlag! Die Musik setzte wieder ein und wie auf Kommando nahmen seine Hände wieder die halb erhobene Position vor der Brust ein.

Eines musste Sofia dann doch widerwillig bewundernd zugeben: Seine Darbietung war durchaus variationsreich. Sie setzte sich mit einem anderem Zeichen fort: Zeigefinger und Daumen berührten sich an den Fingerkuppen. Ein Zeichen für die Genauigkeit? Und dann der geziert abgespreizte kleine Finger! Die zwitschernde Zartheit der Solo- Geige? Ab und zu fiel Manfreds Kinn in tiefer Versenkung auf die Brust, hob sich dann wieder, zeitlupenartig, wobei er die Augen geschlossen hielt, bis sein Kopf hingebungsvoll im Nacken lag.

Halbzeit, Pause, alles strebte in den Innenhof. Auch Manfred erhob sich mit seiner Begleiterin, einer perlengeschmückten Dame mit blau getöntem Grauhaar. Sofia blieb auf ihrem Platz, sie wollte ihm nicht begegnen, wahrscheinlich hätte er ihr seine Kenntnisse auch noch verbal vorführen wollen. Möglicherweise hatte er seine Begleiterin beim Lustwandeln im Arkadenhof mit einem solchen Vortrag strapaziert, denn nach der Pause sah Sofia ihn allein auf seinem Platz sitzen. Was ihn keineswegs hinderte, seine Darstellung ins Pathetische zu steigern. Während die Flöte klagte und das Cello ihr tröstend seine wärmsten Töne zu Füßen legte, saß er vornüber gebeugt und demonstrierte konzentriertes Denken: Der linke Ellenbogen ruhte in der rechten Hand, die theatralisch gespreizten Finger der Linken stützten die Stirn, die Augen waren geschlossen. Ruhe. Nur sein Kopf hielt sich nicht dran. Er vibrierte.

Sofia hatte, als sie nach Hause kam, Stefan von diesem lächerlich-ergötzlichen Musikschauspiel erzählen, es ihm sofort vorspielen wollen. Er saß am Schreibtisch, hatte nur kurz aufgeschaut, zerstreut, wie ihr schien, nur *hm hm* gebrummt, sie war in ihr Zimmer gegangen, um im Programmheft noch einmal nachzulesen, was ihr Ohr verpasst hatte. Als sie noch einmal in sein Arbeitszimmer ging, fand sie es leer vor, er war schon zu Bett gegangen. Zum ersten Mal ohne einen Gute-Nacht-Wunsch.

Diese Szene und sein abwesender Blick, als sie neben ihm am Schreibtisch stand, randvoll mit dem Erlebten, das sie sofort mitteilen wollte, sein Desinteresse – all das fiel ihr wieder ein, als sie auf den Zeitungsartikel gestoßen war. Die Erinnerung hatte sie abgelenkt. Gregor. Als sie ihn nach dem Konzert in die Künstlergarderobe besuchen wollte, hieß es, er habe eilig weg gemusst. Schade.

Sie nahm einen Schluck aus ihrem Bierglas.

"Das war die letzte Flasche."

Stefan stand in der Terrassentür, sein Ton war feststellend, nüchtern, dennoch schwang in der akzentuierten Sprechweise etwas Vorwurfvolles. Sofia kannte diesen Ton, Unbehagen oder Kritik drückte Stefan nicht direkt aus. Er wollte wohl vermeiden, Emotion in Kritik einfließen zu lassen, er nannte lediglich die Tatsachen; seine Kritik war nur dem Zusammenhang und der Kälte in seiner Stimme zu entnehmen.

"Das wusste ich nicht, ist denn im Keller nichts mehr?" Sie nahm die Flasche in die Hand. "Hol dir ein Glas, wenn du magst, das hier reicht noch knapp für eines."

"Eine Frau sollte den Überblick behalten, nicht nur im Beruflichen", erwiderte Stefan und verschwand.

Was wollte er mit dem abrupten Verschwinden abwehren? fragte sich Sofia erstaunt. Er selbst kümmert sich doch immer um alles, was Getränke angeht! Wein, Wasser, Bier oder Saftflaschen, die schweren Kästen oder Kartons, deren Gewicht er mir nicht zumutet? Warum hat er mein Angebot zu teilen abgelehnt?

Eine andere Szene stand vor ihrem Auge, eher verstörend. Anfang November des letzten Jahres hatte das Staatstheater Braunschweig nach einem Ersatz für die Rolle der *Jenny* in der *Dreigroschenoper* gesucht. Voller Freude, ihre Erfahrungen mit dieser Rolle vertiefen zu dürfen, war sie zwei Tage vorher hingefahren. Die *Jenny* war eine ihrer ersten Rollen unter Stefans Regie gewesen, er hatte sie gelehrt, dass Singen mehr ist als nur eine andere Art, etwas zu sagen. "Denk nicht ans Singen", hatte er gesagt", erzähle mir etwas. Alles, was du ausdrücken willst, ist schon in die Musik hinein komponiert, finde es heraus und mache es zu deiner ganz eigenen Mitteilung." Mit Gedanken an ihn, ihren Mann und Lehrmeister, war sie nach Braunschweig gefahren, hatte in drei Aufführungen mit nur einer vorhergehenden Orientierungsprobe sehr gut bestanden – so die Meinung der Presse –, war mit ähnlichen Gedanken zurückgefahren. Noch vor Antritt der Rückreise hatte sie vom Hotel aus angerufen, er solle sie nicht im Büroschlussgewimmel auf dem Bahnsteig abholen, wo sie sich verfehlen könnten, sondern am Hinterausgang des Bahnhofs im Auto auf sie warten. Welchen Grund um Himmels willen hatte er hinter ihrem praktischen Vorschlag vermutet! Jedenfalls war er, nachdem sie sich endlich durch das Gewühl gekämpft hatte, nicht an dem vereinbarten Ort gewesen. Nur sein Auto stand da. Unabgeschlossen, mit Standlicht. Sie hatte ihr Gepäck in den Kofferraum geworfen, eine Weile gewartet, kurz erwogen, ob sie wieder ins Bahnhofsgebäude gehen und nach ihm Ausschau halten sollte, den Gedanken als blödsinnig verworfen, weiter gewartet und sich geärgert. Schließlich, nach einer Viertelstunde war Stefan aufgetaucht, eiligen Schritts, unverhohlene Missbilligung in Augen und Stimme: "Wo hast du dich denn ..." – *rumgetrieben* hatte ihm wohl auf der Zunge gelegen, rechtzeitig aber abgemildert: "Wo warst du denn bloß!" Sie hatte nicht viel erwidern wollen auf diesen Vorwurf, ihm nur ihre Abmachung ins Gedächtnis gerufen, die er schweigend zur Kenntnis nahm. Später hatte sie darüber nachgedacht, was er vermutet haben mochte. Dass sie einen Ausflug aus der Ehe mit einem beruflichen Ausflug getarnt habe? Dass sie mit einem Liebhaber gereist sei, der sich auf dem Bahnsteig von ihr verabschiedet habe? Oder mit einem anderen als dem angegebenen Zug aus Braunschweig angekommen sei? Was sich andererseits kaum nachprüfen ließ. Möglicherweise hatte er doch von ihrer Entgleisung mit Roland erfahren – ein Erlebnis, das sie am liebsten aus ihrer Erinnerung gelöscht hätte. Stefans Verhalten war ihr umso merkwürdiger vorgekommen, als sie seinem starken, ruhigen Charakter ein solch kindisch-eifersüchtiges und auch wenig Erfolg versprechendes Nachspüren nicht zuordnen konnte. Damals nicht, jetzt nicht. *Eine Frau sollte den Überblick behalten, nicht nur im Beruflichen* – lächerlich!

Was ist los mit ihm?

Sie goss den Rest Bier in ihr Glas und leerte es in einem Zug.

Beim späten Abendessen schien seine Missgestimmtheit verschwunden. Gelegenheit, ihn auf Martin anzusprechen.

"Meinst du, du könntest seine Statistenrolle etwas ausbauen? Er hat mir Eindruck gemacht, dieser kleine Bursche. Und gar nicht bange, so lebhaft und unkonventionell neugierig, das gefällt mir."

"Mal schau'n, wird mir schon was einfallen", meinte Stefan und sah sie nachdenklich an, "wenn du das sagst …

Nach einer Pause fügte er hinzu: "Ich hatte den Eindruck, du interessierst dich nicht für Kinder." Und dann: "Das ist ja wohl auch der Grund für unsere Kinderlosigkeit."

Ihr Gesicht versteinerte.

"Dazu gehören zwei", erwiderte sie knapp, wusste, dass sie ihm den wahren Grund nicht sagen konnte, weil er ihn weder verstehen noch akzeptieren würde, fühlte sich elend, weil sie ihm eine mögliche Zeugungsunfähigkeit unterstellte, wohl wissend, dass es eine doppelte Verletzung war. Sie betrog ihn um die Erfüllung seines Wunsches. Sie liebte ihn und betrog ihn täglich mit einer kleinen weißen Pille, wünschte selbst, davon lassen zu können, konnte es nicht. Irgendetwas sträubte sich in ihr, ein Kind zu haben. Jetzt noch nicht. Später. Vielleicht.

Das Abendessen endete stumm.

Ina

Juni 1953

Kirmes im Dorf! Schützenfest, Umzüge mit der großen Tuba, Pfingsten und der Heilige Geist in Gestalt einer Taube. Weiß und golden glänzte die Stickerei auf der Fahne, aufgestellt zwischen Altar und Kanzel. Der Herr Pastor war hinaufgestiegen und hatte so schön gepredigt. Wie der Heilige Geist über den Jüngern schwebte und wie sie in allen Sprachen redeten und sich trotzdem verstanden. Wir alle brauchen den Heiligen Geist, hatte der Herr Pastor gesagt, damit wir uns auch ohne Worte verstehen. Da muss ich wohl noch viel beten, dachte Ina, damit der Heilige Geist auch über mich kommt und ich verstehen kann, warum ich nicht mit den anderen ins Freibad darf. Maria, Erika, Theo und Adi durften immer, auch dann, wenn gemeinsames Baden für Jungen und Mädchen war. Ina nur dann, wenn Schwimmen ausschließlich für Mädchen war. Der Vater hatte gesagt, sie sei erst zehn und die anderen schon zwölf, der Adi Hüppens sogar schon dreizehn.

"Aber ich kann doch schwimmen und sogar besser als die Maria, und ich bin genau so groß wie die, und die Erika ist nur ein halbes Jahr älter als ich!", hatte Ina empört geantwortet.

Damit habe das nichts zu tun, hatte der Vater gemeint.

"Und womit dann?" Ina war trotzig.

Das erkläre er ihr später, war die Antwort.

"Dann soll es mir doch der Heilige Geist erklären", hatte sie geschrien und war auf die Straße gerannt. Dann weiter zum Kirmesplatz. Unten an der Ecke, wo die Straße einen Bogen um die Schreinerei schlug, saßen alle auf den Stangen zwischen den Betonklötzen am Straßenrand, Adi hockte hoch oben auf dem höchsten und kratzte sich mit einer Gänsefeder in den Haaren, Erika hing kopfüber zusammengefaltet über der Stange, ehe sie mit Überschlag wieder auf die Füße fiel.

"Kann ich auch!"

Ina schwang sich in ihrem neuen Faltenrock hinauf, kippte vornüber und ließ sich hängen. Freihändig, der Rock schlug über

41

ihrem Kopf zusammen. Die linke Pobacke befreite sich vom Feinripp der ausgeleierten Unterhose, eine Feder strich sanft über die Rundung, verirrte sich unter das Ausgeleierte. Das fühlte sich schön an. Ina schaukelte ein wenig hin und her, bevor sie die Stange mit den Händen ergriff und sich herunterfallen ließ. Adi saß oben auf seinem Klotz, grinste sie an und warf ihr die Feder an den Kopf. Es war eine schöne Feder, lang und schneeweiß. Ina hob sie auf und steckte sie in ihre Umhängetasche.

Auf dem Kirmesplatz wogte es. Menschen, Lärm, Leierkasten und orgelnde Musik aus Lautsprechern, Gedränge vor der Schießbude. Die Dame ohne Unterleib wurde angekündigt, Autoselbstfahrer krachten zusammen und prallten wieder voneinander ab, das Raupenkarussell donnerte über den Schienenkranz und die große Schiffschaukel flog in den Himmel. Da musste man genau überlegen, wie man die vierzig Pfennig Kirmesgeld einteilen sollte. Am Pfingstsonntag vielleicht nur gucken, höchstens zwanzig Pfennig ausgeben, damit man am Montag noch etwas zum Freuen vor sich hatte. Mit der Raupe zu fahren, wäre gut. Die Männer, die das Geld kassierten, standen immer auf den Trittbrettern, wenn sich alles drehte. Das sah toll aus, wie sie da, breitbeinig, auf und ab und immer rund herum schwebten. Manchmal, wenn das grüne Raupentuch sich über die Sitze wälzte, schlüpften sie mit darunter. Immer zu den älteren Mädchen, wenn die allein saßen. Einmal auch zu Maria, das hatte Ina genau gesehen. Sie hatte es Adi erzählt und den anderen, während sie sich an die Sitze klammerten und aufjuchzten bei dem wilden Ritt über Berg und Tal.

Am Pfingstmontag dann wollten alle zum Autoselbstfahrer, immer zwei in einem Auto, Maria und Adi, Theo und Erika. Ina blieb übrig.

Zuerst sah sie neidisch zu, dann drehte sie sich um, setzte sie sich auf die Randstufen, pflanzte die Ellenbogen auf die Knie und stützte das Kinn auf. Dreißig Pfennige hatte sie noch. Einmal – nur einmal! – Autofahren wäre schön gewesen.

Jemand tippte auf ihre Schulter.

"Komm mit", sagte Adi, "ich fahr noch mal mit dir. Musst dich aber gut an mir festhalten."

"Hast du denn noch Geld?"

"Hab noch zwanzig Pfennig, das reicht."

Ina war selig, stieg mit Adi in ein rotes Auto – eigentlich hatte sie einen Widerwillen gegen diese Farbe, aber jetzt war es egal –, schlang beide Arme um seine Taille, Adi legte seinen Arm um ihre Schulter, lenkte das Auto nur mit der Linken. Toll war das!

"Danke Adi, das war schön!", strahlte Ina beim Aussteigen. Sie zog ihren kleinen Geldbeutel aus der Umhängetasche. Da waren noch zehn Pfennig. Sie kaufte ein Schokoladeneis. Adi durfte lecken.

Beim Abendessen sah der Vater prüfend auf Inas erhitztes Gesicht.

"War's schön?"

"Oh ja, wir waren auf der Raupe und auf dem Autoselbstfahrer, und dann habe ich mir noch ein Eis mit dem Adi geteilt."

Der Vater zog die Brauen hoch.

"Ja, ja, er ist extra noch mal mit mir auf den Autoselbstfahrer gegangen, und dann war sein Geld alle, deshalb. Morgen nach der Schule wollen wir alle zu Hüppens, Johannisbeeren pflücken, der Adi hat gesagt, sie haben so viele."

"Na, dann freuen wir uns schon mal auf Mutters Johannisbeergelee!"

Es wurde aber nichts daraus, jedenfalls nicht für Ina. Nach dem Mittagessen erst mal beim Spülen helfen, dann die Hausaufgaben, der Vater bestand darauf. Als sie endlich fertig war und gerade losstürmen wollte, kam Erika die Treppe hochgerannt, so weiß im Gesicht wie die Flurwand. Sie schnappte nach Luft und lehnte sich keuchend an den Türrahmen.

"Der Adi ... der Adi ... es ist was passiert ...", mehr brachte sie nicht heraus.

Sie hatten sich zuerst alle über die Johannesbeersträucher hergemacht, dann waren sie in die große Scheune gegangen, wo man so herrlich von oben in die dicken Heuhaufen herunter springen konnte. In der Ecke stand die Dreschmaschine. Adi kannte sich aus, im letzten Jahr hatte er schon beim Dreschen geholfen. Er ließ den Bulldog-Motor an, sie kletterten auf den Drescher, es ratterte und vibrierte, Adi griff sich ein großes Heubündel, beugte sich vor, um es zwischen die beiden Trommeln zu werfen. Er beugte sich zu weit vor, die Trommeln ergriffen seinen rechten

Arm, ließen ihn nicht mehr los, drehten und drehten und drehten sich und rissen ihn ab. Adi verblutete.

Zwei Tage später standen die Freunde an seinem Totenlager. Adis Mutter hatte sie in eine kleine Kammer eingelassen. Da lag er in einem viel zu großen Bett, blass, ernst, fremd, ein weißes Leintuch bis zum Kinn. Etwas Rotes, Wolliges zwängte sich dazwischen. Ina konnte nicht hinschauen, sie spürte ihr Herz im Hals, es tat so weh, dass sie glaubte, es werde gleich herausspringen, sie schwitzte, schlug mit den Fäusten auf das hölzerne Fußteil, dann stürzte sie zu Adis Schulter, stopfte mit flatternden Fingern den roten Zipfel unter das Leintuch und rannte hinaus. "Was hast du denn?", rief Frau Hüppens hinter ihr her. Sie beugte sich über ihren toten Sohn. "Du hast so blass ausgesehen, als ob du frieren tätest, da musste ich dich doch mit deiner geliebten Wolldecke gut zudecken." Sie weinte.

Später kam Ina zurück. Sie hielt eine Feder in der Hand.

"Ich hab was vergessen, Frau Hüppens, kann ich noch einmal zu ihm?"

Sie ging hinein, stand eine Weile da und betrachtete ihn. Dann legte sie die Feder quer über seine Brust unter dem schneeigen Weiß.

"Die gehört doch dir, Adi", flüsterte sie, "jetzt kannst du in den Himmel fliegen."

*

Sofia

Sie war weggedämmert, das Geräusch klappernden Geschirrs holte sie in die Gegenwart zurück. Frau Laufensteins Tochter war gegangen. Schwester Beate rückte das Tischtablett näher heran und stellte das Mittagessen darauf ab, Hühnchenbrust, Kartoffeln und Salat. Schonkost, immer noch, aber schmackhaft nach dem labberigen, weißen Toastbrot vom Vorabend. Sofia aß, halb aufrecht sitzend, das Tablett dicht vor ihrer Brust. Frau Laufenstein ließ sich füttern, Sofia vermied es hinzuschauen. Den Nachtisch ließ sie stehen, grünen Wackelpudding verabscheute sie seit Kindertagen. Ein Eis wäre das Richtige gewesen an diesem strahlenden Sommertag, und grün hätte es schon sein dürfen. Grünes Pistazieneis, ihre Lieblingssorte. Oder Zitrone, säuerlich erfrischend. Am besten beide auf einem knusprigen Waffelhörnchen.

Sie sah Martins Gesicht vor sich, seine mit Schokoladeneis beschmierte Oberlippe, seine Zunge, die genießerisch darüber fuhr, während er das Hörnchen in der Hand drehte. Nach der Probe war er ihr nachgelaufen, als sie gerade das Theater verließ. Wie eine Fahne schwenkte er einen großen, weißen Zettel über seinem Kopf.

"Ich habe eine Rolle, ich habe eine richtige Rolle", rief er triumphierend. "Ich spiele einen Freund von diesem, von diesem …", er japste nach Luft, "… Jungen, von dem Schweizer … dem Schweizerkas, der fragt mich, ob ich eine Stelle weiß, wo er die Kasse verstecken kann, und dann reden wir darüber und ich zeige ihm die Stelle am Fluss, wo er die Kasse verstecken kann. Hier, hier …", er hielt ihr den Zettel vor die Nase, "hier steht alles drauf, was ich sagen muss."

Sofia musste lachen über seine aufgeregte Freude, der Drang, sie mit ihr zu teilen, leuchtete in seinen Augen.

"Ist ja toll! Dann bist du jetzt ein richtiger Schauspieler, und wir sind Kollegen, und da sagt man *Du* zueinander. Du weißt, wie ich heiße?"

"Ja, ja, Frau Berger, du heißt Sofia. Hab ich ja oft genug gehört, wie alle das sagen."

"Schön Martin, was hältst du von einem Eis?"

Er wollte unbedingt ein Hörnchen haben, zwei dunkelbraune Eiskugeln darauf, den Pappbecher hatte er abgelehnt. "Da kann ich das Eis ja nicht richtig lecken, dann schmeckt es nicht so gut", hatte er gesagt. Der sinnliche Genuss des Schleckens war ihm anzusehen.

"Was sagen denn deine Eltern zu der Schauspielerei? Sie sind sicher mächtig stolz auf dich, oder?"

"Die? Die ... die wissen das gar nicht. " Er sah konzentriert auf sein Eis. "Die Proben sind ja jetzt in den Ferien, und da bin ich bei meinem Freund, und der verrät nichts."

"Wär' das denn so schlimm, wenn deine Eltern es wüssten?"

Sofia dachte an ihre Eltern, die die Theaterleidenschaft ihrer Tochter mit Ablehnung beobachtet hatten.

"Nein ... nein ..."

Martin schüttelte ganz schnell den Kopf, zögerte einen Moment. "Ich will sie überraschen", stieß er dann heraus und widmete sich wieder seinem Eis.

Es hatte nach Erleichterung geklungen.

"Er hat mich so daran erinnert, wie ich selbst in diesem Alter war."

Sofia hatte gleich als sie nach Hause kam von der Begeisterung des in den Stand eines Kollegen erhobenen kleinen Statisten erzählen wollen. Sie fand Stefan schließlich im Bad. Er kam gerade aus der Dusche, die Haut noch feucht, die Haare nass in grauen Kringeln vom Kopf abstehend.

"Weißt du das noch so genau?", wollte er wissen, während er sich ein Handtuch um die Hüften wickelte.

"Einzelheiten natürlich nicht, aber ans Theaterspielen erinnere ich mich schon. Wir haben Bänke im Hof aufgestellt und Eintritt genommen und selbst erdachte Stücke gespielt, Improvisation war groß geschrieben. Und später dann ...", sie stockte, holte tief Luft und stieß sie geräuschvoll wieder aus.

"Später dann?"

"Ach ... du weißt doch, Stefan, wie es später war. Meine Eltern hielten nichts von Schauspielkursen, wollten mir sogar verbieten, der studentischen Theatergruppe beizutreten. Sie vermuteten wohl, das Theater hätte etwas mit Leichtlebigkeit zu tun. Ich solle mich auf mein Musikstudium konzentrieren. Sie dachten an eine akademische Laufbahn – weiß der Himmel, was sie sich vorgestellt haben. Wahrscheinlich eine Karriere im Schuldienst, sicher nicht die einer Chansonsängerin."

Stefan bearbeitete seinen nassen Kopf mit einem Handtuch.

"Möglich, dass du im Chanson Karriere gemacht hättest. Wenn ich dich nicht weg geschnappt hätte."

Viele Dinge hatten erst passieren müssen, damit diese Wendung in ihrem Leben eintreten konnte. Sie wäre nicht eingetreten, wenn sie sich dem elterlichen Wunsch nach einem Jurastudium gebeugt hätte – sie nicht der Theatergruppe angehört hätte – Greta Ganden nicht zwei Tage vor der öffentlichen Hauptprobe einen Unfall gehabt hätte – genug Zeit gewesen wäre, eine altersmäßig zur Rolle passende Schauspielerin als Ersatz zu finden – Sofia nicht eher zufällig bei dieser Probe mit ihrer Theatergruppe zugeschaut hätte – der Regisseur die Anwesenden nicht über die momentane Lücke informiert hätte – sie nicht spontan, tollkühn, fröhlich und völlig unbefangen auf die Bühne gesprungen wäre und gesagt hätte: "Was muss diese Figur, diese – wie heißt sie? – *Krächze* – singen? Singen kann ich nämlich. Was soll ich singen?" – und schließlich: Wenn sie nicht überzeugend gewesen wäre. So viele *Wenn!* Der Rest, das Lernen des mageren Textes in sechs von insgesamt vierzehn Szenen war ihr eine Kleinigkeit, das sich Einfinden in das Ensemblespiel keine Schwierigkeit.

"Damals, als ich von der momentanen Lücke gesprochen habe, war ich ein verzweifelter Optimist", sagte Stefan. Sein Kamm zog schnurgerade Furchen durch das Gewirr auf seinem Kopf.

"Was auch immer du warst, Stefan, ich weiß es nicht. Du standest da oben und warst so ganz anders als all diese kumpelhaften Studenten, so ernsthaft und bestimmend, du hast mich angesehen und mich gemeint – jedenfalls hatte ich dieses Gefühl. Und so war es deine Aufforderung an mich, die Lücke zu schließen Ich habe keinen Moment gezögert. Außerdem – du hattest so etwas … etwas Kraftvolles an dir, etwas bezwingend Männliches, und … so etwas Magisches, als kenntest du selbst alle diese Figuren." Sie trat hinter ihn und drückte sich an seinen Rücken. "Fast so, als kenntest du auch mich schon?" Ihre Hände schoben sich unter seine Achseln.

"Vielleicht hast du in mir den erkannt, den du gesucht hast, ohne es zu wissen?", gab er ihr die Frage zurück. "Und vielleicht ist das die Magie, die du in mir gesehen hast. Die Bühnenfiguren kenne ich nicht besser als ihr, die ihr sie spielt. Aber ich erkenne sie, wenn ihr sie mir zu erkennen gebt. Dann verstehe ich sie. In deinem Spiel habe ich sie fast immer sofort erkannt. Manchmal waren sie anders, als ich sie mir vorgestellt habe, aber meistens waren sie überzeugend."

Sofias Hände strichen mit gespreizten Fingern über seine Brust.

"Bin ich überzeugend?", flüsterte sie in seine Nackenhaare.

"Du bist die überzeugendste Lügnerin, die ich je kennen gelernt habe." Er löste ihre Hände und drehte sich zu ihr um. "Dem Publikum zeigst du die Wahrheit über deine Figuren, dich selbst betrügst du mit ihr."

"Dann kennst du mich besser als ich mich selbst. Los, sag mir die Wahrheit über mich."

Mit einem provokanten Lächeln schob sie die Träger ihres Sommerkleids von den Schultern, erst den einen, dann den anderen, ihre Augen glitzerten, während der dünne Stoff sich im Luftzug aufbauschend zu Boden glitt. Sie stand da, rührte sich nicht, hob nur das rechte Knie ein wenig an wie eine Spitzentänzerin, die angemessene Position, sich bewundern zu lassen. Wortlos sah er sie an. Sie hob ihre Arme, zog das Gummi aus den Haaren. Wie befreit überfluteten sie Hals und Schultern, zogen ihren Kopf in den Nacken, als gebe er dem Gewicht nach, nur, um ihm die Kurve des Halses darbieten zu können. Seine Hände umfassten ihr Gesicht, gruben sich in ihr Haar, seine Zunge umkreiste die kleine Grube am Halsansatz.

"Du bist schön", murmelte er, "diese Wahrheit kennst du doch."

Sofia hob den Kopf, das Lächeln um ihre Lippen war verschwunden.

"Sag mir mehr. Sag mir, wie sehr du mich liebst."

Er schwieg. Aber seine Hände sagten es ihr. Sie glitten über ihre Schultern und weiter hinunter über die Brüste. Unter der flüchtigen Berührung richteten sich die hellbraunen Spitzen auf, erwartungsvoll – doch die Hände wanderten hinab, beweglich, schleichend, sie strichen über die glatte Mulde ihres Bauches, der unter dem leichten Druck nachgab, verharrten einen Moment auf den Hüften, bevor sie sich in den Slip schoben und ihn abstreiften. Und endlich fanden, was sie suchten. Er kniete nieder und vergrub sein Gesicht in dem orangeroten Gekräusel.

"Komm, komm nun."

Ihre Stimme war leise, mit einem Hauch von Heiterkeit. Mit beiden Händen griff sie in seine Haare, bewegte sie hin und her, bis sie die vom Kamm geschaffene Ordnung zerstört hatten.

"Wenn du vor mir kniest, *so* vor mir kniest, bist du überzeugend, ich glaube dir alles."

Er schaute auf zu ihr, lächelte.

"Nur eines glaube ich dir nicht", fügte sie hinzu, "dass du diese Anbetung mit einem Handtuch um die Hüften für stimmig hältst. Die Szene stimmt nicht. So nicht."

"So lass uns der Szene einen Akt hinzufügen."

Es wurde ein Stück mit mehreren Akten, ein Lustspiel für zwei Akteure, die sich in nichts nachstanden. Gegen Morgen gab es ein Nachspiel, der Schatten seiner Schultern bewegte sich über ihr vor der matt schimmernden Decke, seine Hände verirrten sich im Netz ihrer Haare.

"Ich habe dich das nie gefragt in all den Jahren – aber warum haben sie eine andere Farbe als die zwischen deinen Beinen?", fragte er, den Mund an ihrer Schläfe.

"Ich mochte diese Farbe noch nie, als Kind wurde ich immer gehänselt. Da hab ich sie blond gefärbt, als ich mit dem Studium anfing."

Zwei Wochen später war die Generalprobe zu Mutter Courage und es gab eine neue Farbvariante

"Uhh, du siehst ja wie 'ne Pennerin aus", meinte Martin, als Sofia aus der Maske kam. Er war schon auf der Hinterbühne und sah sie die Treppe heraufkommen. "So' ne Haare wie Spülwasser! Wie acht Wochen nicht gewaschen."

"Du siehst auch nicht schlecht aus, Martin, wie zwei Monate nicht in der Badewanne."

"Gefällt mir, gefällt mir, gefällt mir", trällerte er und hüpfte dabei auf und ab, "ich mag sowieso keine Badewanne."

"Da werden dich deine Eltern bei der Premiere ja wohl kaum wieder erkennen. Aber ich werde deine Eltern kennen lernen. Nach der Premiere. Ja?"

"Weiß nicht, weiß nicht, weiß nicht", trällerte er wieder, breitete die Arme aus und spielte Flieger, im Kreis herumlaufend.

"Aber sicher wirst du mir deine Eltern vorstellen! Wer sonst soll ihnen denn sagen, was für ein toller Schauspieler du bist."

Sie lernte sie nicht kennen. Nicht nach der Premiere, nicht bei den folgenden zwölf Vorstellungen, die sich bis Ende Februar hinzogen. Er werde immer sofort abgeholt, wenn das Stück zu Ende sei. Behauptete er.

Nach dem Schlussapplaus der letzten Vorstellung wollte Martin sich gleich davon machen, aber Sofia hielt ihn am Arm fest.

"Du bist der jüngste Schauspieler hier und bekommst heute ein Extra", sagte sie und ließ seine Hand nicht mehr los. Nach einer wahren Applausorgie hatte sich der letzte Vorhang schon geschlossen, aber noch immer wollte das Publikum nicht aufhören zu klatschen.

"Komm mit", sagte Sofia, schob die schweren Falten auseinander und zog ihn mit sich an die Rampe. Der Beifall schwoll noch einmal an, Martin sah fragend zu ihr auf.

"Verbeugen", raunte Sofia und lächelte aufmunternd. Da ließ er ihre Hand los, legte die Arme an den Körper und verbeugte sich steif und ernst. Fast sofort richtete er sich wieder auf, drehte sich abrupt um und wollte weg, fand aber nicht gleich den Durchschlupf zwischen den Vorhanghälften. Sofia teilte die Samtwülste, legte die Hand auf seine Schulter und schob ihn hindurch. Ohne sich umzudrehen, rannte er davon.

"Heute ist die letzte Gelegenheit zu erfahren, warum Martin mir seine Eltern vorenthält", hatte Sofia am Morgen zu Stefan gesagt, "am Abend werde ich sehen, von wem er abgeholt wird."

Am Bühnenausgang sah sie eine ältere Frau warten. Martin sprang die Treppe hinunter und lief zu ihr. Sie wollte ihn bei der Hand nehmen, aber er wehrte ab.

Das war nicht seine Mutter. Vielleicht die Großmutter? Die beiden gingen vor ihr her, Sofia folgte ihnen. Es war spät, kalt und dunkel. Sie fror. Warum tue ich so etwas, fragte sie sich. Laufe mitten in einer frostigen Winternacht einem kleinen Jungen und seiner Großmutter nach. Sie war kurz davor umzukehren. Nach mehr als zwanzig Minuten sah sie die beiden in einem breiten Hauseingang verschwinden. Hier also wohnte Martin? Ein großes, altes Haus, mehrere Stufen, eine schwere Doppeltür. Eher ein Portal. Neben den Stufen an der Wand gab es ein Schild *Don Bosco Kinderheim.*

Sie brauchte ein paar Herzschläge, um zu begreifen. Die alte Frau war nicht Martins Großmutter, wahrscheinlich eine Betreuerin. Warum war er nicht bei seinen Eltern, lebten sie nicht mehr? Sie stand noch ein paar Minuten vor dem Portal, blickte zu den dunklen Fenstern hinauf. Sie blieben dunkel.

Sie trat den Rückweg an. Morgen würde sie sich Klarheit verschaffen und im Heim anrufen. Warum wollte Martin nicht sagen, dass er dort lebte? Warum log er? Sprach von Eltern, die er mit seiner Schauspielerei überraschen wolle. Die ihn abholen würden. Von einem Freund, bei dem er in den Sommerferien wohne. Schämte er sich? Erfand er die Menschen, die ihm fehlten?

Die Nachfrage am nächsten Tag brachte die Klärung, beruhigte Sofia aber nicht. Martins Mutter, lange Zeit arbeitslos, hatte ihn vor etwa einem dreiviertel Jahr ins Heim gebracht, weil sie ihn angeblich nicht mit an die neue Arbeitsstelle nehmen konnte. In Düsseldorf, in einer Küche bei McDonalds. Weit weg also. Sie wolle Martin nachholen, sobald ihre Verhältnisse geordnet seien, sie eine Wohnung habe, der Arbeitsplatz ihr sicher sei. Martin wurde sozusagen zu vorübergehender Aufbewahrung abgegeben. Die Stimme der Leiterin klang bitter. Sie habe Kontakt zu dieser Frau aufgenommen, die sich immer noch außerstande erkläre, Martin zu holen. Ständig wechselnde Arbeitszeiten, zu wenig Verdienst, sie bewohne nur ein einziges kleines Zimmer. Auch das Jugendamt habe sich schon eingeschaltet, man vermutete, sie lebe dort zusammen mit einem Mann.

"Martin glaubt immer noch, dass seine Mutter ihn holt. Sie hat es versprochen, sie hat es doch versprochen, sagt er immer. Sollen wir ihm sagen, dass er offensichtlich unerwünscht ist? Ebenso wie vermutlich seine Zeugung und Geburt unerwünscht waren."

"Und der Vater?"

"Unbekannt."

Armer Martin. Aber er war immer noch voller Hoffnung. Und er tat recht daran, sie nicht aufzugeben.

*

Ina

Montag, die Bahnhofsuhr zeigte zehn Minuten nach Eins. Noch zwanzig Minuten Wartezeit. Seit der Versetzung des Vaters nach Hannover und dem Umzug aus dem Rheinland nach Burgdorf, einem dörflichen Vorort, musste Ina mit dem Zug zur Schule fahren.

Sie setzte sich auf die Bank, griff in ihre Schultasche und zog das Lehrbuch "Humanistische Lebenskunde" heraus. Es gibt keine überflüssige Zeit, pflegte Vater zu sagen, überflüssig ist nur vergeudete Zeit, und Mutter pflegte zu nicken, carpe diem!

Sie strich ihren rot gepunkteten, petticoatgeblähten Rock über den Knien glatt und beugte sich über das Buch. Ein Zug fegte plötzlich mit ratternden Kolben und schrillem Pfiff an der Bahnsteigkante vorbei. Der Luftstrom riss ihre langen Haare hoch und drückte ihr auf die Augen. Sie blinzelte, ihr Blick folgte dem zuckenden Wechsel verwischter Konturen von Waggons und den scharfen Lichtschnitten zwischen ihnen, bis nur noch ein kleines Viereckschwarz in der Ferne zu sehen war. Ein anderes tauchte daneben auf, näherte sich, wurde größer, der Lautsprecher kündigte ihren Zug an. Ina packte ihr Buch in die Tasche, der Zug hielt, sie stieg ein.

Um diese Mittagszeit gab es nicht viele Fahrgäste. Sie holte ihr Lehrbuch wieder heraus, legte die Schultasche auf die Knie, das Buch darauf. Es blieb ungeöffnet, während sie aus dem Fenster sah. Der Zug tuckerte dahin, Personennahverkehr.

Was Verkehr sei – das hatte die Mutter ihr gestern erklärt. Gleich nach dem Aufwachen war Ina zu Tode erschrocken in ihrem blutigen Nachthemd zu ihr gerannt. Die Mutter hatte beruhigend gelächelt. Sie sei nun eine richtige Frau, natürlich nur rein körperlich betrachtet, sie könne nun Kinder bekommen. Wie das denn gehen solle, hatte Ina gefragt und hinzugefügt – ihre spontanen Gedankenverbindungen konnte sie wieder einmal nicht unterdrücken –, sie sei ja nicht die Jungfrau Maria. Die Mutter überging die rotzige Bemerkung und erklärte ihr, wie ein

53

Mann mit einer Frau verkehrt. Zum Zwecke der Zeugung. Die Frau habe nicht viel von diesem Vorgang, jedenfalls erheblich weniger als der Mann. Von einer älteren Klassenkameradin hatte Ina Anderes, wenn auch Ungenaues gehört.

Sie schluckte. Ihr Blick, der bis jetzt dem schnellen Wechsel der Landschaft gefolgt war, wurde starr. Den Erklärungen am gestrigen Morgen waren weitere am Abend gefolgt.

"Wir müssen dir etwas erklären", hatte die Mutter gesagt, "wir denken, es ist jetzt an der Zeit, dass du es erfährst."

Es war keine Erklärung gewesen. Eine Eröffnung war es. Ein Offenlegen, das nichts erklärte. Es hatte sie tief ins Unklare gestürzt. Sie seien nicht ihre leiblichen Eltern, hatte der Vater gesagt, nachdem sie in sein Arbeitszimmer gerufen worden war. Er hatte auf den Stuhl neben sich am Tisch gewiesen – dieser Tisch war sonst dem Schachspiel vorbehalten –, die Mutter setzte sich ihr gegenüber.

"So feierlich?", hatte Ina gefragt. "Sagst du mir wieder etwas Schönes?"

"Etwas Ernstes", sagte der Vater, "aber jetzt bist du alt genug, es zu verstehen."

Verstanden hatte sie es. Hatte verstanden, dass sie eigentlich woanders hingehörte. An einen Ort, von dem sie nicht wusste, wo er war und wie er aussah. Zu Menschen, die sie nicht kannte, deren Erbgut sie in sich hatte. Denen war sie ähnlicher als diesen hier am Tisch, der Frau und dem Mann, die sie erzogen hatten.

Plötzlich hatte sie sich heimatlos gefühlt. Sie hatte nur da gesessen, kein Wort gesagt, die beiden Menschen ihr gegenüber mit verstörten Augen angestarrt. Vater und Mutter hatten sie schließlich in den Arm genommen und gesagt, dass sie sie lieb hätten wie ein eigenes Kind.

"Warum habt ihr mich aufgenommen, was ist mit meinen Eltern, wollten sie mich nicht?", hatte sie nach einer Weile fragen können. In ihrem Kopf stürzte alles übereinander.

"Wir wissen nicht, wer deine Eltern sind", war die Antwort. "Wir konnten keine Kinder bekommen, da haben wir dich aus dem Waisenhaus geholt."

Ich bin ein Ersatzkind, dachte Ina, es laut zu sagen, hatte sie nicht gewagt.

Im Bett hatte sie nicht einschlafen können, ließ lange die Nachttischlampe brennen, betrachtete ihre geliebte Käthe Kruse-Puppe auf der hohen Rückenlehne der Couch, zweimal war sie beim Durchwaten eines Tümpels ins Wasser gefallen, die Mutter hatte sie im Backofen getrocknet. Neben ihr der einbeinige Teddy. Auf dem Bügel am Schrank das neue Sommerkleid mit Petticoat – zum ersten Mal hatte sie sich mit ihrem Kleiderwunsch gegen die Mutter durchgesetzt –, ihre Bücher, wenige Schallplatten, neben dem Zwischenspiel aus *Notre Dame*, Weihnachtsgeschenk vom Vater, drei Platten von Udo Jürgens, eine von Caterina Valente, das alte Klavier – das vor allem –, weiß, mit einem hohen Klangkörper, der sich oben öffnen ließ. Oma hatte es ihr vermacht. Bei jedem Besuch hatte Ina mit mehreren Fingern gleichzeitig nach Melodien und Klangkombinationen gesucht und dazu gesungen. Jetzt gehörte es ihr, der Klavierlehrer hielt sie für begabt. Oma war gestorben, sie war ja nun auch nicht ihre richtige Oma. Ina sah ihr Foto vor sich, die lächelnde Frage in ihrem runden Gesicht, der leicht zur Schulter geneigte Kopf, das glatt gescheitelte Haar aus dem herzförmigen Bogen über der Stirn aufsteigend, im Nacken zu einem Knoten gedreht. Wie sie da gesessen hatte auf dem hölzernen Stuhl vor dem Fenster, die Knie geöffnet unter dem weiten Rock! Ein Hort in der warmen Stofffülle zwischen ihren Beinen, in dem sie sich als kleines Kind geborgen fühlte. Dann hatte die Oma das Strickzeug beiseite gelegt, die Brille war ihr von der Nasenspitze gerutscht und in den Schoß gefallen, sie legte sie auf den Tisch und nahm Ina in den Arm. Eine runde Laube, schützend, warm und weich.

Vielleicht waren es diese Erinnerungen an die Großmutter, die sie irgendwann, erschöpft von den kreisenden Gedanken, hatten einschlafen lassen.

Am heutigen Morgen war alles wie immer gewesen. Frühes Aufstehen, hastiges Frühstück, kein weiteres Wort über den gestrigen Abend. Nur Mutters besorgter Blick und Vater hinter der Zeitung. Dann mit dem Zug zur Schule, Mathematik, Latein, Deutsch, Biologie, Musik. Erst in der letzten Stunde hatte sie für eine Weile die Geschehnisse des Vorabends vergessen können. Ein neuer Kanon wurde einstudiert: *Auf ihrem Weißrösslein, so weiß wie der Schnee, die schönste Prinzessin reit' durch die Allee...*

55

Sofia

Sie hatte ein wenig geschlafen nach dem Mittagessen.

"Zeit für einen Spaziergang." Schwester Beate schlug die Bettdecke zurück.

"Nur bis ins Bad", fügte sie hinzu, als sie Sofias erschreckten Blick wahrnahm. Sofia stützte sich ab, schob ihre Knie seitlich aus dem Bett, Beine und Füße folgten in Zeitlupe. Schwester Beate zog den Infusionsständer heran, half ihr hoch und hielt ihren Oberarm, während sie sie ins Bad begleitete.

"Geht es ohne meine Hilfe?", fragte sie in der Tür stehend.

Sofia nickte. Sie musste sich darauf einstellen, allein zurechtzukommen, jetzt und später. Sie hielt sich am Waschbecken fest, beugte die Knie und ließ sich langsam auf dem Hocker nieder. Ihr Gesicht im Spiegel sah angestrengt aus, blass, die Sommersprossen sehr deutlich auf der weißen Haut, die hellbraunen Augen müde unter den weitschwingenden Brauenbögen, zerrupftes Goldgebüsch die Haare. Sie griff zur Bürste auf der Ablage, senkte den Kopf und zog sie, im Nacken beginnend durch das Gewirr, langsam und genussvoll. Wie gewohnt warf sie die Haare ruckartig aus dem Gesicht, ein Schmerzstrahl schoss ihr durch den Bauch. Langsam!, ermahnte sie sich. Gleichzeitig war sie erstaunt, auch erfreut, dass sie, blind hinter dem dichten Haarvorhang, sich gedankenlos hatte gehen lassen können. Mit beiden Händen strich sie die Haare nach hinten, drehte sie am Hinterkopf zu einem Strang zusammen und befestigte ihn mit einer Klammer auf dem Oberkopf. Wie ein Pinsel standen die Haarenden hoch, als wüchsen sie unmittelbar aus dem Kopf heraus. Sie lachte, als sie sich im Spiegel ansah. Das Foto in ihrem Album! Sie war vier Jahre alt, stand mit den Eltern auf den Stufen vor dem Hauseingang, Vater rechts, Mutter links, beide steif und ernst blickend, sie dazwischen, die Arme leicht erhoben wie kleine Flügel, damit sie ihre Hände in die der Eltern legen konnte. Wie oft hatte sie sich dieses Foto angesehen, hatte versucht, das Ersatzkind darin zu finden. Dieses Foto sagte ihr etwas anderes. Es zeigte keine Familie. Da war ein Mann, groß, ernst, mittelblonder buschiger Haarwuchs nur auf dem Oberkopf, seitlich verrutschter Scheitel über freiliegenden Ohren. Die Frau, mädchenhaftes Gesicht, umrahmt von einer schwarzhaarigen Wellenfrisur mit Außenrolle, versuchte ein Lächeln. Und ein kleines Kind. Es reckte den Kopf vor, als wolle es sich die Kamera aus der Nähe ansehen, aus einer großen Haarschleife sprang ein Strudel roter Locken hervor, den rechten Fuß hielt es wie zum Hüpfen erhoben, der linke Arm und die Schulter zogen nach unten, als wolle sich die Hand dem väterlichen Griff entziehen. Ein Ersatzkind war das nicht.

Ich bin anders als sie, hatte sie gedacht, damals schon, nachdem die Eltern sie aufgeklärt hatten und ihr doch gar nichts klar war. Und bald danach: Gott sei Dank bin ich anders! Was haben sie mir schon zu sagen! Nur deshalb, weil sie mir ihren Namen gegeben haben? Schwarz! Ina Schwarz. Schwarz will ich nicht heißen, ich bin bunt, schwarz ist langweilig, trübe, unheimlich, ein Name, steif wie ein Brett! Ich will heißen wie eine, die fliegen kann oder springen, ein fliegendes Pferd, ein weißes fliegendes Pferd, das über Gräben und Zäune springt, über die Landschaft fliegt und auf dem Regenbogen reitet! Ablehnung und Widerspruch gegen die Eltern steigerte sich in lauten Szenen: "Ich bin nicht euer Kind, ihr habt mir gar nichts zu sagen!", hatte sie geschrien, Türen geknallt, war zu ihren Freunden gerannt. Dann hatten sie Platten gehört, Udo Jürgens, Caterina Valente, später Juliette Grèco und Miles Davies, die neuesten Tänze probiert. Negermusik und Negertänze nannten die Eltern das, so etwas wollten sie nicht im Haus haben. Es gab Auseinandersetzungen wegen Zuspät-nach-Hause-Kommens, in den mäßigen Ausschnitt ihres Tanzstundenkleids musste die Hausschneiderin eine weiße Rüsche einarbeiten, die etwas verdecken sollte, was noch gar nicht ausgebildet war. Den steifen Büstenhalter aus fester Baumwolle, den die Mutter ihr aus eigenen Beständen vergangener Zeiten anlegen wollte, empfand sie wie ein Zaumzeug und kaufte sich einen neuen vom gesparten Taschengeld.

Sie erinnerte sich an ein anderes Foto von einer Geburtstagsparty. Sie mit ihrer Freundin Liselotte an einem Tisch stehend, einen Teller mit Kartoffelsalat in der Linken, mit der Rechten schoben sie sich eine lange Brühwurst zwischen die Zähne, man meinte, sie kichern zu hören. "Ihr beiden habt am schlimmsten ausgesehen, wie Nutten!", war Mutters Kommentar. Ina hatte verständnislos geguckt. "Die machen das für Geld", wurde sie aufgeklärt. Sie verstand immer noch nicht, hatte sie sich doch nur die blassen, rotblonden Augenbrauen mit einem abgebrannten Streichholz nachgemalt. Manchmal zeichneten sie sich auch mit einem solchen Streichholz schnurgerade schwarze Linien vom Oberschenkel über die Wade bis zur Ferse hinunter und fühlten sich, als spazierten sie mit den neuen, modischen Nylonstrümpfen über die Straße, ließen die Freunde wohl auch prüfen, ob die Strümpfe echt waren, kicherten schamhaft, wenn die Hände sich unter den Rock verirrten. Erlaubten ihnen aber nicht, weiter vorzudringen. Mädchen gab es wohl, ältere als Ina, schon sechzehn oder siebzehn Jahre alt, über die wurde getuschelt, sie kämen oft erst des Nachts nach Hause, und die alten Frauen – so wie Marias Oma, die noch mit ihren schwarzen Witwenhauben des Sonntags zum Hochamt gingen – rümpften die Nasen und schüttelten die Köpfe, als dann eines von diesen Mädchen zwei Monate nach der Pfingstkirmes überraschend heiratete. Heiraten musste. "Eimol op de Kirmes – dä!" Ein Spruch, den Sofia wegen der bildhaften Verschlüsselung eines Fehltritts nie vergessen hatte. Der Vater gab sein unverschlüsseltes Urteil dazu:

"Schausteller sind Schurken – erst verführen sie, dann verschwinden sie."

*

Ein Klopfen an der Toilettentür schreckte Sofia aus ihren Erinnerungen auf.

"Alles okay mit Ihnen, Frau Berger?"

"Ja, ja, ich bin gleich fertig hier."

Die paar Meter zurück ins Bett ging sie allein, gekrümmt, um den Zug auf die Narbe zu mindern, schob den Infusionsständer neben sich her, bewegte sich langsam und kontrolliert.

Es geht. Es braucht Zeit. Aber es geht.

Am späten Nachmittag gab es eine Neubelegung im Nachbarbett, eine Frau mit überfälligem Entbindungstermin.

"Frau Thomen", stellte Schwester Anne sie vor, "sie soll endlich ihr Kind bekommen, ist auch nur vorübergehend hier in
diesem Zimmer, bis es soweit ist."

Ihr Mann begleitete sie, packte den kleinen Koffer aus und ver-
staute den Inhalt im Schrank, während seine Frau sich im Bad ein
Nachthemd überzog. Sie bewegte sich schwerfällig durch das
Zimmer, bevor sie sich aufseufzend im Bett arrangierte. Ja, es sei
ihr erstes Kind, sagte sie auf Sofias Frage. Der ausgerechnete
Termin sei schon um vierzehn Tage überschritten, und nun sollte
die Geburt eingeleitet werden.

"Haben Sie auch entbunden?", wollte sie wissen, nachdem ihr
Mann gegangen war.

Sofia verneinte, sagte nur Ungenaues über eine Operation vor
drei Tagen. Sie wollte Frau Thomen nicht ermuntern, sich über
Schwangerschaft, Erbrechen und andere Mühseligkeiten zu
verbreiten. Wahrscheinlich war diese Befürchtung überflüssig, die
junge Frau wirkte erschöpft, lag mit geschlossenen Augen im
Bett.

Schwester Beate kam mit einer Wehen auslösenden Spritze,
sprach von sechs bis zehn Stunden bis zum Einsetzen der Wehen.

Sofia hörte kaum hin.

Mehr als neun Monate Schwangerschaft! Neun Monate zurück
… September 1970 … das war der Monat, in dem die Proben zu
Bernarda Albas Haus begonnen hatten, der Monat, in dem der
Knick sich anbahnte, der nun zum Bruch geführt hatte. Das Presomen, jahrelang zur Verhütung genommen – Stefan hatte es ihr
wortlos präsentiert –, war nicht der Grund für das Scheitern
ihrer Ehe, sondern nur Anlass für eine Schuldzuweisung an sie.
Eine Schuld, die zu teilen war. Deren eine Hälfte in Stefans un-
bedingtem Anspruch an Wahrhaftigkeit auf der Bühne zu suchen
war. Er hatte sie alle getrieben, brennend in seiner Idee eines
realen Theaters, das Bühnenfiguren nicht ausstellt sondern so
erscheinen lässt, als seien die Schauspieler selbst gefangen in deren Problemen und Befindlichkeiten. Das verlange mehr als bloße Einfühlung, es sei erlebendes Darstellen, ein Moment nicht
wiederholbarer Realität. Er wolle kein Theater, das Schicksale und
Zustände und die immer gleichen Fragen nach Leben, Tod und

Liebe immer anderer Menschen nur abbilde – Schauspieler zu sein bedeute, immer und vor allem wahrhaftig zu sein. Mit diesem Anspruch hatte er seine Schauspieler geführt und Experimente gewagt. Sie, Sofia, war ihm gefolgt und über das Ziel hinausgeschossen. Und er war schuld daran.

Schon bei der ersten Probe hatte er sie alle herausgefordert, auch Sofia, die keine Mühe hatte, als Adela ihren Hass auf die Mutter glaubhaft zu machen. Es war ihm nicht genug.

"Treibt die Worte nicht vor euch her, als seien sie eine Herde blökender Schafe", sagte er, "illustriert sie nicht, lebt sie aus! Sofia, ich will dir deinen Hass nicht nur glauben, ich will überwältigt werden von Adelas Gefühlen, ich will als Zuschauer an Martirios Verrat und Lüge ebenso leiden wie Adela. Alle Figuren in diesem Stück leiden aneinander. Also …", er zögerte kurz, fuhr sich mit beiden Händen durch die Haare und sah sie nacheinander an, als überlege er, wen er wählen solle. Dann wies er auf Christina und Sofia.

"Ihr seid jetzt mal nicht die Mutter Bernarda und ihre Tochter Adela, ihr seid zwei Schauspieler, die einander nicht mögen. Christina, sag deiner Kollegin Sofia, was du an ihr als Schauspielerin nicht magst, was du an ihr verabscheust. Vielleicht sogar hasst."

Christina öffnete den Mund, als wollte sie etwas erwidern, für einen kurzen Moment wirkte sie erschrocken. Dann atmete sie aus und schaute zu Boden.

Noch einmal sah Stefan alle sehr nachdrücklich an. "Ich will sehen, welche Momente von Echtheit ihr in diesem Zustand einer verordneten Konfrontation erleben könnt, um sie dann als Adela und Bernarda nachzuerleben. Betrachtet es als Experiment."

Sofia blieb gelassen. Ein Experiment war auch so etwas wie ein Spiel. Was wollte Stefan bloß aus ihnen herauskitzeln? Konkurrenzgefühle? Die gab es doch zwischen Mutter und Tochter nicht, nicht in diesem Stück.

Christina zog sich einen Stuhl heran, setzte sich, senkte ihren Kopf, als wolle sie sich sammeln. Ihr hennagefärbtes Haar mit grauem Ansatz am Mittelscheitel folgte der Kopfbewegung, als senke sie einen Vorhang vor ihr Profil, hinter dem sie sich unbeobachtet konzentrieren konnte. Sofia blieb stehen, betont locker, Standbein, Spielbein, verschränkte Arme. Sie lächelte, fühlte sich stark und allen Anklagen gewachsen.

"Du bist jung", begann Christina und hob den Kopf. Mit beiden Händen schob sie die Haare hinter die Ohren und strich sie glatt. Ihr Blick zuckte hinüber zu Sofia, dann richtete sie ihn in den dunklen Zuschauerraum. "Aber das ist kein Verdienst", fuhr sie fort, "auch ich war einmal jung. Dennoch betrachtest du deine Jugend als etwas, das dir den Vorrang gewährt, die interessantesten Rollen für dich zu beanspruchen."

Sie schwieg.

Sofia lächelte sie an.

"Du bist schön", fuhr Christina fort, "du meinst es genüge, mit Körperlichkeit, gutem Aussehen und Jugend eine Rolle zu füllen, aber in allen Rollen spielst du nur dich selbst, übertrieben spielst du dich selbst, du liebst dich selbst so, dass du überhaupt nicht mehr aufhören kannst, dich darzustellen …" – sie sah Sofia unvermittelt an, ihr etwas zu großer Mund verzog sich – "manchmal kann einem direkt übel davon werden, wie du deine Rollen vor dir herträgst und ausstellst, wer du bist. Oder mehr noch: Wer du sein willst."

"Und – wer bin ich?"

"Du bist eine Dahergelaufene ohne Ausbildung, eher eine Heraufgesprungene auf diese Bretter, hast dir gleich den geschnappt, der hier das Sagen hat, alle anderen an die Wand gedrängt, aber …", in ihren Augen glomm ein grüner Funke von Bosheit, "eines hast du immer noch nicht geschafft."

Sie machte eine Pause, hob das Kinn und sah Stefan herausfordernd an. Sofia lächelte immer noch, es war ein gefrorenes Lächeln, ihr Gesicht starr, die Arme immer noch verschränkt,

"Interessant", meinte sie kühl, "was habe ich deiner Meinung immer noch nicht geschafft? Vielleicht interessiert mich das ja gar nicht."

"Was auch immer der Grund ist: Du hast es nicht geschafft, deinem Mann ein …"

"Es reicht, Christina", fuhr Stefan dazwischen, seine Hand hieb eine abschneidende Geste in die Luft, "jetzt wirst du privat, gefragt war Berufliches."

Alle schwiegen, der Moment von Echtheit hatte sie erschreckt, unterschwellige Gefühle, in Aggression offen gelegt, drohte das Gefühl von Gemeinsamkeit ins Wanken zu bringen. Wer dachte hier was von wem? Was gab es unter der Oberfläche von Konvention und Anpassung? Keiner sprach, kurze Blicke zwischen Verunsicherung und Protest wurden gewechselt.

"Ihr alle …", sagte Stefan in die unangenehme Stille hinein und wiederholte es noch einmal mit Nachdruck, "ihr alle solltet versuchen, in eurem Spiel die Gefühle neu zu erleben, die ihr in solchen oder anderen Situationen hattet, wie wir sie eben künstlich provoziert haben. Es soll nicht so aussehen, als ob ihr sie habt – ihr müsst sie tatsächlich haben in eben diesem Moment der Wahrheit, der so nie wiederkehrt." Seine Hand wies auffordernd in Richtung Bühne. "Also los, da capo mit der Szene."

Was hat sie gemeint mit dem unvollendeten Satz: *Du hast es immer noch nicht geschafft, deinem Mann ein …?*

Wie ein Stolperstein stand dieser Satz in Sofias Kopf, während sie – nun Adela – herein tritt, den neidischen Augen und hasserfüllten Anklagen ihrer jüngeren Schwester Martirio mit triumphierender Geste begegnet. Sie hat den Mann besessen, den alle haben wollen. Nur sie hat er gewollt, ihre vier Schwestern hat er nicht einmal angesehen, noch nicht einmal Angustias, die älteste, die er des Geldes wegen heiraten wird. Lieben wird er immer nur Adela.

Der halbe Satz wog schwer in Sofias Kopf, als falscher Satz legte er sich auf jedes Wort, das sie als Adela sprach. Als Schmerz fühlte sie ihn in ihrem ganzen Körper, während sie zu Martirio sagte: *"Ich halte das Grauen unter diesem Dach nicht mehr aus, nachdem ich den Geschmack seines Mundes gekostet habe. Ich werde sein, was er will …"*, sie zögerte, weil sie einen Blackout hatte, überschlug den fehlenden Text und rettete sich in das Ende der Passage: *"… und ich setze mir die Dornenkrone derer auf, die von einem verheirateten Mann geliebt werden."*

Das Gewicht des falschen Satzes hatte ein paar Sätze verdrängt. Es hatte ihr für einen Moment die Konzentration geraubt. Einen Wimpernschlag lang ärgerte sie sich. Aber dann schlug ihr Ärger um. Mit einem zornigen Überlegenheitsgefühl ging sie Martirio an, die ihr die Tür versperrte. Die schrie nach der Mutter, Bernarda erschien in ihren schwarzen Unterröcken, reckte ihnen Ruhe heischend die Stirn entgegen. Sofia sah auf diese Stirn und sah den Satz dahinter: *Du hast es immer noch nicht geschafft!* In ihrem Kopf brach etwas auseinander und stürzte in ihr Herz: Christina kann es nicht wissen! Ich, Adela, brüste mich hier meines schwangeren Leibes, aber ich, Sofia, will keinen solchen Leib!

Spricht Stefan mit Christina über mich?

Ungewissheit und Zweifel verdichteten sich zu Wut. Sie sah Bernarda auf sich zutreten, erkannte in ihren Augen die Absicht, sie zu züchtigen, sah in den Augen ihrer Kollegin wieder den boshaften Gedanken funkeln, der sich als falscher Satz in ihr Hirn gebohrt hatte, sah, wie sie ihren Ledergürtel löste, um die Tochter zu schlagen. Da war nur noch blanke Wut in ihr, Adela und Sofia waren eins, sie stürzte sich auf Bernarda und entriss ihr den Gürtel.

"Hier hat das Zuchthaus ein Ende!", schrie sie ihren Text aus sich heraus und hob den Arm, der Schlag ging knapp an Christinas Kopf vorbei und peitschte den Tisch. *"Tu keinen Schritt! Mir hat nur noch Pepe zu befehlen! Ich bin seine Frau, und er wird über das ganze Haus gebieten. Hört ihr ihn atmen da draußen? Er atmet, als wäre er ein Löwe."* Triumphierend schwang sie noch einmal den Gürtel über ihrem Kopf: *"Niemand ist mir über!"*

Sofia hatte die Wut in ihren Arm fließen lassen. Der falsche Satz war aus ihrem Kopf verschwunden, nun war sie nur noch Adela. Sie hörte den Schuss, glaubte Martirio die falsche Botschaft von Pepes Tod durch die Hand der Mutter, erstarrte, weinte, stürzte hinaus. Adela würde sich das Leben nehmen, in ihrem grünen Kleid, in dem sie aus dem Haus hatte gehen wollen, um auf der Straße zu spazieren wie eine, die frei ist zu tun, was sie will. Und sie war frei genug, sich selbst den Tod zu geben.

Sofia stand in den Kulissen und hörte Bernarda sagen:

"Kein Geklage! Dem Tod muss man ins Gesicht sehen. – Habt ihr mich verstanden? Schweigen, schweigen habe ich gesagt! Schweigen!"

Dem Tod muss man ins Gesicht sehen – ein bleiches Gesicht, leere Augen mit abgeknicktem Blick unter halb geschlossenen Lidern zuckte in Sofias Kopf wie ein Blitzlicht über die Leinwand ihrer Erinnerung. Sie wollte genauer hinsehen, aber alles war wieder dunkel, ehe sie dem Aufleuchten hatte nachspüren können. Sie strengte sich an, das Bild zurückzurufen, dann hörte sie Stefan etwas sagen und ging zurück auf die Bühne.

"... können wie weiterarbeiten, auch an den anderen Szenen mit der Intensität des Soeben-Erlebens. Übrigens: Es wird eine Änderung im Szenenablauf geben: Ich will eine Tanzszene einfügen, da, wo Martirio Adela beim Treffen mit Pepe beobachtet. Nicht mehr als eine Andeutung. Der Flamenco – die Polarität zwischen Mann und Frau. Zwei Kollegen vom Ballett, Roland und Ines, werden sie interpretieren."

*

Alles wäre nicht passiert – nicht so passiert, dachte Sofia, dass es zum Bruch hätte führen können, wenn du auf diese Szene verzichtet hättest, Stefan.

Sie öffnete die Augen, unter den geschlossenen Lidern waren die Bilder wieder aufgetaucht, die vor neun Monaten ihr Leben waren. Sie blickte zum Nachbarbett. Frau Thomen schien zu schlafen. Auf dem kleinen Tisch stand das Tablett mit dem A-bendessen abgedeckt unter einem Teller. Ich muss aufstehen, überredete sie sich, fuhr das Bett hoch und stieg langsam heraus, wobei sie sich vorstellte, eine Choreographie ästhetisch kontrollierter Bewegungen zu vollziehen. Eine hilfreiche Vorstellung, wie sie feststellte, während sie sich den Sessel am Tisch zurecht rückte und sich aufatmend niederließ. Es hatte sie abgelenkt von jeglicher Schmerzerwartung. Sie goss den Tee aus der Warmhaltekanne in die Tasse, Hagebuttentee, rot und noch heiß, nahm einen Schluck, hielt die Tasse zwischen beiden Händen, nachdenklich, bevor sie ihn die Kehle hinunter rinnen ließ.

So hatte sie da gesessen bei der Premierenfeier von Bernarda Albas Haus, den Schluck Rotwein nachdenklich auf der Zunge bewegt, Stefan saß ihr gegenüber, er hatte sie so aufmerksam angesehen, als suche er nach einer Bestätigung. Er musste es gewusst haben, vielleicht auch nur geahnt.

Sofia seufzte. Hättest du doch darauf verzichtet, Lorca noch etwas hinzufügen zu wollen, Stefan! Er hat sich schon etwas dabei gedacht, den Verführer nicht als körperlich anwesende Bühnenfigur auftreten zu lassen. Die Wünsche der Frauen richten sich auf einen Mann, dessen Bild nur in den Köpfen der Zuschauer entstehen soll, und auch in unseren Köpfen. Dieses Bild hätte mir genügt, um Adelas Sehnsucht, ihren Besitzanspruch, ihren Triumph, ihre Rebellion – lebendig und tot – auszudrücken. Nein, du wolltest immer nur noch mehr Wahrheit!

*

Ein paar Tage nach jenem Nachmittag, an dem nicht nur Sofias Gefühle hochgekocht waren, stand der zweite Akt auf dem Probenplan. Sticheleien unter den Schwestern, Andeutungen, Boshaftigkeiten, versteckte Drohungen. Stefan brach immer wieder ab, ließ wiederholen.

"Wenn ich es euch nicht glaube, wird auch das Publikum euch nicht glauben", sagte er. "Wir sind in Spanien, es ist Mittag, heiß, fünf junge Frauen mit einer alten Magd in einem stickigen Raum, in dem sie sitzen und nähen, den sie nur in den Hof verlassen dürfen, alle gierig auf ein Leben, das die bigotte Mutter ihnen verwehrt, alle Gedanken, alle Gespräche kreisen nur um einen Mann. Auch wenn sein Name kaum ausgesprochen wird, ist sein Duft im Raum, als ginge er umher und wolle sich eine aussuchen. Jede will diese Frau sein, obwohl alle wissen, dass er die älteste heiraten wird. Neid, Missgunst, Misstrauen, Sarkasmus, Verschlagenheit – die ganze Gefühlspalette müsst ihr in euch haben."

Gegen Mittag gab es eine kurze Pause, dann ging es weiter. Die Tanzszene zwischen dem ersten und zweiten Akt sollte mit Roland und Ines probiert werden, danach noch einmal die erste Hälfte des zweiten Aktes.

Die Schauspielerinnen saßen verstreut im Zuschauerraum. Sofia hatte sich in die letzte Reihe verzogen. Sie wollte für eine kurze Zeit im Dunkel mit sich allein sein, sich auch räumlich von ihren Kolleginnen und den Gefühlen, die sie in diesem Stück mit ihnen verband, entfernen. Während des kurzen gemeinsamen Imbisses im Theaterrestaurant war es ihr nicht gelungen.

"Vier, drei, zwei …", sagte Stefan, "… und … Licht."

Ein Teil der Bühne erhellte sich, derjenige, den man sich angrenzend an die Umfassungsmauer des Hofes als Straße vorstellen konnte.

Ein Mann lehnt an der Mauer, lässig, das weiße Hemd fast bis zum Gürtel geöffnet, schwarze Hose, die Daumen schiebt er unter die breiten Träger. Aus dem Off ist Stimmengewirr zu hören, Tamburine, eine Melodie, die sich herauslöst. Ein Musiker schlendert heran, tastet nach Akkorden auf seiner Gitarre. Er dreht sich nach einer jungen Frau um, die die Szene betritt. In Schwarz ist sie gekleidet, rot die Schuhe und die Blüte im Haar, stolz erheben sich die nackten Schultern aus dem Ausschnitt des Kleides, tragen den Kopf mit dem schweren Nackenknoten. Mit langen Schritten geht sie daher, der fransige Rock wippt bei jedem Schritt, umschmeichelt die Beine, entblößt sie bis zum Schritt. Nun rauscht der Flamenco auf, eine heisere Männerstimme mischt sich mit einer Farucca ein, die Frau hebt wirbelnd die Arme, ihre Hände schlagen den Rhythmus hoch über ihrem Kopf. Im Vorübergehen streift ihr Blick den Mann an den Mauer, sie lächelt unter halb gesenkten Lidern, ihre Schulter hebt sich, zieht ihn lockend hinter sich her. Mit einem Hüftschwung stößt er sich von der Mauer ab, folgt ihr. Nun wendet sie sich nach ihm um, wartet, seine Hand auf ihrem Rücken, mit festem Griff um ihre Taille dreht er sie fordernd in seinen Arm.

Schön ist sie, ihr rätselhafter Blick, der weiche, halb geöffnete Mund, der nicht mehr lächelt, die hohen Wangenknochen. Sie hebt ihr Bein, langsam, schiebt es über seine Hüfte, nimmt sie in Besitz. Seine Rechte umfängt den biegsamen Körper. Mit einer plötzlichen Drehung zwingt er sie, dem Druck seiner Schenkel zu folgen, fast lässt er sie los, um sie in seiner Armbeuge wieder aufzufangen, neigt sein Gesicht über ihre geschlossenen Lider. Nein, er wird diesen Mund nicht küssen. Noch nicht. Verheißung ist alles.

Die Tanzpose erstarrte, die Musik wurde leiser. Langsam erlosch das Licht.

"Gut so", sagte Stefan, "nur das schwarze Kleid geht gar nicht. Es muss grün sein, das grüne Kleid, mit dem Adela die Szene gegen Ende des ersten Aktes betritt, es steht für ihren Freiheitsdrang – oder ihre Rebellion, wenn man so will. Gleichzeitig ist

Grün bei Lorca die Farbe des Todes. Also: Nun noch einmal mit dem nachfolgenden zweiten Akt."

"Wie gefällt dir das?", wollte Stefan wissen, als Sofia an ihm vorbei zur Bühne hinauf ging.

"Ich würde gern die Tänzerin sein, ihre Gefühle sind einfacher darzustellen." Sie lachte und warf den Kopf in den Nacken. "Und angenehmer!"

Die Szene lief noch einmal ab. Sofia stand in den Seitenkulissen und beobachtete sie aus der Nähe. Sie genoss sie. Wahrhaftig, sie genoss sie! Und gestand es sich ein. Dieser Tänzer, dieser Roland, ist Adelas Pepe, ist ihr Pepe! Kein Mann von zierlicher Statur, groß, maskulin, dunkle Augen, eine kühn geschwungene Nase von spanischem Adel, ein glatt nach hinten gekämmter Helm schwarz glänzender Haare umschließt die Wölbung seines Hinterkopfes. Unter der gesenkten Stirn verfolgt sein Blick die Tänzerin, ein siegesgewisses Lächeln, leicht maliziös, verzieht den linken Mundwinkel, während er, seine pralle Männlichkeit präsentierend, die Hüfte vorschiebt und sich von der Mauer abstößt, um ihr zu folgen. Wer ist hier der Verführer? Ist es nicht doch sie? Die Schöne, die ihn mit lodernden Blicken und lockenden Armen hinter sich herzieht? Oder hat er sie mit seinem siegesgewissen Blick verführt, schon fast sofort, als sie ihn an der Mauer lehnen sieht, auf einem Grashalm kauend, lässig die Daumen unter die Hosenträger geschoben? Sie sind sich gewachsen, nun, da sie sich gefunden haben, ihre Körper in der Tanzpose verschmolzen.

Die Erotik der Darbietung hatte Sofia fasziniert, fast gelähmt. Die Szene verdunkelte sich, die Bühne drehte sich und die Innenräume des Hauses tauchten weiß im blendenden Licht auf. Aus einem der vergitterten Fenster spähte Martirio hinaus auf die Straße, wo das Paar, eingefroren in der Tanzpose, verschwand.

Sofia stand in den Kulissen und hörte den stichelnden Gesprächen ihrer Bühnenschwestern zu. Sie fühlte sich überlegen. Als sie an der Reihe war, ging sie hinein und über allem, was sie als Adela sagte, über allen Verdächtigungen und Bosheiten, die sie abwehrte, war die Gewissheit: Er ist mein Mann!

Mit dem Schluss des zweiten Aktes hatte sie Probleme, sie wusste nicht, welchem der einander widerstreitenden Gefühle sie

Raum geben sollte. *Wer kann und wagt, der tut,* sagt Adela und ist sich ihrer Kraft bewusst. Sie hatte gewagt, einen Mann zu lieben, der einer anderen versprochen war, und sie hatte mit ihm geschlafen. Und von Martirio, der neidischen Schwester, war sie bei ihrem Tun beobachtet und verraten worden. *Ich werde alles bekommen!* , sagt Adela. Eine Behauptung, um sich stark zu machen gegen Widrigkeiten? Oder eher Trotz? Musste nicht auch eine Ungewissheit in ihrer Stimme schwingen, wenn sie es sagt? *Ich wurde wie an einem Strick hingerissen,* fügt sie hinzu, es klingt fast wie ein Zurücknehmen des eigenen Zutuns, als sei sie unfähig gewesen, dem Mann zu widerstehen. Doch dann hält sie sich den Leib, mit dem sie gewagt und getan hat, was sie wollte, als müsse sie sich und das Ungeborene schützen. Derweil hört sie das Mordgeschrei von Mutter und Schwestern, die den Tod einer ledigen Frau aus der Nachbarschaft fordern, weil sie ein Kind in Schande geboren und wegen der Schande getötet hat.

Ahnt Adela schon, was mit ihr selbst geschehen wird? Ist es die Angst, die sie die Arme um ihren Leib legen lässt? Was will Lorca an dieser Stelle sagen? Ich, Sofia, weiß, dass sie sich umbringen wird, aber Adela weiß es nicht, sie hat ihre Kraft noch nicht verloren – mein Gott, welch eine Konfusion von Gefühlen! Und dennoch komplex – wie kann ich das glaubhaft machen in diesem kurzen Moment während Bernarda schreit: *"Schlagt sie tot! Schlagt sie tot!"*

"Morgen weiter mit dem dritten Akt", sagte Stefan.

Unzufrieden mit sich selbst verließ Sofia die Bühne. Am Fuß der Vordertreppe zum Zuschauerraum stand Roland und wartete, bis sie herunter gestiegen war. "Kompliment, Adela – hat mir gefallen, was ich gesehen habe. Weiber unter sich, wenn's um einen Mann geht. Hab noch nie was von Lorca auf dem Theater gesehen."

"Soviel gibt' s ja fürs Theater auch nicht von ihm – und im übrigen: Ich heiße Sofia."

Sie wollte an ihm vorbei gehen, er trat einen knappen Schritt zurück, sein Oberschenkel streifte ihre Hüfte in dem engen Durchlass, heftiger als notwendig. Absicht? Sie schaute kurz auf, er lächelte freundlich: "Pardon!" Sie glaubte, eine Spur Provokation in seinem Blick zu erkennen.

"Vor drei Jahren haben wir die *Bluthochzeit* von Lorca gemacht."

"Eine Hochzeit. Und du warst die Braut?"

"Ich war die Gegenspielerin der Braut, der Tod. Er ist es, der den Bräutigam bekommt."

"Du bekommst, was du willst?"

Die Frage, etwas von oben herab mit herausforderndem Spott gestellt, irritierte sie. Unverkennbar mischte sie Berufliches mit Privatem. Also doch Provokation.

"Ich bin Schauspielerin", wies Sofia ihn zurecht.

Beim Abendessen diskutierte Stefan die Probe mit ihr.

"Nein, die getanzte Szene sollte nicht länger dauern", antwortete er auf ihre Frage, ob der Zuschauer nicht mehr sehen sollte von ihrer Erotik. Sofia hatte ihre Faszination nicht für sich behalten können.

"Mehr Tanz, mehr Bewegung, mehr Musik? Das lenkt nur ab von der unterschwelligen Dramatik im Stück. Ich will kein Stück im Stück. Es soll nur wie ein Bild im Kopf sein. Und ich muss sagen: Ihr habt euch noch gesteigert, Martirio wurde neidischer und boshafter, und Adela war selbstbewusster und hochfahrender in ihrer Gewissheit, dass Pepe El Romano ihr gehört."

"Und du meinst, ohne dieses Bild wäre mir das nicht gelungen? Hältst du meine Einfühlungskraft für zu gering?" Sie sprach mehr aus Opposition denn aus Überzeugung.

"Als Regisseur habe ich eine Rollenvorstellung in der zusammenfassenden Schau auf ein Stück, aber meine Aufgabe bleibt, die Schauspieler in diese Rollen hinein zu formen. Ich habe den Eindruck, wir sind damit vorangekommen."

*

"Ich habe den Eindruck, es geht voran."

Als hätten Sofias Gedanken ihr das Stichwort gegeben, hatte Frau Thomen sich im Bett aufgesetzt, drückte auf die Klingel.

Sofia stand auf, abgetaucht in den Bildern in ihrem Kopf hatte sie dagesessen, ihr Brot mit Aufschnitt belegt und gegessen. Der Salatteller war geleert, der Tee getrunken.

Schwester Beate kam, half Frau Thomen in den Morgenmantel und meinte, für den Kreißsaal sei es noch zu früh, sie bringe sie erst mal in das Hebammenzimmer zur Beobachtung.

Sofia war froh, allein zu sein. Die Ereignisse der letzten Monate waren auf diesen einen unseligen Punkt zugesteuert, an dem ihr Leben aus seiner Verankerung gerissen wurde. Sie musste sich endlich klar darüber werden, warum das alles so passiert war. Ich habe es nicht gewollt, dachte sie. Oder wurde ich hineingerissen? *Hingerissen?* Stefan hat es doch gesagt an jenem Abend, wie überzeugend ich als Adela war. Und er hat mich dafür geliebt, dass ich mich zu dieser Figur habe machen lassen und zu all den anderen.

*

Sie waren zu Bett gegangen, an jenem Abend, nachdem sie noch eine Weile über den Probenverlauf gesprochen hatten.

Sofia hatte nicht einschlafen können. Immer wieder sah sie Christina vor sich, die kleine Unsicherheit, bevor sie den Stuhl heranzog und sich setzte. Ein Richterstuhl, vor dem die Angeklagte stand. Und dann der kurze Blick hinüber zu Stefan. Ein wissender Blick, ein vertrauter und dennoch auch boshafter Blick. Nein, da war noch mehr gewesen, so etwas wie Einverständnis. Schade – eine mögliche Reaktion in Stefans Gesicht war ihr entgangen, weil sie nur das Funkeln in Christinas Augen gesehen und Mühe hatte, ihre Gefühle zu kontrollieren. Sollte sie Stefan morgen darauf ansprechen? Wahrscheinlich hatte Christina nur aus Eifersucht so gesprochen. *Du hast dir gleich den geschnappt, der hier das Sagen hat* – das war eindeutig. Vielleicht hatte sie selbst diesbezügliche Absichten oder Hoffnungen gehabt, altersmäßig passten sie gut zueinander. Obwohl – Konkurrenzverhalten hatte sie nie gezeigt, sie als neue Kollegin sogar in ihrer ersten Zeit fast freundschaftlich in alles eingeführt, was zum äußeren Alltag eines Theaters gehört. Aber merkwürdig war er schon gewesen, dieser Blick. Ob die anderen ihn auch wahrgenommen hatten? Sollte sie vielleicht …

Sofia war eingeschlafen, ehe sie den Gedanken zu Ende gedacht hatte.

Irgendwann in der Nacht nahm sie eine Berührung wahr, die nicht Teil ihres Traumes war. Stefan, dachte sie, schlafwandelnd zwischen Traum und Wachsein. Doch sie wollte nicht auftauchen aus ihrem Traum. Sie stand wieder in den Kulissen und sah auf das schöne Paar, neidete der Frau den Griff des Mannes um ihre Taille, fühlte seine warme Hüfte, sie schlang ihr Bein um ihn, mit beiden Beinen umfing sie ihn, er drang in sie ein, es war nicht Stefan, es war Pepe el Romano, mit dem sie wie auf einer Welle schwamm. Er bewegte sich in ihr, langsam, glatt und fest, es war, als erkunde er mit Zärtlichkeit jede Furche ihres Geschlechts, sie sah seine dunklen, leicht spöttischen Augen über sich, das glänzende Haar fiel ihr auf die Stirn, er schien sie zu beobachten, während er sich wieder zurückzog, zögerte, herumspielte, sie ungebührlich lange warten ließ, bevor er wieder zustieß, kräftig nun, keuchend, ihre Gier anstachelnd, sie ausfüllte bis unter die Kopfhaut. Mit einem Schrei wachte sie auf.

"Soviel Temperament mitten in der Nacht!" Stefans Mund streifte ihre Wange.

"Ich war wie unter Wasser, ich habe geatmet mit dir unter Wasser." Sofia drückte ihr Ohr an seinen Mund, fühlte seinen Atem eindringen.

"Dann waren wir in einer poetischen Welt, in der man unter Wasser atmen kann", flüsterte er.

Nein, es war keine poetische Welt. Das nächtliche Erlebnis ließ sie nicht los – er ließ sie nicht los. Jedes Mal, wenn sie Roland bei einer Probe sah, im Theaterrestaurant, in der Garderobe, wurde sie an die Gier jener Nacht erinnert. Es war eine dreifach gesteigerte Gier. Zum ersten Mal hatte sie sich ihrer bemächtigt, als sie in den Kulissen stand und die Augen nicht abwenden konnte. Dann, als Adela, durfte, nein – *musste* sie ihren Besitzanspruch glaubhaft machen, weil sie jedes Recht auf diesen Mann zu haben glaubte. Die ganze Wucht der Gier aber hatte sie erst in Stefans Umarmung getroffen. In seinen Armen hatte sie einem anderen gehört. Ob es Pepe el Romano oder Roland war, wusste sie nicht, war sich nur selbstquälerisch des Zwiespalts bewusst zwischen ihrer Liebe zu Stefan und der Gier nach einem anderen Mann.

Theater, Traum und Wirklichkeit verwoben ineinander. Ihr Spiel wurde besessener, ihre Glut teilte sich den Kolleginnen mit, aus dem Spiel wurde Ernst, solange es auf der Bühne stattfand. Einzig Sofia konnte sich nicht trennen, sie trug alles mit sich hinaus. Sie blieb Adela, die einen Mann liebte und ihn nicht haben sollte.

Der Tag der Premiere kam.

Sofia hatte nicht wie sonst dem Tag entgegen gefiebert, an dem sie sich dem Publikum in einer neuen Rolle zeigen konnte. Sie war so vollkommen in Adelas rebellische Haut geschlüpft, dass sie schon seit Beginn der Proben auf einer emotionalen Welle schwamm, die nicht mehr zu steigern war. Adelas Scheitern drang nicht in ihr Bewusstsein. Ihr Freitod im Schlussakt fand hinter verschlossenen Türen statt, unsichtbar für die Zuschauer. Sie war eine kraftvolle, junge Frau, die die Regentschaft der Mutter zerstören will und nicht wahrnimmt, dass sie sich der eines Mannes unterwirft, sich fesseln lässt von einer triebhaften Liebe. In Adelas grünem Kleid stand Sofia im kalkig weißen Licht der Bühne, in einem Grün von doppelter Bedeutung: Im lebendig-rebellischen Grün gegen das von der Mutter befohlene Schwarz und in Lorcas symbolischen Grün des Todes. Darunter in ihrem Leib das Ungeborene. Tod und Leben trägt sie in und an ihrem Körper. Selbst im Entsetzen und trotz der Angst in ihrer Stimme lässt sie den Liebhaber nicht los, während sie hinausstürmt und glaubt, die Mutter habe ihn erschossen. Erst danach, in ihrem Tod hinter der verschlossenen Tür.

So wollte es Lorca.

Aber Sofia konnte nicht loslassen. Das Theater hörte nicht auf. Der Applaus nach dieser Premiere war für sie die Aufforderung des Publikums, nicht nachzulassen. Sie blieb Adela, selbstbewusst, kraftvoll. Rebellisch würde sie sich nehmen, was sie haben wollte.

Während sie sich verbeugte, sah sie sich bei der Abiturfeier vor zehn Jahren, beim Schlussapplaus zur Aufführung von Claudels *Sara und Tobias*. Mit Schmerz hatte sie sich die Rolle der Sara erkämpft, mit einem tiefen Schnitt in den linken Zeigefinger. Den Solopart in Mozarts Klavierkonzert G-Moll, den sie vorrangig hatte übernehmen sollen, konnte sie nun nicht mehr spielen. Der Weg zur Rolle war frei.

Wie üblich sollte es eine Premierenfeier im Theaterrestaurant geben. Wie üblich würde es ein großer Rummel werden, das ganze Ensemble sollte dabei sein, Kollegen aus den anderen Sparten, technisches Personal, Freunde, geladene Gäste, Presse. Sofia wollte sich Zeit lassen, je später sie kam, desto größer der Auftritt.

Stefan schaute kurz in ihre Garderobe.

"Geh nur schon", sagte Sofia, "ich komme nach, brauche noch ein wenig Abstand."

Es gelang ihr nicht.

Adelas unerfüllte Begierde ließ es nicht zu. Alle waren schon nach oben gegangen, erwarteten Kommentare, Kritik, Komplimente. Aber das Stück war noch nicht zu Ende! Immer und immer wieder spielte sie es in Gedanken durch, hatte einzelne Szenen, Gesten, Worte und Blicke vor Augen, konnte ihren Gefühlen nicht entkommen.

Schließlich raffte sie sich auf. Wenn sie noch länger blieb, würde man kommen und nach ihr sehen. Sie nahm ihre Sachen, löschte das Licht und ging hinaus. Alle Türen im Garderobengang waren geschlossen. Bis auf eine. Sofia schob die Tür auf, wollte kurz hineinschauen, vielleicht musste sie nicht allein nach oben gehen.

Roland saß am Platz vor dem Garderobenspiegel, eine Zeitschrift vor sich. Ein Tango Argentino flutete den kleinen Raum.

Er blickte auf.

"Oh …", er schien überrascht, "schöne Adela! Noch nicht bei denen, die dich feiern wollen?"

"Sie werden nicht Adela feiern; wenn ich gut war, werden sie vielleicht Sofia feiern wollen."

"Für mich bist du Adela, du warst es die ganze Zeit über."

"Nicht wirklich. Ines hieß die, die du im Arm gehalten hast, nicht Adela."

"Das lässt sich nachholen."

Er schob die Zeitung beiseite, stand auf und stieß die CD erneut in den Player, drückte auf den Anlasser.

Ein Bandoneon begann zu klagen, die Violinen schluchzten Leidenschaft, das Klavier peitschte aggressive Rhythmen vor sich her als seien es die hämmernden Absätze der Tänzer. In Rolands

Mundwinkel war wieder das maliziöse Lächeln. Mit gesenktem Kopf, die Augen auf Sofia gerichtet, kam er auf sie zu, blieb vor ihr stehen, blickte auf sie hinunter. Er hob seine Arme, herrisch, auffordernd wie ein Torero im Kampf, ihre Tasche fiel zu Boden. Sie atmete tief ein, ihr Hals schien zu wachsen, der Rücken spannte sich, die Luft trug ihre Arme. Mit einem Ruck riss Roland sie an sich, sah ihr direkt in die Augen, ernst, fast bezwingend. Sein Bein schob sich zwischen die ihren, sie folgte dem Druck seiner Schenkel, überließ sich ihm und seinen Händen. Auch seinen Hüften. Er führte sie mit Händen und Hüften, sie, die noch nie so getanzt hatte. Es erregte sie, sich dem Druck seiner Schenkel und Arme zu überlassen, zu fühlen, welche Bewegung, welche Richtung sie ihr vorgaben, welchen neuen Impulsen sie folgen musste, von denen sie nicht wusste, wohin sie führten. Sein Atem an ihrem Ohr war eine intime Berührung.

"Der Tango ist der vertikale Ausdruck eines horizontalen Verlangens. Hat George Bernhard Shaw gesagt. Wusstest du das?"

Sie schüttelte den Kopf, sah ihn von der Seite her an.

"Du machst das gut, Adela", flüsterte Roland in ihre Haare, "bist eine echte Begabung."

Als wolle er seine Worte bestätigt finden, katapultierte er sie mit einem Hüftschwung in eine Drehung, die sie fast zu Fall brachte, fing sie wieder auf und hielt sie knapp über dem Boden, ihr Kopf zurückgeworfen, die Kehle dargeboten wie die eines Opfertiers. Sein Gesicht war dicht über dem ihren, das schwarze Glänzen der Haare fiel auf ihre Stirn, seine Zunge fuhr über ihren Hals. "Du bist verdammt schön", murmelte er.

Langsam ließ er sie zu Boden gleiten, die Zunge glitt über ihre Kehle, tänzelte auf ihrem Körper, züngelte weiter hinab, den Händen hinterher, die Gürtel lösten, Knöpfe öffneten, Träger abstreiften, alles Verhüllende beiseite schoben, sich auf ihre Schenkel legten, Sofia spreizte sich, die Zunge fuhr hinein, spielte, streichelte, zuckte, führte ihr Ballett auf.

"Mehr, mehr", klagte Sofia, "nun komm, tu es endlich!"

Der dunkle Kopf zwischen ihren Beinen hob sich.

"Ich kann nicht", sagte Roland, "richtig kann ich nur mit Männern. Aber ich mag dich, wollte dir eine gute Behandlung zukommen lassen."

Er stand auf. "Außerdem tanzt du wirklich gut, das hat mich hingerissen."

Er trat neben sie, strich mit der Rechten die Haare glatt, dann streckte er ihr seine Hand entgegen.

Sofia antwortete nicht. Sie sah ihn da oben stehen und auf sie herab blicken, ihr die Hand anbietend, als wolle ein Turner Hilfestellung bei einer Bodenübung geben, die sie unzureichend ausgeführt hatte. Von einem Augenblick zum anderen fühlte sie sich aus der Extase kurz vor der Explosion in die Erniedrigung geworfen. Sie wandte sich ab und drehte sich auf die Seite, krümmte sich, rollte sich zusammen, wollte nicht mehr angesehen werden von den Augen mit dem provozierenden Glanz.

Einen Moment lang stand er unschlüssig da.

"Willst du nicht mitkommen zur Premierenfeier?", sagte er schließlich, "wir sind spät dran."

Sofia antwortete nicht.

"Na gut", meinte er, packte seine Tasche und ging.

Ich muss weg hier! Weg, sofort!, dachte Sofia und stemmte sich hoch. Ich muss mich anziehen.

In seiner Gegenwart hätte sie es nicht gekonnt, ihn zusehen lassen, wie sie alles wieder anzog, was er ihr abgestreift hatte, er, der noch nicht einmal sein Hemd ausgezogen hatte, der ihr so im Vorbeigehen eine gute Behandlung gönnen wollte! Es wäre eine Steigerung der Erniedrigung gewesen: das beschämte Eingeständnis einer Niederlage. Adelas Mann? Ein spanischer Macho! Adela tanzte nach seiner Pfeife. Hatte ihm und ihrem Trieb gehorcht.

Allmählich fand Sofia zu sich zurück. Während sie die Bürste durch ihre Haare zog, immer schneller zog, wandelte sich das Gefühl der Erniedrigung in Ernüchterung, gemischt mit Wut und Scham. Wie hatte sie sich so hinreißen lassen können? So besinnungslos mögliche Konsequenzen missachten? Wenn er nun reden würde? Mit seiner Verführungskunst prahlen? Ihr Leben mit Stefan, das private und das berufliche, hatte sie auf Spiel gesetzt.

Auf der Treppe kam Stefan ihr entgegen.

"Wo bleibst du nur? Alle warten auf dich! Bernd Steven von der AZ will wie immer sein Extra-Interview. "

Er klang verärgert.

"Soll er haben." Sie wunderte sich, wie gelassen sie reagieren konnte. "Die Spannung vor der Premiere war so hoch geputscht ... ich war wie leer gepumpt und hab ein paar Minuten mehr gebraucht."

Mit einer matten Bewegung strich sie ihre Haare hinters Ohr und folgte ihm. Fotos. Jetzt. Nach dieser persönlichen Niederlage, die sie wie ihre Bühnenfigur selbst herbeigeführt hatte.

Du bist Schauspielerin!, ermahnte sie sich. Strahle!

Oben am Buffet quoll es über, Speisen, Menschen, Gelächter, Kommentare, Komplimente, ein fast rauschhaftes Gefühl von Freude und Erfolg wie nach einer vollbrachten großen Tat lag über allem und allen. Sofia und Stefan wurden mit Applaus begrüßt, Blitzlichter zuckten.

"Sie sind eine erfolgreiche Schauspielerin, Frau Berger. Was hat sie an dieser Rolle gereizt?"

Bernd Steven stand neben ihr, Block und Stift im Anschlag.

"Oh ...", Sofia straffte sich, ihr Blick ging zu Stefan, der neben ihr stand, "erst einmal habe ich mir diese Rolle nicht ausgesucht ...", sie wandte sich wieder dem Fragenden zu, "aber je mehr ich mich mit ihr auseinandergesetzt habe ... auch mit den gesellschaftlichen Verhältnissen der dreißiger Jahre, die Lorca anprangert, desto mehr hat mich diese junge Frau fasziniert ... ihre Lebenslust ... die Kraft, mit der sie sich Eingrenzungen widersetzt und zu einer inneren Überlegenheit findet ... ihre Überzeugung, Herrin ihrer Entscheidungen zu sein. Dann aber: Welch fataler Irrtum ..."

Einen Moment schwieg sie, ihr Mund war plötzlich trocken.

Sie fing sich schnell wieder.

"Schade, dass ich nicht ein Stück nach dem Stück schreiben kann; denn ich würde gern erfahren, wie Adela weiter gelebt hätte, wenn sie sich nicht den Tod gegeben hätte. Ich bin sicher, sie hätte einen Weg gefunden, der keine Flucht gewesen wäre ... vielleicht ein immerwährender Angriff ...?", sie verbesserte sich, "ein Griff nach Leben ..."

Sie schüttelte wie irritiert den Kopf.

" ... sich das Leben *nehmen,* indem man sich den Tod *gib*t – paradox – finden Sie nicht? Geben und Nehmen haben einen vertauschten Sinn bekommen … ", sie lachte verlegen, "entschuldigen Sie, ich wollte nicht über meine Rolle philosophieren, schon gar nicht jetzt vor dem Essen."

Ihr Blick schwenkte über das Buffet zum Tisch. Sie war hungrig. Vor einer Aufführung nahm sie keine Mahlzeit zu sich, die Gier auf das Stück sollte nicht gemindert werden.

An der langen Tafel saßen sie gedrängt. Sofia fand einen Platz in der Mitte der Tafel neben Irma, Stefan und Christina ihr gegenüber. Es war laut, Stimmengewirr, von Rufen durchzuckt, eilig hin und her laufende Ober mit Getränken, eine Unterhaltung über den Tisch hinweg war schwierig. Sofia war es recht. Sie wollte abschalten, sich selbst herunter fahren, während sie aß, ab und zu ihr Glas in einer stummen Prostgeste hob, lächelnd hinüber zu Stefan und Christina, die sich angeregt miteinander unterhielten. Bisweilen, während Christina mit ihm sprach, sich seinem Ohr zuneigte, huschte ihr Blick über Sofia hinweg, ihr Mundwinkel zuckte floskelhaft, als schulde sie Sofia ein Lächeln.

Am Nachtischbuffet stand Roland plötzlich neben ihr.

"Nur, damit du es weißt: Als ich hinaufging eben, kam mir Christina entgegen, sie suchte nach dir. Ich hab ihr gesagt, ich hätte dich gerade noch in der Toilette verschwinden sehen, du kämst sicher gleich nach. Hab sie noch in ein Gespräch verwickelt, da ist sie mit mir wieder hoch gegangen."

Sein Blick schweifte suchend über das Angebot, blieb an einem goldbraunen Karamel-Flan hängen. Er übergoss ihn mit einer zusätzlichen Portion Soße und verschwand damit.

Sofias Appetit auf Süßes schrumpfte. Sie wechselte zum Käse, lud sich ein großes Stück des sehr grünen Roqueforts auf den Teller und drei extra kleine Brötchen. Sie starrte auf den Käse. So grün wie Adelas Kleid. Welch unpassender Gedanke!, kam es ihr. Mach dir Gedanken über Christina, vielleicht macht sie sich Gedanken über dich und dein langes Ausbleiben. Niemand war mehr unten außer Roland und mir, er auf der Treppe, ich auf der Toilette, angeblich, Zusammenhänge lassen sich herstellen, wenn man will. Ihr Blick hinüber zu Stefan bei jener Probe … was weiß sie …

Sie setzte sich wieder. Worüber sprachen die beiden? Ab und zu schaute Stefan aufmerksam zu ihr hinüber, aber wenn sie ihn fragend ansah, wedelte er nur in komischer Verzweiflung mit den Handflächen vor seinen Ohren.

Jetzt erst bemerkte sie, dass Roland am Kopfende des Tisches saß. Er widmete sich konzentriert seinem Flan, aß mit gebeugtem Kopf. Einmal beobachtete sie, während sie ihren Blick wie zufällig schweifen ließ, wie er, mit dem Löffel in der Luft gestikulierend, sich seiner Tischnachbarin zuwandte. Die Hand, die den Löffel hielt, war breit, mit kurzen, kräftigen Fingern und groben Gelenken. Dahinter sein Gesicht, die maliziös verzogenen Mundwinkel. Sie hatten etwas Verächtliches an sich, so, als fühle er sich allem überlegen. Diese Hände ... Sofia drückte ein Stück des grünen Roqueforts auf eine Brötchenhälfte, der Käse quoll unter dem Messer hervor ... vor einer Stunde waren diese Hände über ihren Körper gewandert, hatten seiner Zunge den Weg frei gemacht. Eine gute Behandlung! Er war sich sicher gewesen, das mit ihr machen zu können. Er hatte sie verächtlich behandelt, um sich selbst bestätigt zu finden.

Es war, als fiele etwas in ihr zusammen, um aus ihr herauszutreten, als löse sich Adela endgültig von ihr. Adela war es, die ihn gewollt hatte. Ich auch?, fragte sie sich. Warum nur bin ich so abgeglitten in ihren Charakter? War es nicht Stefan, der mich hineingetrieben hat? Ist nicht auch er schuld daran, er, mein Mann, der mir da gegenüber sitzt neben einer Frau, die ich für meine Freundin halte? Er, der Regisseur, der uns formen will, der mich liebt, auch für diese Adela, die ich nicht bin und für all die anderen Frauen, die ich nicht bin. Wer also bin denn *ich*?

Sie war so eingesponnen in ihre Gedanken- und Gefühlsverflechtungen, dass Irma neben ihr sie zweimal ansprechen musste. Ja, sie sei sehr zufrieden mit dieser Premiere, antwortete Sofia und ließ den Schluck Rotwein herunter rinnen, den sie auf der Zunge bewegt hatte. Sie sei den ganzen Tag über so angespannt gewesen, dass sie jetzt fast zusammenfalle. Am liebsten hätte sie sich gleich nach dem Essen verabschiedet, aber ohne Stefan wollte sie nicht gehen. Nach der Erniedrigung brauchte sie seine Gegenwart, um nicht mit dem niederdrückenden Gefühl, ihn als Adela mit Roland betrogen zu haben, allein gelassen zu sein – ja, es war ein Betrug, wenn er auch nicht vollendet wurde. Außerdem wollte sie keine Spekulationen über ihren frühen Aufbruch oder ihr verspätetes Erscheinen riskieren. Auch Stefan nicht für den Rest des Abends Christina überlassen und ihr Gelegenheit geben, ungestört über ihre Begegnung mit Roland zu reden, … wenn sie es nicht schon längst getan hatte.

Morgen würde niemand mehr darüber nachdenken, warum sie solange auf sich hatte warten lassen.

*

Die Morgengeräusche vor der Tür des Krankenzimmers weckten Sofia, Geschirr klapperte, verhaltene Stimmen, Schritte. Sie öffnete die Augen und drehte sich auf die andere Seite, langsam, erst den Oberkörper nach links, dann rollte sie Hüfte und Beine in die neue Lage.

Frau Thomen war wieder da. Sie war wach.

"Ist das Kind da? Kann man gratulieren?"

Frau Thomen schloss die Augen.

"Nein." Sie stöhnte. "Wenn es da wäre, wäre ich mit ihm auf der Entbindungsstation. Die Wehen haben wieder aufgehört, Fehlalarm. Ich musste wieder hierher, mitten in der Nacht. Und noch eine Spritze. Und nun warten. Kann dauern, hat die Hebamme gesagt."

"Ach, Sie Ärmste. Die Warterei ist sicher am schlimmsten, wenn man so gar nichts tun kann."

Frau Thomen antwortete nicht, sie wirkte apathisch.

Schwester Anna kam mit dem Frühstück. Sie stellte es auf dem kleinen Tisch ab, sah zu Sofia und rückte auffordernd den Stuhl zurecht.

"In zwei Minuten können Sie sich freier bewegen, Frau Berger. Sie brauchen die Infusion nicht mehr."

Sie überprüfte die Schläuche.

"Geht klar. Tief einatmen!", befahl sie.

Ein leicht ziehendes Gefühl im Bauch, und schon waren sie draußen. Schwester Anna klebte ein Pflaster auf die kleine Wunde.

"Frau Thomen, Sie bekommen erst wieder etwas zu essen, wenn das Baby da ist."

Sofia ging ins Bad, immer noch leicht gekrümmt, aber nicht mehr in ständiger Angst vor dem Schmerz.

Nach dem Frühstück griff sie zu ihrem Rollentext. Die nächste Spielzeit würde in acht Wochen mit Tennesse Williams starten, *Endstation Sehnsucht,* ihr Part war die *Blanche.* Stefan hatte noch das Stück und die Besetzung gewählt, ein anderer würde die Regie machen. Es war ihr ziemlich gleichgültig, wer es sein würde. Wichtig war nur, dass sie weiterhin spielen konnte, dass es eine Wirklichkeit im Spiel gab, die sie ihr reales Leben ohne Stefan ertragen half.

Sie vertiefte sich in den Text, hörte die Figuren reden, sah sie agieren. Blanche, eine Frau, die Phantasie und Wirklichkeit nicht auseinander halten kann und darüber verrückt wird. Das Leben auf dem Theater … warum hatte Stefan ihr die Blanche und nicht die viel jüngere Stella gegeben? Nicht zum ersten Mal hatte Sofia den Verdacht, er verordne ihr gewisse Rollen wie eine Therapie.

Sie las nicht weiter. Der Abend gestern – sie am Tisch sitzend bei Brot und Hagebuttentee … sich wieder sitzen sehen an der Festtafel bei der Premierenfeier … ihr gegenüber Stefan … seine Augen, dieses erstaunliche Blau unter den dichten, schwarzen Brauen, die linke Braue hochgezogen, eine Frage steht in seinem Gesicht und den steilen Falten über der Nasenwurzel, er fährt sich mit der Hand durch das graue Gewirr auf seinem Kopf und blickt suchend umher, sein Blick trifft mich im Vorübergleiten. Habe ich gelächelt? So sehr habe ich dich geliebt, gerade in diesem Moment, obwohl ich dich gerade erst betrogen und für mitschuldig befunden habe. Hast nicht *du* mich da hinein getrieben? Adela war es, die dich betrogen hat, nicht ich. Wir gehören zusammen seit dem ersten Tag unseres Kennenlernens.

Und doch musste schon an jenem Abend etwas begonnen haben, das einen Keil in ihr gemeinsames Leben getrieben hatte, es musste etwas anderes sein als das, zu dem sie sich hatte hinreißen lassen. Das zählte nicht, nicht für sie. Ihr Liebe hatte es nicht verändert, bis heute nicht.

Zur Kaffeezeit – Frau Thomen war in den frühen Nachmittagsstunden mit wieder beginnenden Wehen in den Kreißsaal gebracht worden – kam Besuch. Irma stand in der Tür, ihr Gesicht mit den frischen Wangen und dem schwarzen, bis an die Augen reichenden Pony über einem Strauß dunkelvioletter Tulpen.

"Deine Lieblingsblumen!", sagte sie, "ich fand die Farbe einfach hinreißend." Sie stellte die Blumen ins Wasser und zog sich einen

Stuhl heran. "Wie geht's dir? Ich habe erst vorgestern von Christina erfahren, dass du operiert worden bist."

"Von Christina?" Sofia wiederholte den Namen, versuchte ihr aufkeimendes Erstaunen zu verbergen.

"Ja. Warum hast du es mir nicht auch gesagt?"

"Ich habe es niemandem gesagt, nur Stefan wusste davon."

"Ach so ...", Irma zog die Augenbrauen hoch, dann schaute sie weg, ihre Lider bewegten sich, als denke sie über etwas nach.

"Was ist? Hat Christina etwa behauptet, ich habe es ihr gesagt?"

"Nein, sie bat mich nur, nicht darüber zu reden. Ich hatte den Eindruck, sie hätte ihre Mitteilung am liebsten zurückgenommen. Fast so, als wäre ihr gerade aufgegangen, dass sie sich verplappert hatte."

Sofia lehnte den Kopf zurück ins Kissen. Wieder sah sie jene Probe vor sich, Christinas Blick zu Stefan hinüber schießen, als wolle sie ihn herausfordern. Die Premierenfeier, Christina neben ihm, sie reden die ganze Zeit, er sieht mich aufmerksam an, während sie zu ihm spricht ... was verbindet die beiden?

"Sie kann es nur von Stefan wissen", resümierte sie. "Warum nur erzählt er ihr, was nur ihn und mich etwas angeht?"

Irma holte Luft, als wolle sie etwas erwidern. Der Blick, der Sofia streifte, war unsicher, dann wandte sie ihre Augen ab, nickte ein paar Mal und schwieg.

"Was ist? Weißt du mehr als ich?" Sofia beugte sich vor, ihre Hände auf die Matratze gestützt.

"Was soll ich dir sagen?"

Irma hob die Schultern, sie wirkte unglücklich. "Du bist nun schon solange in unserem Ensemble, und es hat nie ernsthafte Unstimmigkeiten gegeben. Aber wenn du Christina für deine Freundin hältst, irrst du dich. Einer erfolgreichen Nebenbuhlerin kann man keine Freundin sein."

Sofia sank zurück. "Ha, so etwas habe ich mir schon gedacht. Aber Christinas Eifersucht gibt Stefan doch keinen Grund, mit ihr über mich zu sprechen."

"Es ist mehr, Sofia, das heißt: Es war mehr. Bis du kamst."

Irma wirkte entschlossen, das Schweigen des Ensembles über Christinas Rolle im Leben des Theaters zu brechen. Und sie redete. Sprach von einer langjährigen Beziehung zwischen Christina und Stefan, die er, so vermutete Irma, leichten Herzens beendet habe, weil er sie wohl gar nicht mehr wahrgenommen habe. In den ersten Jahren dieser Verbindung hatten alle eine Hochzeit erwartet. Beide hätten sich ein Kind gewünscht, jedenfalls sei es gelegentlichen Äußerungen zu entnehmen gewesen. Aber es gab keine Schwangerschaft. Christina wurde älter, mit Mitte Vierzig konnte sie nicht mehr hoffen. Es blieb bei einer Liaison.

Bis Sofia kam, jung, begabt, dynamisch, lebensfroh.

"Damals, vor acht Jahren, als du fast über Nacht in unser Ensemble kamst, war das wie ein Energieschub, der auf uns alle übergesprungen ist. Ich glaube, Stefan hat in dir einen Neubeginn und die ideale Ergänzung gesehen, du warst für ihn so etwas wie eine wiederhergestellte Verbindung zum Leben außerhalb des Theaters. Er ist ein so ernsthafter Mann, von seiner Arbeit besessen, will allem auf den Grund gehen. Mit zunehmendem Alter immer mehr. Du erinnerst dich an die Proben zu *Bernarda Albas Haus*? Wie er die Gefühle aus uns herausgepeitscht hat?"

Sofia nickte. "Und hat Christina auf mich angesetzt, gerade uns beide für sein Experiment ausgewählt."

"Na ja, da konnte er ziemlich sicher sein, auf unbewältigte E-motionen zu stoßen."

"Nie habe ich Christina etwas angemerkt, in all den Jahren, immer war sie sehr kollegial, fast freundschaftlich zu mir."

"Musste sie wohl sein, wenn sie bleiben wollte. Wäre sie zickig gewesen, hätte Stefan sicher dafür gesorgt, dass ihr Vertrag nicht verlängert worden wäre. Oder ihr nur kleine Nebenrollen verpasst, bis sie selbst gekündigt hätte."

"Ich an ihrer Stelle hätte es nicht fertig gebracht. Ich wäre gegangen."

"Du vergisst: Sie war schon über Mitte Vierzig, eingespielt im Ensemble, mit Stefans Regiearbeit vertraut, bekam immer gute Rollen." Irma machte eine Pause, schürzte die Lippen. "Vielleicht wollte sie auch bleiben und sehen, ob du scheiterst, um dann ihre alte Stellung wieder einnehmen zu können."

"Scheitern …", Sofia atmete das Wort ein, es breitete sich in ihr aus. "Was ist das – Scheitern? Keinen Ausweg wissen? Oder keinen Anfang finden?"

"Aber Sofia!" Irma schüttelte den Kopf und hob die Hände. "Deine OP war notwendig, du bist nicht gescheitert, nur weil du nun nicht mehr schwanger werden kannst. Du wirst spielen, das ist deine Bestimmung. Ich denke, Stefan sieht das genau so ... ja, ja", nickte sie, als sie Sofias Blick wahrnahm, "im Moment vielleicht noch nicht, aber er wird es verstehen. Er liebt dich."

Sofia schwieg, senkte den Blick auf die Bettdecke. Wenn er sie liebte, warum ging er allein nach Hamburg? Warum war er stumm geblieben, als sie ihm die Diagnose ihres Arztes mitgeteilt hatte? Was hatte Christina ihm bei der Premierenfeier erzählt? Sie würde es nie erfahren. Jede Frage ihrerseits wäre wie die Bestätigung eines einmal geweckten Verdachts.

"Du brauchst Ruhe, Sofia."

Irma war aufgestanden, schnitt ihren Gedankenfaden ab. "Das hat dich alles doch sehr mitgenommen, erst die OP, und nun auch noch meine Wahrheiten über Christina und Stefan. Ich hätte es dir nicht gesagt, wenn es sich nicht so ..."

"Warum erfahre ich es erst jetzt?", wunderte sich Sofia, "nach acht Jahren? Auch Stefan hat nie ein Wort darüber verloren."

"Es war nicht nötig, darüber zu reden. Wir waren und sind ein gutes Team und Konflikte muss man nicht herauf beschwören. Außerdem ... Linda und Paul sind erst nach dir zu uns gestoßen, sie wissen nichts. Manfred weiß es, er ist schon sehr lange dabei."

"Oh, Manfred!"

Die Erwähnung dieses Namens lenkte Sofia ab.

"Setz dich", sagte sie zu Irma, ließ ihre Beine über die Bettkante herab, schloss die Augen und demonstrierte Manfreds Darstellung eines Vivaldikonzerts mit vibrierendem Kopf, mal mit Harfenfingern, mal mit Geigenfingern auf imaginären Saiten oder andächtig wie zum Beten gefalteten Händen, rhythmischem Kopfrucken – Irma lachte, Sofia drohte mit grimmiger Miene und Kopf-ab-Geste – dann versank sie in einer theatralischen Denkerpose.

"Kommt mir bekannt vor – Manfred *in concert*. Erinnerst du dich an das Hauskonzert bei ihm vor fast einem Jahr, mit deinem Studienkollegen – wie hieß er noch? Gregor Weidmann? Der den Chopin so meisterhaft gespielt hat und ...", sie lachte wieder, "so meisterlich begleitet von Manfreds Darbietungen."

"Nur gut, dass Manfred nicht in Gregors Blickfeld saß."

"Hast du noch Kontakt zu ihm?"

"Nein, diese Vergangenheit interessiert mich nicht mehr."

Dass er ihre erste Liebe gewesen war, ihre erste Freiheit, die sie sich als junge Studentin außerhalb des Elternhauses genommen hatte, wollte sie nicht erzählen.

Irma stand wieder auf.

"Wenn du am Freitag entlassen wirst, kann ich dich abholen. Ich nehme an, Stefan wird nicht kommen können? Und jetzt lass ich dich allein, du sollst dich ausruhen."

Mit einem Blick auf das benutzte Nachbarbett fügte sie hinzu: "Oder bist du nicht allein in diesem Zimmer?"

"Die Belegung wechselt. Nach der Demenzpatientin ist es nun eine Schwangere, die seit zwei Stunden im Kreißsaal ist. Offensichtlich sind auf einigen Stationen die Betten knapp."

"Dann wünsche ich dir als nächste Mitpatientin eine aufgeschlossene Gesprächspartnerin. Damit dir bloß nicht langweilig wird!"

Sofia schlug die Augen zur Decke.

"Im Moment mag ich diesen Smalltalk von Bett zu Bett überhaupt nicht. Ich bin lieber allein und lese, lerne und denke nach."

"Gut, dann also bis Freitag."

Zum Abendessen gab es wieder den üblichen Hagebuttentee, zwei Scheiben Brot, Butter, etwas faden Aufschnitt, ein Schälchen mit Heringssalat.

"Frau Thomens Kind ist immer noch nicht da", berichtete Schwester Beate, "es lässt sich Zeit."

"Die Arme!", meinte Sofia, "kann man den Vorgang nicht beschleunigen?"

"Eine Geburt ist ein ebenso natürlicher Vorgang wie die Zeugung, beim ersten Kind dauert er oft länger, zumal, wenn man über dreißig ist wie Frau Thomen. Beim zweiten Mal ist meistens alles einfacher, aber …", sie warf einen kurzen Seitenblick hinüber zu Sofia, während sie das Tablett abräumte, "… damit werden Sie ja nie Probleme haben."

"Ich habe andere Probleme…" Sofia zögerte. Dann leiser: "Eher mit dem Gegenteil."

Schwester Beate öffnete den Mund, als wolle sie etwas fragen, schwieg dann aber und wischte ein paar Krümel vom Tisch.

"Brauchen Sie noch eine Schlaftablette zur Nacht?"

Sofia schüttelte den Kopf.

"Nein, mit dem Einschlafen habe ich keine Probleme."

Die hatte sie dann aber doch.

Schwester Beates Satz über Geburt und Zeugung wollte ihr nicht aus dem Kopf. Natürliche Vorgänge. Die ich verhindert habe, dachte sie, auf eine unnatürliche Weise verhindert habe. Was hatte doch Thomas, der den Antiquitätenhändler Harold in der *Komödie im Dunkeln* gab, neulich zur Belustigung aller gesagt? Christina hatte in der Mittagspause nach dem Namen seines dritten Kindes gefragt, seine Frau stand kurz vor der Entbindung. "Wenn's ein Mädchen wird, Ogino, wenn's ein Junge ist, Knaus."

Eine natürliche Methode, Schwangerschaft zu vermeiden. So natürlich, dass sie nicht immer funktioniert.

Einem solchen Risiko hatte sie sich nicht aussetzen wollen. Sie liebte nicht vorbehaltlos wie Adela, hatte aber wie sie mögliche Konsequenzen nicht bedacht. Das Risiko der Entdeckung hatte sie nicht gesehen. Auch nicht das Risiko bedacht, verlassen zu werden. So fest hatte sie daran geglaubt, Stefans Liebe würde ihr alle Zeit lassen, sich selbst zu finden, bevor sie einem Kind das geben konnte, was es brauchte. *Mein Bauch gehört mir* hatte ihr auf der Zunge gelegen an jenem Abend, als er ihr vorwarf, an Kindern nicht interessiert zu sein. Stattdessen hatte sie ihn für mitschuldig erklärt und sich dabei elend gefühlt.

Und nun Irmas Eröffnung. Hat er mich nur geheiratet, um endlich Vater zu werden? Christina verlassen, weil sie zu alt war? Bin ich eine Ersatzfrau, so wie ich ein Ersatzkind war?

Er liebt dich. Sagt Irma. Aber er hat mich verlassen. Er liebt mich so, wie ich auf der Bühne bin. All diese anderen Frauen liebt er. Er liebt mich für das, was ich nicht bin. Und er verlässt mich für das, was ich bin – eine Frau, die kein Kind haben will, nicht wollte – *noch* nicht wollte –, die nun auch keines mehr haben wird.

Ich hätte es ihm erklären müssen.

Aber ich habe geschwiegen.

Ich habe geglaubt, er versteht es nicht.

Sie erschrak. Plötzlich tat sich etwas in ihr auf, etwas Bodenloses, in das sie hineinzustürzen drohte Die wirkliche Ursache für den Verlust seiner Liebe war nicht das Verhütungsmittel, sondern ihr mangelndes Vertrauen in das Ausmaß seiner Liebe. Er hätte versucht, sie zu verstehen. Ihre Not, sich selbst nicht zu kennen, anerkannt, wenn sie nur je mit ihm darüber gesprochen hätte. So wie er sich in alle Rollen hineingedacht hatte, hätte er sich auch ihrer Gefühle angenommen.

Die Erkenntnis schüttelte sie. Er wäre nicht gegangen, wenn ich auf sein liebendes Verstehen vertraut hätte, anstatt mein Problem in meinen Rollen zu verstecken. Ich bin zum Opfer meiner Ängste geworden.

Eine Weile lag sie still, konnte den Blick nicht abwenden vom Schimmer des Fensters hinter den Vorhängen, als zeige das blasse Licht einen Ausweg aus dem Dunkel. Wie aus dem Nichts tauchte ein anderes, längst vergessenes Bild daneben auf, der Lichtschein des Fensters, der sie getröstet hatte, als sie auf der Kellertreppe gesessen hatte, ihre dreijährige Kinderseele bebend vor Angst. Damals war die Mutter gekommen und hatte sie erlöst, und die Welt war wieder in Ordnung. Jetzt musste sie den Weg der Erlösung allein finden. Sich ihren Ängsten stellen. Sie besiegen. Sich selbst annehmen, so wie sie war, ohne die Maske ihrer Rollen.

Sie verirrte sich im Labyrinth ihrer Gedanken, sah Theaterszenen vor sich, erinnerte sich an das, was sie auf der Bühne gefühlt hatte, alles vermischte sich mit Alltagsgeschehnissen, bis ihr Kopf zu müde wurde und sie endlich einschlief.

*

Ina

Mein erster Tag in Freiheit, dachte Ina, in der Freiheit der Hochschule. Kommen und Gehen, wann ich will, lernen, was mich interessiert. Kein Zwang. Kein Muff. Keine Rechenschaft abgeben über Tun und Lassen. Nicht in Worten. Nur in Leistung.

Erst kurz vor dem Abitur hatte sie sich durchgesetzt mit ihrem Wunsch, Musik zu studieren. Die Eltern hatten ein Jurastudium vorgesehen. Eine spätere Laufbahn als Richterin. Eine geachtete Existenz, schwarze Robe, gewichtige Worte, lauterer Sinn. Knöcherne Wahrheiten in schweren Aktenordnern, hatte Ina in Gedanken zugefügt.

Das war kein Leben für sie. Leben und Tun anderer Menschen in Paragraphen zwängen, um es zu beurteilen – nein! Das Leben sollte wie eine Musik zu sein, fröhlich und dramatisch, Dur und Moll, Lento oder Attaca, Grave oder Menuett, manchmal Dacapo. Sie wollte in diesem Leben ihre Musik finden, Musik mit anderen machen, singen, Klavier spielen. Ein zweites Instrument musste her. Der Vater hatte die alte Geige, Erbstück seines Großvaters, aus dem obersten Fach des Kleiderschranks herunter geholt, der Geigenbauer hatte sie in Schuss gebracht. Bei der Aufnahmeprüfung an der Hochschule konnte sie immerhin schon eine Händelsonate spielen, *ganz ordentlich!*, wurde befunden. Bei der Klavierprüfung schnitt sie mit einem *Sehr gut* ab, ihre Stimme versprach Hoffnungsvolles. Die Eltern hofften – da war Ina sich sicher – eher auf eine Karriere als Musikprofessorin, sicher dachten sie nicht an die einer Pianistin oder gar Sängerin. Eine Bühnenexistenz war nicht vorstellbar. *Ein unstetes Leben an ständig wechselnden Orten verdirbt den Charakter.*

Ina hatte sich gewundert.

Sie war im ersten Semester, und da machten sich die Eltern schon Gedanken über eine Karriere. Schätzten sie ihre Begabung höher ein als sie selbst? Oder sollte es eine Warnung sein, weil sie gleich zu Studienbeginn auch der freien Schauspielgruppe der Hochschule beigetreten war? Möglicherweise hatten die Eltern diese Leidenschaft mit dem Schulabschluss für beendet gehalten.

Egal, dachte Ina. Ist-egal-ist-egal-ist-egal. Sie war so beschäftigt mit allem: Vorlesungen, Seminare, Klavierunterricht, Geigenunterricht, Gesangsunterricht – üben, üben, üben, Chorgesang, Orchesterproben, Theorie lernen, Schauspielerei, Textlernen. Meist kam sie erst spät nach Hause. Manchmal gab es Vorhaltungen, das Wort vom "Hotel Mama" fiel, Ina argumentierte mit den Anforderungen des Studiums. Ein Wort gab das andere. Die Enge ihres Zuhauses, die emotionale Trockenheit, die sich in ihr entwickelt hatte, seit sie sich als Ersatzkind wusste, sammelte sich in dem wütend heraus gestoßenen Satz: "Ich bin lieber in der Hochschule als zuhause!"

Der Vater hatte sie des Zimmers verwiesen.

Später tat es ihr leid. Sie hatte unbedacht gesprochen, spontan, lieblos, wenn auch ohne Absicht. Aber auch wahr gesprochen. Beides war in ihrem Satz gewesen: Der innere Zwang, all ihre Fähigkeiten auszuloten und das Sich-eingeklemmt-fühlen im Elternhaus. Beim nachfolgenden Abendessen der Blick des Vaters, der sie mied, die traurigen Augen der Mutter. Ich bin ihr Ersatzkind, hatte sie gedacht, aber auch das Kind, für das sie sorgen wollten. "Es tut mir leid", hatte sie gemurmelt, als sie vom Tisch aufstand und in ihr Zimmer ging.

Morgen würde sie ihre Einstandsprobe im Orchester haben. Bach stand auf dem Probenplan, das Dritte Brandenburgische Konzert. Geübt hatte sie, vielleicht reichte es nicht, um bleiben zu dürfen.

Am Vormittag dieses Tages hatte sie Gregor kennen gelernt.

Zwölf Zellen zum Üben gab es in der Hochschule, doppeltürig. Sie öffnete die äußere Tür, horchte vor der zweiten. Nichts zu hören. Sie drückte die Klinke.

Jemand saß da am Klavier und schrieb in seinen Noten, den Oberkörper über die Tasten vorgelehnt. Lange blonde Haare, glatt mit Mittelscheitel.

"Entschuldige", sagte sie, "ich hab nichts gehört und dachte, die Zelle sei frei."

"Bin gleich fertig hier", sagte der junge Mann und schaute kurz über seiner runden John- Lennon-Brille zu ihr auf. "Kannst schon mal deine Geige auspacken, während ich meine Fingersätze zu Ende bringe."

Ina legte ihre Noten auf dem Klavier ab, er warf kurz einen Blick darauf.

"Aha, das Dritte Brandenburgische. Bist du neu im Orchester? Ich hab dich da noch nie gesehen."

Ina nickte. "Zweite Geige, letztes Pult. Ich muss noch üben, hab's noch nicht so ganz drauf."

Er sah aufmunternd zu ihr auf.

"Sollen wir's mal zusammen versuchen? Ich meine, wenn du mir den Klavierauszug gibst, übernehme ich das Orchester. Übrigens – ich bin Gregor, studiere Klavier bei Professor Leygraf."

Er streckte ihr seine Hand entgegen. Ina schlug ein.

"Gern", antwortete sie, "ich heiße Ina, Ina Schwarz."

"Na, dann mal los!"

Sie stellte die Noten auf den Ständer, klemmte sich die Geige unters Kinn. Der erste Anlauf misslang, sie war ein wenig aufgeregt. Weder der alte Geigenlehrer, Kollege des Vaters, noch die Hochschullehrerin, die sie seit drei Monaten unterrichtete, waren gute Begleiter am Klavier, sie schlugen immer nur ein paar dürre Orientierungstakte in die Tasten. Hier saß wohl ein Könner am Instrument, sie fürchtete, er werde ihr Spiel für allzu dürftig halten. Nichts davon. Ein paar Mal verzählte sie sich und setzte zu spät ein. Er unterbrach ohne Kommentar, wiederholte den Takt und sie fand hinein. Wenn ihr ein Lagenwechsel nicht so ganz glückte, zuckte er nicht zusammen, sagte nur: "Es wird schon", trieb sie voran, mit Energie, aber ohne Druck. Sie wurde immer gelöster, spielte, dachte und empfand die Musik als Teil ihrer selbst und desjenigen, mit dem sie sie machte.

Ihr Debut am letzten Pult der zweiten Geige verlief glatt, zum Schluss der Probe wurde sie als Neuzugang willkommen geheißen.

Es war wie ein Rausch gewesen: Musik machen mit so vielen! Eingehüllt zu sein in diesen ungeheuren Klang, der über ihr zur Decke stieg, ihre Geigenstimme darin eingewoben wie ein schmaler Faden. Ein Erlebnis! Angstbefreit genossen. Dank Gregor.

Es hatte noch viele solche Erlebnisse gegeben. Im Orchester und zu zweit. Nicht nur in der Übezelle.

Es war im Sommer, ein halbes Jahr nach jenem Novembertag, an dem sie sich kennen gelernt hatten.

Die Spielstunde, wie sie ihr gemeinsames Musizieren nannten, war inzwischen zu einem festen Termin in ihrem Wochenplan geworden. Gregor hatte diese Idee zu Inas Überraschung schon nach der ersten Orchesterprobe geäußert. Nie hätte sie, eine Studentin im zweiten Semester, gewagt, einen Kommilitonen, der kurz vor dem Abschluss stand, danach zu fragen. Vielleicht verbarg er ja noch andere Wünsche hinter dieser Idee. Musikalische konnten es nicht sein, sie war diejenige, die von diesen Stunden profitierte. Bestens vorbereitet kam sie zu den Orchesterproben, die Geigenprofessorin war angetan von Inas Fortschritten in so kurzer Zeit.

"Heute mal nicht, es ist zu heiß", stöhnte Gregor, "ich klebe schon den ganzen Tag am Klavierhocker. Lass uns schwimmen gehen. Irgendwo im Grünen, wo man in die Baumwipfel sehen kann, wenn man im Wasser liegt."

Ina schwang sich auf den Soziussitz seiner weißen Vespa, umfasste ihn mit ihren Armen und presste sich an ihn. Gut fühlte sich das an, an seinen Rücken geklammert durch die Kurven zu fliegen, sich vom Fahrtwind die Haare bürsten zu lassen. Sie legte ihr Gesicht in seinen Nacken und schloss die Augen. Ein weißes, fliegendes Pferd – wollte sie das nicht sein … damals? Über die Landschaft fliegen und auf dem Regenbogen reiten? *Auf ihrem Weißrösslein, so weiß wie der Schnee, die schönste Prinzessin …* – Prinzessinnen haben goldene Haare, dachte sie, morgen gehe ich zum Friseur und lasse sie färben.

Gregor kannte einen Ort, an dem man in die Spiegelbilder der Baumwipfel hinein schwimmen konnte. Ein kleiner See, ehemalige Kiesgrube, dicht von Bäumen umstanden. Spaziergänger gab es hier kaum, mitten in der Woche schon gar nicht.

Sie ließen ihre Sachen auf einer Landzunge unter einem knorrigen Baum, der seine ausladenden Äste über den Wasserspiegel hängen ließ.

" Es ist sehr tief an dieser Stelle, wollen wir springen?" Gregor legte seine Brille aufs Handtuch.

"Wer ist zuerst drin?", rief Ina, kletterte hinauf, klemmte Daumen und Zeigefinger auf die Nase und sprang.

Die plötzliche Kühle des Wassers schlug klatschend auf sie ein, nahm ihr einen Moment die Orientierung, während sie nach unten sank. Sie breitete die Arme aus und arbeitete gegen die Schwerkraft. Über ihr strudelte es weiß und grün zwischen Luftblasen, darunter glitt Gregor mit kräftigen Stößen auf sie zu. Aufwärtsgleitend umfing er sie, sein Körper, kühl und glatt wie ein Delphin an den ihren geschmiegt, tauchten sie auf. Er umfasste ihr Gesicht mit beiden Händen und küsste sie. *Nass und glitschig,* war Inas Empfinden, während sie Wasser trat, um oben zu bleiben. Sie japste nach Luft, ruderte mit den Armen. Zu unbequem, um etwas Aufregendes zu fühlen. Gregor ließ sie los, sie sah ihn an, keuchte. So aus der Nähe, seine langen Haare nass glänzend und vom Wasser in den Nacken gestrichen, sah er plötzlich wie ein Mann aus. Die Kontur des schmalen Nasenrückens trat hervor, die Wangenknochen, das Kinn, sonst verdeckt vom Vorhang der Haare, zeigten die Energie, die ihr von seinem Klavierspiel vertraut war. Das da war ein anderer als der, den sie kannte. Sie war verwirrt, wollte es nicht zeigen, tauchte unter, kam wieder hoch und lächelte ihn in einem plötzlichen Impuls an. Kurz nur, wie um ihre Verwirrung zu überspielen. Dann warf sie sich wieder ins Wasser und schwamm zum Ufer. In ihr Handtuch gewickelt sah sie zu, wie er über den schmalen Kiesstreifen auf sie zukam, die blendende Spätnachmittagssonne in seinem Rücken. Eine Silhouette mit den Konturen breiter Schultern, kräftiger Beine, großer Hände. Er blieb vor ihr stehen, blickte auf sie hinunter. Sie hob den Kopf.

Ohne die Augen von ihr zu lassen, setzte er sich neben sie und begann, das Handtuch von ihren Schultern zu lösen. "Du hast doch gelächelt", sagte er, "willst du dich schützen mit diesem Stück Stoff? Wovor?"

Ina hatte sich in das Handtuch verkrochen, mehr noch aus einer unbewussten, hilflosen Anwandlung, sich verstecken zu wollen als in der Absicht, ihre Haut zu trocknen. Gleichzeitig fühlte sie sich wie hypnotisiert von der Vorstellung, diesem Unbekannten ausgeliefert zu sein.

Dieses sich ausgeliefert Fühlen begann ihr zu gefallen. Sie sah den Händen des Mannes zu, sie strichen über ihre Haut, während sie das Handtuch von ihren Schenkeln schoben, auf seinen Armen glitzerten Wassertropfen zwischen goldenen Härchen. Klavierhände, deren lange Finger auf ihr spielten. Eine schöne Melodie, die sie noch nicht kannte.

Sie legte sich auf den Rücken, er stand auf, sie sah zu ihm hoch, wie er über ihr stand – wieder seine Silhouette, nun, da sie von unten her blickte, hellbraune Haut vor dem lichten, sich leicht bewegenden Astwerk, dazwischen der gestückte blaue Himmel. Der Mann betrachtete sie. Dann strich er mit beiden Händen die nassen Haare hinter die Ohren, beugte sich zu ihr hinunter, während seine linke Hand die Badehose abstreifte. Sein Penis sprang ihr entgegen, der Schaft vibrierte kurz, befreit vom Druck des elastischen Stoffs. Seine Haut war kühl an ihrer Brust, seine Hüften schwer, der Penis mit angenehmem Druck zwischen ihren geschlossenen Oberschenkeln. Der Mann bewegte sich auf ihr, sachte, fast zärtlich. Er hob seinen Kopf aus der Senke ihres Halses dicht an ihrem Ohr. Seine Augen, so nah, hellgrün, ohne die abschirmende Spiegelung der Brillengläser, sein Mund, der Flaum über seiner Oberlippe ... sein ... "Tu ich dir gut?", fragte sein Mund, und als sie schwieg: "Ich möchte dich lieben."

Er rollte sich auf die Seite und stützte sich auf den linken Arm. Eine Weile streichelte er mit der Rechten über ihre Brüste unter dem dunkel geblümten Stoff des Bikinis. "Dreh dich mal", sagte er. Auf der Seite liegend öffnete er den Verschluss in ihrem Rücken, schob beide Hände unter das Höschen, packte ihre Hüfte und drückte sie gegen seine Schenkel, bevor er es über ihre Beine hinunter schob und abstreifte.

Ina hatte die ganze Zeit über nichts gesagt. So hatte sie diesen Mann noch nicht gekannt, sie wusste nur, dass er Gregor hieß und dass sie seit einem halben Jahr Musik miteinander machten. Deshalb vertraute sie ihm. Und sie mochte ihn. Und ließ sich ansehen, nackt da liegend, die rechte Hand im Nacken unter der roten Wolke ihrer Haare, ein Knie angezogen, als wolle sie noch einen Rest ihrer Nacktheit für sich behalten.

"Du bist schön", murmelte er. "Lass mich alles sehen."

Er streichelte den angewinkelten Oberschenkel, schob ihn mit sanftem Druck zur Seite. Seine Hand strich über das gekräuselte Gebüsch, entfernte sich, wanderte zu ihren Brüsten hinauf, kehrte zurück und fand ihr Geschlecht.

Ina hatte die Augen geschlossen. Es gab nichts mehr als diese Berührung, die sie mit weit geöffneten Beinen empfing, mit der sie eingeschlossen war, in sich selbst eingeschlossen, wo es nichts anderes mehr gab, nur noch dieses Verlangen, dass es immer so weiter gehen möge, wohin ... wohin ... ich weiß nicht ... nur weiter. Sie hörte sich selbst denken, wie von innen denken, sie hörte ihr Geschlecht, es gab kleine zärtliche Schmatzlaute von sich. Ich will ihn haben, wusste sie und "Ja!", schrie sie, und er legte sich auf sie, drang zunächst nur mit der Spitze in sie ein und verharrte wie abwartend mit kleinen Bewegungen, bis sie ihm ihren Schoß entgegen stieß, ungeduldig und heftig, ihn anstachelnd, ihr seine Lust zu geben. Keuchend entlud er sie zwischen ihren Beinen.

Ina fand sich wieder, langsam zu sich selbst kommend, nahm sich selbst und ihre Umgebung wieder wahr. Gregor halb auf ihr liegend, den rechten Oberschenkel über ihrem Bauch, das Gesicht auf seiner Ellenbeuge im Gras. Über ihr das Gitterwerk des Baums, das durchscheinend helle Grün der Blätter, blaue Himmelsfetzen. Die Blätter bewegten sich leicht und lautlos, brachten das Blau dazwischen zum Glitzern. Es war still hier so weit draußen vor der Stadt. So still, dass schon der bloße Gedanke an das Wort Stadt die Stille störte. So hart, dieses Wort, einsilbig, kurz, das a gekappt durch zwei Buchstaben, die wie ein Tor hinter ihm zufielen. Ein Geräusch, das sie aus ihrem dahin treibenden Empfinden von absichtslosem Nur-da-sein riss.

Sie wandte ihren Kopf zur Seite. Gregor sah sie an.

"Es war dein erstes Mal", sagte er.

"Ja."

"Es hat dir gefallen."

"Ja."

"Mehr davon?"

"Ja." Ihre Augen glitzerten. "Morgen. – Übermorgen?"

Er stemmte sich hoch, beugte sich über sie.

"So eilig ist es dir damit?"

Ina antwortete nicht, sah ihn nur an, ein angedeutetes Lächeln in den Mundwinkeln. Etwas Neues hatte begonnen.

Als sie am nächsten Abend nach Hause kam, frisch vom Friseur mit wippendem blondem Pferdeschwanz, war die Reaktion gemischt. Ja, die Farbe stehe ihr zu Gesicht – nein, man solle sich so annehmen, wie man ist – ja, das Blond sei nicht so auffallend wie das Rot – nein, sie hätten nicht gewusst, dass Ina ihre Haarfarbe noch nie gemocht habe.

Gregor hatte sie gemocht, wie er ihr versicherte, aber das Blonde gefiel ihm auch. Nicht die Farbe macht's, hatte er gesagt, die Fülle ist es, in die ich meine Hände tauchen kann. Und tat es augenblicklich, griff mit gespreizten Fingern hinein, bewegte sie lustvoll auf ihrer Kopfhaut, zog ihr Gesicht zu sich heran und küsste sie. Mitten im Foyer der Hochschule. Prinzessin mit Blondhaar.

War es ein Zufall, dass ihr am Nachmittag im Schauspielseminar die Rolle der Prinzessin in Büchners satirischer Komödie *Leonce und Lena* zugeteilt wurde? *Auf ihrem Weißrösslein …*

*

Es fiel ihr schwer, die Augen zu öffnen. Sie hatte geschlafen wie eine Tote, hinab gesunken in traumloses Vergessen. Das Tageslicht brachte alles zurück. Irmas Besuch, Christina und Stefan, die Premiere, Roland, der Betrug. Ihr Versagen. Das vor allem. Nicht das in der Garderobe, sondern ihr Mangel an Vertrauen. Das hatte sie beide zu Opfern gemacht. Es lag an ihr, aus dieser Erkenntnis die Kraft für ein Weiter zu ziehen. Wie – wusste sie nicht. Auch das brauchte Zeit.

Schwester Beate brachte das Frühstück und Neuigkeiten. Frau Thomen war von einem Mädchen entbunden worden, erst in den frühen Morgenstunden. Die anfänglich starken Wehen seien immer schwächer geworden, Frau Thomen auch. Dr. Klapphofer habe schließlich mit der Hohen Zange gearbeitet, eine Technik, die er meisterhaft beherrsche. Mutter und Kind seien wohlauf und nun auf der Entbindungsstation.

Sofia war es zufrieden, allein zu sein. Hoffentlich würde es so bleiben.

Sie schlug die Zeitung auf. Die ersten Seiten überschlug sie, wandte sich gleich den Nachrichten aus der Kultur zu. Ein ausführlicher Artikel über die posthume Verleihung des Friedenspreises des Deutschen Buchhandels an Janusz Korczak, ein Bericht über die archäologische Sammlung des Landesmuseums. Die Kritik über das Romandebut eines neuen Autors, die sie überflog. Die Ankündigung eines Klavierabends im Konzerthaus.

Der fett gedruckte Name des Pianisten sprang sie an.

Gregor Weidmann.

Sie ließ die Zeitung sinken. Dann hob sie sie wieder und las seinen Namen noch einmal. Laut: Gregor Weidmann! Er hatte es also geschafft. Ein Soloabend im renommierten Konzerthaus. Vielleicht ein Ergebnis des Hauskonzerts bei Manfred im vergangenen September? Der hatte so viele Leute dazu eingeladen, Kollegen, Freunde und Bekannte, den Intendanten des Opernhauses hatte sie gesehen, auch eine Kritikerin, die ihr beim anschließenden Buffet aufgefallen war. Sie war ihr Gegenüber bei Tisch,

Stefan neben ihr. Sofias Nachbar zur Linken hatte ihr, sich zur Seite vorbeugend, zugeraunt: "Frau Spitzer, Konzertkritikerin, kenntnisreich und gefürchtet. Ihr Lob kann eine Eintrittskarte aufs große Podium sein." Die hatte Gregor ja nun erworben, ob dank dieser ihr so unsympathischen Dame, war unwichtig. Sie erinnerte sich an Frau Spitzer, weil sie ihre Gesten studiert hatte, den Zusammenhang zwischen Erscheinungsbild, Gesten und Sprache finden wollte, ein Lehrstück für sie als Schauspielerin. Was Frau Spitzer sagte, konnte sie nicht hören, der Tisch war groß und rund, der Geräuschpegel hoch. Es reichte zu sehen. Wie auch Frau Spitzer nicht vom Sehen, vom Herumsehen lassen konnte. Ihre Augen, hell und wach, immer auf der Suche nach etwas, das zu beobachten sich lohnen könne, ihr Blick schweifte unablässig durch den Raum, wobei der Kopf sich ständig in andere Richtungen drehte, verdrehte, fast hatte Sofia erwartet, er werde sich plötzlich um einhundertundachtzig Grad wenden wie der Kopf eines Uhus. Bei all diesem Herumgucken vernachlässigte Frau Spitzer nicht das Essen. Sie kaute sehr schnell, ihre Zähne gingen wie ein Hackbrett auf die Nahrung nieder, kaum war die Gabel eingeschoben, fielen sie über Weiches und Hartes gleichermaßen her. Eine Frau, dachte Sofia, der ich nicht zwischen die Zähne geraten möchte, die zerbissenen Worte nicht hören, mit denen sie urteilt, verurteilt, aburteilt, mit diesem Mund, ein blutroter, scharfer Schlitz, wenn er nicht gerade kaut, ein Krater, wenn er sich öffnet, eine Frau wie ein Fegefeuer, das brennt und gnadenlos verbrennt. Dann, überraschend, lachte der große Mund, ein hektisch heraus gestoßenes Lachen, das Fröhlichkeit signalisierte, vielleicht auch den Witz einer eigenen Bemerkung hervorheben sollte. Möglicherweise war es solch ein fröhlicher Moment oder gute Gestimmtheit oder wahre Überzeugung gewesen, fördernde Absicht oder was auch immer, in dem sie ihren Artikel über Gregors Konzerts verfasst hatte. Wie schade, bedauerte Sofia, dass ich keine Kritik in der *Hannoverschen* gelesen habe, es kann nur Fabelhaftes gewesen sein.

Manfred hatte Gregor als Preisträger des letztjährigen Chopin-Wettbewerbs in Warschau angekündigt. Sofia sah ihn mit seinen ausgreifenden Schritten aus dem Nebenzimmer kommen, erkannte das ihr zugewandte Profil, den langen Nasenrücken, die ehemals ungebändigten Haare auf Kinnlänge gestutzt, glatt und immer noch mit aristokratischem Mittelscheitel. Er trat an den Flügel, legte die Linke aufs Mahagoni – Sofia konnte ein Lächeln nicht unterdrücken: Warum diese Geste bei allen Pianisten? Herrschaftsgeste oder Stütze? –, die Rechte wurde aufs Knie gelegt und Gregor verbeugte sich mit Schwung, der Pagenschnitt wehte vor sein Gesicht. Er riss die Haare zurück, tupfte ein Begrüßungslächeln in die Mundwinkel und setzte sich.

Sie hatten einen Platz in der vierten Reihe gewählt, fast im rechten Winkel zum Flügel, von dem aus Sofia auf Gregors Hände sehen konnte. Die Stühle waren locker aufgestellt, so dass sie freien Blick hatte, vorbei an den grauen Haarkränzen und der blassrosa Hinterkopfhaut der älteren Honoratioren der Stadt, an den dazu gehörigen Damen und ihren weiß bestrumpften Beinen in pastellfarbenen Ballerinas. Wie immer schloss sie zunächst ihre Augen und stellte sich auf ungehinderten Hörgenuss ein. Die Kraft seines Spiels, die ungeheuren Tonwellen, die aus dem großen Instrument quollen - viel zu mächtig für ein Wohnzimmer!, - berührten sie fast körperlich. Die Töne umspülten sie, sponnen sie ein in das Netz seiner Hände. Erinnerungen an diese Hände, längst hinter sich gelassen. Nur die Mitteilung der Musik zählte jetzt noch.

Sie schaute auf, geradewegs auf seine rechte Hand. Wie Hämmer stießen die Finger auf die Tasten herab, eilten in plätschernder Chromatik der Linken entgegen, beide Hände, nun vereint, versanken in Melancholie. Aber nur für einen Augenblick, denn schon fuhr die Rechte energisch ins belanglos Elegische, rüttelte es auf mit einem mahnenden Akkord, während der Ellenbogen ein Aufwärtszucken dazu gab, als wolle er die Phrase stoppen.

Abwechselnd schloss und öffnete Sofia ihre Augen, konnte sich nicht entscheiden, welcher Genuss der höhere war: Chopin zu hören oder Gregors Händen zuzusehen, wie sie seine Musik aus den Tasten holten. Die Linke formulierte die strenge Choralmelodie im Scherzo Nr. 3 Cis- Moll, der Oberkörper neigte sich andächtig darüber, während die Rechte ins spielerische Fabulieren geriet, als sei ihr die Lust am Ernsthaften ausgegangen. Zum Schluss begann sie wie in Wut entbrannt zu rasen, was das Publikum zu frenetischem Applaus befeuerte und einen Ballerinaschuh, sich vom wippendem Fuß und seiner Ferse zu lösen. Danach die alles besänftigende Polonaise Es-Dur. Ruhe, Frieden, Versenkung vor dem tänzerischern Tastenritt im Mittelteil. Und ein fast endloses Grande Finale.

Sofia war wie hypnotisiert vom Zuschauen. Noch nie hatte sie Musik auf diese Weise über das Auge erlebt. So intensiv erlebt, dass sich ihr eine doppelte Welt erschloss. Die Gefühle, die die Musik in ihr auslöste, bekamen einen Ort auf der Klaviatur, dessen Entstehung und Verwandlung unter Gregors Händen sie gebannt verfolgte. Diese plötzlichen Stimmungsschwankungen zwischen Raserei und Depression! Von Euphorie zur Extase, erst die Versenkung, dann die Attacke. Romantische Hetzjagd der rechten Hand in die höchste Tastenregion, wo die Töne nur noch klirren, löste sich auf in friedliche Modulation, Ruhe, getupfte Töne. Und dann die Unerbittlichkeit der Hände im Marche Funèbre! Dramatisierend umkreisen sie die Trauer mit Vorschlägen und Trillern. In der Linken das Schreiten. In der Rechten Trost und Frieden. Links die auf- und abschwingenden Totenglocken. Rechts laute Klagen, die in einen pathetischen Triumph übergingen. Triumph des Todes? Oder Triumph über ihn? Danach im letzten Presto ein Hin und Her und Auf und Ab, die Hände übereinander eilend im Aufgewühlten und Unbestimmten, als wüssten sie nichts Genaues.

Bis abrupt ein Punkt gesetzt wurde:

Basta!

Und nicht endenwollender Beifall.

Alles erhob sich nach und nach, persönliche Glückwünsche per Händedruck, allen voran der Gastgeber, der sich geschmeichelt gab, *begünstigt gewesen zu sein, einem solch vollendeten Spieler seinen Flügel zur Verfügung gestellt haben zu dürfen.* Sofia stöhnte. Manfreds Ausdrucksweise war nicht minder geschraubt als die gestische Darstellung seiner Musikkenntnisse, an der sie Gott sei Dank hatte vorbeisehen können, weil sie außerhalb ihres direkten Blickfeldes geboten wurde. Sie blieb auf ihrem Platz sitzen. Stefan erhob sich. "Ich geh schon mal voraus, bin durstig", sagte er. "Bleib nur", hatte sie gesagt. Aber er war gegangen. Sie vermutete, er wolle das Wiedersehen mit dem früheren Studienfreund nicht stören. Was mochte er sich vorstellen, wenn sie von einem Stu-

dienfreund sprach? Es gab keinen Grund zur Sorge. Gregor war
ein Teil ihres neuen Lebens gewesen, damals, ein Teil der neuen
Freiheit, des Sich- Ausprobierens. Die wahre Liebe hatte sie erst
mit Stefan gefunden. Jetzt war sie neugierig und freute sich auf
das Wiedersehen mit dem, der für eine kurze Zeit der wichtigste
Mensch für sie gewesen war.

Das Wohnzimmer hatte sich geleert bis auf einen weißhaarigen
Herrn und Gregor, der immer noch, ihr den Rücken zukehrend,
neben dem Flügel stand. Der Ältere ergriff Gregors Ellenbogen,
sie wandten sich zum Gehen. Gregors Blick schwenkte durch den
Raum, blieb auf Sofia hängen. Er stutzte, blieb stehen, öffnete
überrascht den Mund.

"Dich habe ich hier nicht erwartet."

"Warum denn solltest du mich erwartet haben?"

Der Weißhaarige schaute von Sofia zu Gregor, dann wieder zurück, entschuldigte sich mit einem gemurmelten Halbsatz und
verschwand in Richtung Garten.

"Ein wichtiger Mann?", wollte Sofia wissen und trat zu ihm.

"Möglicherweise", sagte Gregor, "ein Agent. Aber jetzt bist du
mir wichtiger."

*

Ja, so war das gewesen, erinnerte sich Sofia, voriges Jahr im
September, als ihre Welt noch in Ordnung war. Obwohl … kleine irritierende Zeichen einer Veränderung hatte sie wahrgenommen, ohne ihnen Gewicht beizumessen.

Sie war mit Gregor in den Garten gegangen, und sie hatten sich
abseits an einen der kleineren Tische gesetzt, um ungestört reden
zu können. Gregor sprach von Studien, die ihn durchs europäi-
sche Ausland getrieben hatten, von Meisterkursen bei Guido
Agosti in Mailand, in Ungarn hatte er bei Lajos Hernádi studiert,
dann bei Artur Rubinstein –, "der Gott im Olymp des Klavier-
spiels", meinte er. In Paris hatte er Unterricht bei ihm genommen, ein Jahr nach dessen legendärem Moskauer Konzert. Er
habe ihn weniger gelehrt, seine Spieltechnik zu verfeinern, als die
subtilen Stimmungsschwankungen in Chopins Musik zu begrei-

fen, ein gewaltiger Fortschritt, dem er nicht zuletzt den zweiten Platz in Warschau zu verdanken habe.

"Und du?", fragte er. "Seit meinem Abschluss haben wir nichts mehr voneinander gehört. Machst du noch Musik? Geige oder Gesang? Spielst du noch Theater – *Prinzessin Lena* aus dem *Reiche Pipi*?" Dabei legte er eine besondere Betonung auf *Prinzessin* und schaute sie freundlich provozierend an.

Die Erinnerung an diese Rolle in Büchners satirischem Märchen, ihrer ersten vor einem großen Publikum innerhalb der Hochschule, holte die Zeit zurück. Vor allen Dingen die Monate, die diesem Auftritt gefolgt waren, ihr unkonventioneller Einstieg in das Theaterleben ohne eine richtige Ausbildung, ohne Vorsprechen, der Erfolg, der sich sofort einstellte. Sie hatte ihr Studium nach nur einem Jahr abgebrochen, die Eltern protestierten, fast hätte es zum Bruch mit ihnen geführt.

Dann die Heirat.

Zu weiterem Erzählen waren sie nicht mehr gekommen. Frau Spitzer, deren Name ihr beim anschließenden Essen zugeraunt worden war, hatte sich hinzugesellt und Gregor entführt. Schade, Sofia hätte gern noch mehr über seine Pläne erfahren.

Sie stand auf. Wo war Stefan? Sie wollte die beiden miteinander bekannt machen.

Sie ging durch den Garten, wechselte ein paar Worte mit diesem oder jenem, über das Konzert, die fabelhafte Aufführung von *Bernarda Albas Haus*, das Wetter … die Leute – Small Talk.

Sie ging ins Haus.

In einer Ecke des großen Wohnraumes wurden Platten fürs Buffet gerichtet. Sie warf einen Blick in Manfreds angrenzendes Arbeitszimmer. Vor einem bis zur Decke reichenden Regal standen zwei Honoratioren mit einem Cognacglas in der Hand und studierten die protzigen Goldlettern auf den Buchrücken.

"Für Sie auch einen?"

Einer der beiden Herren wies auf die Flasche.

Sofia lehnte dankend ab und zog sich zurück. Beim erneuten Durchqueren des Wohnraums sah sie Stefan in der angrenzenden Diele. Er unterhielt sich mit einer schwarzhaarigen Frau, die ihm offenbar keine Fremde war. Offenbar auch kein Small Talk. Sofia setzte sich in an einen niedrigen Tisch und sah ab und zu hinüber, während sie, um ihr Interesse zu tarnen, in der vor ihr liegenden Hannoverschen Allgemeinen blätterte. Stefan legte seine linke Hand auf den Oberarm der Frau, beugte sich vor und sprach zu ihr – eindringlich, so schien es. Sie lächelte, nickte, legte ihre Hand über die seine. Stefan sprach weiter, die Hände blieben auf dem Oberarm. Schön war sie nicht, aber auf geheimnisvolle Weise aufregend. Ein herbes Profil mit einer leicht gebogenen Nase, breite dunkle Augenbrauen über tief liegenden Augen, die krause Haarmähne gezügelt hinters Ohr gestrichen. Vielleicht finde ich sie nur deshalb aufregend, weil ich nicht weiß, wer sie ist und was mein Mann mit ihr zu schaffen hat, dachte Sofia. Wieder neigte Stefan sich vor, legte nun auch seine rechte Hand auf den anderen Oberarm, zog die Frau an sich. Viel zu lange verdeckte das schwarze Haar sein Gesicht, bevor sie sich von einander lösten und sie, ohne sich noch einmal umzuwenden, die Haustür öffnete und verschwand. Stefan stand einen Moment vor der Tür, die hinter ihr zugefallen war, dann drehte er sich um.

Sofia war aufgestanden.

"Ich suche dich", sagte sie und in einem Atemzug: "Wer war das?"

Stefan nahm sie beim Ellenbogen und wandte sich zur Terrassentür. "Ein ehemaliges Mitglied unseres Ensembles."

"Und?"

Er warf ihr einen kurzen Seitenblick zu. "Was … und?"

"Ich meine, warum taucht sie plötzlich hier auf? Ich habe sie nie in unserem Bekanntenkreis gesehen, aber du scheinst sie gut zu kennen. Wohnt sie noch in Hannover?"

"Sie hatte damals ein interessantes Angebot bekommen und wollte nicht bleiben – wie das so ist am Theater, du kennst das ja wohl."

"Und – ist sie an einer anderen Bühne in Hannover? Ich finde sie interessant. Wie heißt sie?"

"Was soll diese Fragerei?" Er wirkte gereizt. "Nein, sie ist nicht mehr in Hannover."

Sofia schwieg. Offensichtlich wollte er ihr nicht mehr sagen.

Sie traten hinaus in den Garten.

Manfred steuerte auf sie zu, aber bevor er sie erreicht hatte, schien Stefan zu einem Entschluss gekommen zu sein.

"Sie heißt Maria Groth und ist vor ungefähr siebzehn Jahren gegangen und inzwischen am *Thalia*."

Sofias Blick zuckte kurz hinüber zu Stefan. Diese Frau also auch. Von Hannover nach Hamburg – das konnte man einen Karrieresprung nennen! Interessante Parallele.

Manfred trat hinzu, ein Glas in der Linken, mit der Rechten gestikulierend, ganz der aufgeräumte Gastgeber. Er wollte wissen, ob Stefan die ehemalige Kollegin unter den Gästen bemerkt hatte.

Ja, er hatte.

Ob sie miteinander gesprochen hätten.

Ja, nur kurz. Sie habe schon gehen müssen.

"Bedauerlich." Er habe sie spontan eingeladen, sagte Manfred, als er sie vor zwei Tagen überraschend in der Stadt getroffen habe. Nach so vielen Jahren …!

Sein Blick wandte sich ab, er wedelte mit der Hand jemandem zu. "Entschuldigt mich bitte", sagte er und verschwand.

Manfred kannte sie also auch.

"Die beiden waren zusammen an der Schauspielschule, und er hat sie wieder getroffen, als er zu uns ins Ensemble kam. Und das ist …", er griff

sich an die Stirn, "nun auch schon fast achtzehn Jahre her, mein Gott, wie die Zeit vergeht …"

"Diesen Satz habe ich noch nie von dir gehört, Stefan."

Er dachte nach, dann sagte er:

"Er bekommt immer mehr Gewicht."

*

Sie hatte diesem Satz nachgehorcht, damals schon. Stefan hatte sie so merkwürdig angesehen, als er ihn aussprach, nachdrücklich, so, als mache er sich selbst etwas klar und wolle es ihr mitteilen. Sie hatte sich unwohl gefühlt bei seinem Blick, ein flüchtiges Schuldempfinden, ohne dass sie hätte sagen können weswegen. Hatte auch nicht nachfragen wollen. Ort und Zeitpunkt waren ungeeignet. Später hatte sie vergessen, auf seine Bemerkung zurückzukommen, ihr wohl auch keine große Bedeutung mehr beigemessen.

Jetzt wusste sie, dass sie vor zehn Monaten noch alles hätte abwenden können, wenn sie sich ihm nur endlich anvertraut hätte. Die Zeit war vergangen, ohne dass sein sehnlicher Wunsch sich erfüllt hätte, für ihn, einen Mann Anfang Fünfzig. Später, als er entdeckte, dass sie absichtlich die Erfüllung seines Wunsches verhinderte, musste er sich gefragt haben, ob die Frau, die er so schnell geheiratet hatte, ihn überhaupt liebte. Er hatte gehandelt und in Hamburg zugesagt, das Angebot musste er schon zum Zeitpunkt des Konzerts bei Manfred gekannt haben. Hatte Maria Groth dabei vielleicht eine Rolle gespielt?

Irgendwann in den Wochen nach dem Konzert hatte Sofia Manfred nach ihr gefragt. Maria sei mit Stefan zusammen gewesen, bevor sie es vorgezogen habe, an ein anderes Theater zu gehen, erzählte er, nicht ohne eine gewisse Häme im Blick – vielleicht war er selbst mit eigenen Absichten gescheitert und abgeblitzt? Dann hatte er noch ein paar abfällige Bemerkungen über Eifersüchteleien unter den weiblichen Ensemblemitgliedern gemacht, Sofia hatte nicht mehr zugehört.

Das alles steckte hinter Christinas Blick bei jener Probe. Sie musste alles gewusst haben. Dass Maria Stefan verlassen hatte, aus welchem Grund auch immer, es konnten andere als berufliche Gründe gewesen sein. Dass er dann wiederum sie, Christina, für eine Frau verlassen hatte, die jung genug war, Kinder zu haben. Dass er sie immer noch nicht hatte. Wissend war ihr Blick gewesen, boshaft und vertraut.

Und wieder war da die Frage, ob Christina in der Garderobe einen Verdacht geschöpft hatte. Dem boshaften Anteil ihres Blicks nach zu urteilen war anzunehmen, dass sie Beobachtungen nicht für sich behielt, wenn es opportun erschien. Eine gute Gelegenheit, Stefan dafür zu bestrafen, dass er sie wegen einer Jüngeren verlassen hatte und gleichzeitig auch die Nebenbuhlerin zu treffen. Den Ausschlag konnte es aber nicht gegeben haben. Beweise gab es nicht.

Hätte sie schon in den Wochen nach dem Konzert erfahren, dass Christina ihre Vorgängerin war, wäre dann vielleicht alles anders gekommen? Immerhin war Manfred taktvoll genug gewesen, sein Wissen für sich zu behalten, hatte seine Häme stattdessen rechtzeitig in die Bemerkungen über eifersüchtige Frauen unterbringen können.

Die Visite kam erst kurz nach dem Mittagessen. Dr. Klapphofer, ohne Tross, fragte nur kurz nach ihrem Befinden, warf einen Blick auf das Patientenblatt, empfahl ihr, sich zu bewegen, Spaziergang auf dem Flur, vielleicht ein Besuch in der Cafeteria unten im Foyer. Wenn nicht heute, dann morgen. Wahrscheinlich könne sie zum Wochenende entlassen werden.

Gut, dachte Sofia, fang sofort damit an.

Sie arbeitete sich aus dem Bett – es ging nun schon viel besser –, angelte mit vorgestrecktem Fuß nach ihren Hausschuhen und wickelte sich in ihren Morgenmantel.

Draußen auf dem langen Flur war niemand zu sehen. Mittagsruhe. Eine gute Zeit fürs Gehtraining. Keine Zuschauer. Keine fremden Menschen, die sie mit ihrem Namen ansprachen und wissen wollten, warum sie hier sei. Keine Erklärungen, keine Umschreibungen, keine Notlügen. Aber die Kollegen! Wenn sie nun herumtratschen würden? Da Stefan offensichtlich mit Christina geredet hatte, würden es wohl bald alle wissen. Welch ein Rattenschwanz von Vermutungen!

Dass Stefan sie verlassen habe, weil sie nun nicht mehr gebären könne – so ein Schweinehund! Dass der Wechsel ans Thalia gerade zum rechten Zeitpunkt gekommen sei, ihn nicht als einen solchen erscheinen zu lassen.

Sie blieb einen Moment stehen, stützte sich auf das umlaufende Geländer zwischen den breiten Türen. Das wäre die Umkehrung der Schuld! Er der Schuldige, sie das Opfer.

So sehr sie auch bisher geglaubt hatte, die Schuld sei zu teilen in ihrer beider Anteil an den Geschehnissen um Bernarda Albas Haus, so genau wusste sie nun, dass diese Geschehnisse nur wenig damit zu tun hatten. Wenn überhaupt, dann nur als Auslöser. Mangel an Vertrauen, Nicht-miteinander- reden-wollen oder -können, das waren die wahrhaft Schuldigen. Beide waren sie im Unrecht, beide im Recht. Parallelen, die aneinander vorbei führten.

Am Ende des langen Flurs trat jemand aus einer Tür und entfernte sich mit klackenden Absätzen. Linda? Was tat sie hier?

Im ersten Moment war Sofia versucht, ihren Namen zu rufen, unterließ es aber. Jetzt war nicht der Moment, mit einer Kollegin, die abgetrieben hatte, über eine Entfernung der Gebärmutter zu reden. Zu Beginn der Proben an Bernarda Albas Haus hatte Linda eine Woche lang gefehlt. Sie hatte ein Attest vorgelegt, in dem Dr. Klapphofer mit medizinischen Fachausdrücken einen Zustand diagnostizierte, der Schonung verlangte. Eine Frauensache eben, niemand hatte nachgefragt. Christina wusste Genaueres, von wem, hatte sie nicht preisgegeben. Um allem Gerede zuvorzukommen, hatte Linda die Flucht nach vorn angetreten und in einer Probenpause unter Kolleginnen einen Schwangerschaftsabbruch offenbart, die schwerwiegenden Gründe deutete sie nur an.

Am Abend hatte Sofia mit Stefan darüber gesprochen.

Mit schneidender Stimme fällte er sein Urteil: "Abtreibung ist ein Verbrechen, ein Mord aus Bequemlichkeit, um Verantwortung nicht übernehmen zu müssen!"

Sofia widersprach: "Aber du weißt doch, in welchen Verhältnissen Linda lebt! Sie hat ihre alte Mutter in die kleine Dreizimmerwohnung aufgenommen, weil die Rente für ein Altersheim nicht reicht. Sie selbst hat keinen festen Vertrag mit dem Theater. Sie ist Ende Dreißig – wie soll sie da ein Kind aufziehen können? Wer weiß, wer der Vater ist, vielleicht ist er verheiratet, vielleicht mittellos, vielleicht weiß sie noch nicht einmal, wer der Vater ist …" – Stefan warf ihr einen Seitenblick zu, sein Mundwinkel zuckte nach unten –, "… ja, Stefan, du kennst doch ihre Gründe nicht, es können auch noch andere sein. Aber du erlaubst dir ein Urteil, ein vernichtendes dazu …"

Sie griff nach ihrem Rotweinglas und kippte den Rest in einem Zug hinunter. Stefan schwieg. Dann sagte er ohne sie anzusehen: "Kein Wunder, dass du Linda in Schutz nimmst, du willst ja offensichtlich selbst kein Kind haben."

Sofia setzte ihr Glas abrupt ab, wollte ihn spontan korrigieren NOCH nicht!, schluckte dann ihre Antwort hinunter. Sie hätte zu Diskussionen Wann denn endlich? geführt, wann denn endlich nach sechs Jahren Ehe? Sie konnte ihm ihre Gründe nicht sagen, es war längst zu spät dafür. Irgendwann würde sie das Presomen absetzen, bald vielleicht, aber jetzt noch nicht.

"Ich meine nur, du solltest akzeptieren, dass Linda schwerwiegende Gründe für ihre Entscheidung haben muss, auch wenn du sie nicht kennst. Du sollst ihren Entschluss nicht gutheißen, dich nur in ihre Lage versetzen."

"Und du solltest dich in meine Lage versetzen!", hatte er erwidert, zornig fast, sein Blick schlug ihr mit schnellem Lidschlag ins Gesicht, um sich sogleich wieder abzuwenden. "Sollten wir je ein Kind haben, werde ich ihm eher Großvater als Vater sein. Willst du mich zu einem alten Vater machen? So wie dein Vater einer ist?"

Stefans Antwort war ein doppelter Schlag gewesen. Zum einen ließ er sie als eine dastehen, die einen Mord mit bequemen Argumenten tolerierte, zum anderen erinnerte er sie an ihr Verschweigen der Wahrheit.

Sie hatte keine Antwort gehabt.

Beim Zubettgehen ließ sie die Schlafzimmertür offen stehen, nahm an, er werde gleich folgen. Eine Viertelstunde später hörte sie ihn die Treppe heraufkommen, die Tür wurde mit Nachdruck geschlossen, dann hörte sie ihn im Bad nebenan, kurz danach zweimal die Tür seines Arbeitszimmers. Auf. Und zu. Die Betthälfte neben ihr blieb leer.

Sie fühlte sich zutiefst verletzt. Sie hatte Verständnis für die Situation einer Kollegin gezeigt, nicht ihre Entscheidung gebilligt. Dafür strafte ihr Mann sie mit Liebesentzug.

Sofia ging weiter, die Erinnerung an Stefans hartes Urteil hatte sie innehalten lassen. Sie versuchte sich gerade zu halten, dem Druck im Unterleib nicht nachzugeben. Fühlte sich besser, nachdem sie ein paar Mal auf und ab gegangen war, fünfzig Meter hin und zurück, vorbei an den stummen Türen und schmucklosen Wänden. Es ging nur darum, sich aufrecht zu halten. Elastisch zu bleiben.

Sie sah auf ihre Armbanduhr. Halb zwei. Immer noch mittägliche Ruhezeit.

Sie hatte das Gefühl, nicht mehr allein im Zimmer zu sein in ihrem Mittagsdämmerschlaf.

"Martin!"

Er stand neben ihrem Bett, guckte scheu und hielt etwas Flaches in beiden Händen vor seinen Bauch gedrückt, in weißes Papier gewickelt, Bindfaden drum.

"Da", sagte er und hielt es ihr entgegen.

"Ja, so was!"

Sofia setzte sich auf und sah ihn von oben bis unten an.

"Dich habe ich ja lange nicht gesehen, Martin, und groß bist du geworden! Wieso bist du hier und wie hast du mich gefunden?"

"Ich hab diese Frau auf der Straße getroffen, die voriges Jahr die Mutter gespielt hat, als du die Kattrin warst. Und da hab ich sie gefragt, wie es dir geht, und da hat sie gesagt, du bist im Krankenhaus."

Christina.

Also auch ihm hatte sie gesagt, was sie nur von Stefan wissen konnte.

"Und der Pförtner hat dich einfach so rein gelassen?"

"Ich hab gesagt, ich will meine Tante besuchen, das ist die Sofia Berger."

"Na, du hast Fantasie, Martin." Sie betrachtete ihn, wie er da stand, verlegen auf seine ausgestreckten Hände und das Päckchen sah, dann von einem Fuß auf den anderen trat, als wüsste er nicht genau, was er tun sollte.

"Danke, Martin", sagte sie. Das Aber-du-musst-mir-doch-nichts-mitbringen schluckte sie herunter. "Ich freue mich, dass du mich hier besuchst", sagte sie stattdessen, "im Krankenhaus kann es einem schon manchmal langweilig werden, da tut so eine Abwechslung richtig gut."

Sie löste den Bindfaden, wickelte das Papier ab.

Etwas Buntes kam zum Vorschein, Papierstückchen aneinander und übereinander geklebt, so groß wie zwei Schulhefte nebeneinander, es sah aus wie ein pummeliges Huhn. Der Kopf und die Schwanzfedern waren durch eine Schnur miteinander verbunden.

"Kann man aufhängen", sagte Martin, "guck mal."

Er nahm das Federvieh in die Hand und hielt es hoch. "Das ist ein Hahn, den hab ich aus ganz vielen Bonbonpapierchen zusammen geklebt und guck hier, das ist eine Mozartkugel als Auge, das kannst du aufessen."

"Aber Martin, das werde ich doch nicht tun! Wie soll der Hahn ohne Auge noch auf seine Hühner aufpassen können!"

Er verzog den Mund.

"Warum sagst du so einen Quatsch, ich bin schon fast acht Jahre alt." Er schien beleidigt.

Sofia stutzte einen Moment. Dann begriff sie. Er wollte ernst genommen werden.

"Ein wunderbares Geschenk", sagte sie. "Hilfst du mir, es aufzuhängen? Dort am Fenstergriff können wir ihn zwischenparken, bevor er bei mir zuhause einen Ehrenplatz bekommt. Über dem Schreibtisch vielleicht?"

Sie schlug die Bettdecke zurück. Martin schaute ihr zu, wie sie ihre Füße in die Hausschuhe schob.

"Soll ich dir helfen? Was für 'ne Krankheit hast du denn eigentlich?"

"Ach, Martin …", sie strich sich die Haare aus dem Gesicht. Wie sollte sie einem Achtjährigen – einem fast Achtjährigen – so etwas erklären?

"Weißt du, sie haben mir etwas Krankes aus dem Bauch genommen, und nun bin ich wieder gesund", sagte sie dann, froh, einfache Worte für etwas Kompliziertes gefunden zu haben.

Aber Martin war nicht zufrieden damit. "Aber das geht doch gar nicht, einfach so aus dem Bauch nehmen!"

Sofia sah ihn an, sagte nichts.

"Den muss man doch vorher aufschneiden!"

Sie nickte, er sah sie mit weit aufgerissenen Augen an.

"Aber das tut doch furchtbar weh! Da kann man doch gar nicht laufen!"

"Deshalb hilfst du mir jetzt auch. Hier, halt mal." Sie gab ihm das Federvieh in die Hand. "Und jetzt hängen wie dein Kunstwerk auf."

Gemeinsam vor dem gekippten Fenster stehend betrachteten sie es, wie es leise im Luftzug schaukelte, die Spitzen der schuppig gebogenen Papierchen glitzerten bei jeder Bewegung.

"Schön!"

Sofia und legte den rechten Arm um seine Schulter. Er schaute zu ihr auf, strahlte, griff mit der Linken nach der Hand auf seiner Schulter und legte sein darüber.

109

"Begleitest du mich in die Cafeteria? Kuchen oder Eis? Der Arzt hat mir spazieren gehen verordnet."

Draußen auf dem Flur fasste Martin ihren Ellenbogen, als wolle er sie stützen oder leiten, passte seinen Schritt dem ihren an. Sofia sah auf seinen gebeugten Kopf, wie er langsam neben ihr herging, konzentriert auf ihre Füße schauend. Vor dem Aufzug ließ er sie los, wartete einen Moment, als habe er Angst, sie könne umfallen, dann erst drückte er auf den Knopf. Sofort nahm er wieder seine Hilfestellung an ihrer Seite ein. Unten im Eingang zum Café legte er sich mit ganzem Gewicht gegen die schwere Glastür und ließ Sofia eintreten, schob ihr am Tisch den Stuhl zurecht, dann setzte er sich ihr gegenüber und schaute sie erwartungsvoll an.

Kuchen und Eis wurden bestellt, für Sofia ein Stück Apfeltorte, Kaffee dazu, für Martin den größten Eisbecher, der auf der Karte stand. Mit viel Schokoladensoße, einer extra Portion Schlagsahne und einer in allen Regenbogenfarben funkelnden Stanniolfeder.

"Die kannst du dem Hahn noch in die Schwanzfedern einkleben", sagte Sofia,

Martin hörte nicht, er schien seine Umwelt vergessen zu haben. Saß da, guckte nur auf sein Eis, schob den Löffel hinein, schob ihn in den Mund, drückte die Zunge gegen den Gaumen, spitzte die Lippen.

Nach wenigen Minuten war der Becher leer. Die Zunge leckte noch einmal über die Oberlippe, Martin lehnte sich zufrieden zurück und wischte sich den Mund mit dem Ärmel ab.

"Alle Achtung", lachte Sofia, "das war 'ne Menge. Hast du das mit den Bonbons auch so gemacht? Her damit und weg damit?"

"Wie soll' n das geh'n? So viele kann man doch nicht hintereinander lutschen. Ich hab die gesammelt, seit Weihnachten hab ich die gesammelt, die andern Jungs in meinem Zimmer haben auch für mich gesammelt."

"So, so."

Ganz plötzlich hatte er erschrockene Augen.

"Ich ... ich ... ich meine ...", stotterte er und sah ganz unglücklich dabei aus.

"Ich weiß es, Martin. Ich weiß es."

Wie lange sie es schon wusste, wie sie es erfahren hatte, schien ihn nicht sehr zu interessieren. Sofia war nun zu einer Vertrauten geworden, er musste nicht mehr erklären, warum er in einem Heim lebte, warum die Mutter nicht kam, er musste keine Geschichten und Personen erfinden. Er wirkte erleichtert, erzählte, von der Schule, von seinem Lehrer, den er mochte, weil er so schön Geschichten vorlesen konnte, vom Bastelunterricht, vom Fußballspielen, vom Fahrradfahren, von seinem Freund, der gar keine Eltern mehr hatte.

"Aber ich habe meine Mama, und die kommt mich ganz bestimmt holen, wenn sie genug Geld verdient hat."

Sofia wollte ihm eine Hoffnung geben, die sich erfüllen würde.

"Inzwischen kann ich dich ja mal besuchen, oder du kommst zu mir und wir gehen mal wieder Eis essen. Wenn ich wieder zu Hause bin und es mit dem Laufen richtig gut klappt. Und jetzt kannst du mich zurück begleiten."

Oben wartete Martin, bis Sofia sich im Bett ausgestreckt hatte, dann packte er einen Zipfel der Bettdecke und breitete sie über Sofia aus. Sie lächelte, ließ ihn gewähren.

"Tschüss, mein Hahn!", sagte er, salutierte in Richtung Fenster und rannte aus dem Zimmer.

Etwas von ihm blieb zurück, fröhlich, bunt, fast lebendig in seinem schaukelnden Glänzen.

Am nächsten Tag standen ihre Eltern da, die sie seit über drei Jahren nicht mehr gesehen hatte. Beide in schwarz, wenn auch in sommerlichem Schwarz, als gäbe es etwas zu beerdigen. Die Hoffnung auf ein Enkelkind etwa. Obwohl es ihr Enkelkind nie gewesen wäre. Sofia tadelte sich für diesen Gedanken, aber der Anblick der beiden Menschen in ihrem farblosen Alter bedrückte sie, sie standen da wie der personifizierte Vorwurf, obwohl – ja, obwohl sie lächelten und der orangefarbene Tulpenstrauß in der Hand der Mutter das Gegenteil eines Vorwurfs war.

"Wir wissen noch, dass du Tulpen besonders magst", sagte sie

Das noch war dann doch ein Vorwurf, einer, den sie annahm, ohne Reue zu zeigen. Nach elterlichem Willen wäre sie den Weg eines erfolgreichen Ersatzkindes in Richterrobe gegangen. Mit ihrer Einwilligung – Herrgott! , so hart erkämpft! – hatte sie ein Musikstudium begonnen. Gegen den Wunsch der Eltern war sie zum Theater gegangen. Ohne deren Segen hatte sie einen Schauspieler geheiratet, der außerdem ein Regisseur war, ein verdammt guter sogar, der jetzt ans Thalia berufen worden war. Wege, die auseinander liefen, auseinander laufen mussten. Zumutungen hatte es gegeben, Vorkommnisse, Szenen wie jene, als der Vater sie aufforderte – sie war achtzehn und hatte gerade Gregor kennen gelernt – sie möge doch wie zufällig ins Studierzimmer *hereinschneien*, wenn der neue junge Kollege im Fach Musik seine Aufwartung mache. Der war ein langer Schlacks, schnurgerader Seitenscheitel in bürgerlichem Kurzhaarbrünett hinter blanken Ohren an einem Windhundkopf, wie sie oben aus ihrem Fenster gesehen hatte, als er das Haus verließ, Anzug, keine Krawatte – immerhin. Oder der missbilligende Blick des Vaters, wenn sie im Unterrock durch den Flur zum Klo ging: *Kannst du dir nicht etwas überziehen?* Er machte nicht den Eindruck, als gefährdeten ihre nackten Schultern in spießig weißer Unterwäsche die Unschuld seiner Gedanken. Andererseits: So unschuldig konnten sie nun wieder auch nicht sein, wenn er sich zu einer derartigen Ermahnung hinreißen ließ.

Oder der geplante Kinobesuch mit den Eltern – Jenseits von Eden –, zu dem sie allein gegangen war, weil sie ihre Schuhe, die gerade mal fünf Zentimeter hohen Piepen nicht gegen ein Paar flache hatte tauschen wollen. Der Vater hatte sie eingeladen, weil er wohl mal wieder etwas mit seiner Tochter unternehmen wollte. Eigentlich schade, dass er die filmische Vorführung seines eigenen Verhaltens verpasst hatte. Möglicherweise hätte er die Ähnlichkeit auch gar nicht erkannt und seiner Tirade über Schauspieler im allgemeinen eine besondere über diesen James Dean hinzugefügt, weil der sich lebensgierig und leichtsinnig in Vergnügungen gestürzt und mit seiner Autoraserei selbst umgebracht hatte. Und dann dieser jährlich wiederkehrende, lächerliche Demonstration von Katholisch-Sein: Radioübertragung des päpstlichen Segens *Urbi et Orbi* und Vater und Mutter knien mit gefalteten Händen und gesenktem Kopf vor dem Radio …

Egal, ist egal, sagte sie sich angesichts seines starren Gesichtsausdrucks, den nun ein angedeutetes Lächeln aufweichte.

"Dein Mann hat uns mitgeteilt, dass du dich einer Operation unterziehen musstest, Ina", – immer noch nannte er sie bei ihrem längst abgelegten Kindernamen, ignorierte, dass sie aus Josefina, dem Namen, den sie für sich akzeptiert hatte, Sofia gemacht hatte. Ignorierte ihr Leben als Schauspielerin, war nur ein einziges Mal bei einer Aufführung gewesen, abgesehen von ihrem Debut als *Krächze,* und das ausgerechnet in *Nora oder ein Puppenheim,* in der sie vor drei Jahren die Hauptfigur gegeben hatte. Ibsens Stück über die Abhängigkeit der Frauen von Vätern und Ehemännern.

"Wir dachten, wir müssten mal nach dir sehen, weil Stefan doch jetzt in Hamburg ist", fügte die Mutter hinzu und drehte den Strauß in der Hand, "hast du eine Vase?"

Sofia wies auf Irmas Tulpen, die sich nach ihrem Zweitagewachstum aus der Vase herausbeugten, schwere dunkelviolette Blütenköpfe, weit geöffnet über schlanken Stielen.

"Stell sie dazu, Orange in Violett gebettet, das mildert."

Die Mutter guckte fragend, fragte aber nicht, wickelte die Blumen aus dem Papier und stellte sie dazu. Sie weiß es nicht mehr, dachte Sofia, dass ich orange und rot nicht mag, fast nicht mehr aushalten kann.

"So setzt euch doch", sagte sie.

Der Vater ging zu dem kleinen Tisch vor der Wand, die Mutter zog den anderen Stuhl neben das Bett, nahm Platz und legte die Hände über den Bügel ihrer Handtasche.

"Wie fühlst du dich?"

Den Umständen entsprechend, lag Sofia auf der Zunge. Sie schluckte den Satz herunter, er ließ zu viele Möglichkeiten offen, die zu Nachfrage angeregt hätten.

"Gut!", sagte sie und nickte bekräftigend, "die OP ist hervorragend verlaufen, übermorgen werde ich entlassen."

"Wie endgültig ist es denn nun?", und als Sofia schwieg: "Warum hast du uns nichts gesagt?"

Gleich zwei Fragen, die sie nicht die Lust hatte, zu beantworten. Die Unfähigkeit zu gebären wollte sie weder zugeben noch mit ihrer Adoptivmutter gemein haben, die zweite Frage hätte die Mutter sich angesichts der Entfremdung über die Jahre hinweg sparen können. Es würde ein schwieriges Gespräch werden, ein So-tun-als-ob.

"Es ist alles in Ordnung, man muss abwarten, wie es sich entwickelt."

"Hast du dir das genau überlegt, Ina, du weißt, nach so einer OP kann eine Frau ganz schnell alt werden … die Hormone …"

"Sie ist alt genug, es zu wissen", fuhr der Vater dazwischen. "Außerdem: Wir sind nicht gefragt worden, also misch dich nicht ein."

"Aber Mutter! Hormone werden doch nicht in der …",

Sie wollte Gebärmutter sagen, aber angesichts des abschätzigen Blicks aus den Augen dieses verhärteten Mannes, zu dem sie fast zwanzig Jahre lang Vater gesagt hatte, sprach sie es nicht aus.

"Hormone werden doch in anderen Organen produziert", sagte sie, auch das Wort *Eierstöcke* wollte ihr nicht über die Lippen.

Die Mutter hob die Hände und schaute ratlos zum Vater. Der schlug die Beine übereinander, hob das Kinn und sah Sofia geradeaus ins Gesicht.

"Was meint denn dein Mann dazu? Warum wechselt er ausgerechnet jetzt den Arbeitsplatz?"

Die böse Frage, unterstützt von einer Geste, die ihr sagte: Ich hatte Recht, dich zu warnen: Schauspieler sind unzuverlässig. Eine böse Frage in doppelter Hinsicht; zum einen, weil er natürlich wusste, dass Verträge einen Vorlauf haben und dass sie bindend sind, und zum anderen, weil sie Stefan zum Schurken machte.

Natürlich sagte sie dann doch etwas über Verträge im Allgemeinen und Besonderen, und dass Stefan zunächst nur für eine Spielzeit nach Hamburg gehe, es sei abzuwarten, ob sein Vertrag verlängert werde.

"Dann wirst du doch auch nach Hamburg ziehen?" Die Mutter wollte Gewissheit haben über eine in Zukunft wieder hergestellte Ordnung.

"Weiß nicht, Mutter."

"Nichts als Ungewissheiten."

Der Vater schüttelte den Kopf, murmelte die drei Worte vor sich hin. Verstanden hatte Sofia aber. Er hatte Recht damit. Ja, schlimm genug, dass er Recht hatte, wenn auch anders als gemeint. Die schlimmste Ungewissheit, die sie seit ihrer Pubertät begleitete, war die Ungewissheit über sich selbst. Die hatte sie dazu gebracht, Rollen zu spielen, und nun, da derjenige, der sie in all diesen Rollen hatte sehen wollen, gegangen war … für wen sollte sie sie spielen? – die Leichtsinnige, die Kindliche, die Verführerin, die Unterwürfige, die Kriminelle, Hure, Mutter, Königin, Femme Fatale. Sie war all diese Frauen nicht. Wo war ihre eigene Wahrheit? Hätte sie je nach ihr suchen wollen, wenn die beiden, die wie Besucher aus einer fernen Zeit ihr gegenüber saßen, darauf verzichtet hätten, ihr endlich etwas zu erklären? Wäre alles anders gekommen und sie heute in der Lebensrolle einer erfolgreichen Tochter in Richterrobe? Nein, nein und nochmals nein, auch ohne diese Erklärung hätte sie niemals aufgegeben, was sie als ihr Innerstes empfand.

Sie hatte sich, auf ihre übereinander gelegten Hände starrend, so in ihren Gedanken verirrt, dass sie wie eine Aufwachende die Hand der Mutter wahrnahm, die sich auf der Bettdecke vortastend über die ihre legte.

"Geht es dir nicht so gut?"

"Doch, doch."

Sofia hob den Blick, hinter der Mutter schaukelte der Hahn im Luftzug. "Schau, Mutter", sagte sie und lächelte hinüber.

Der graue Kopf drehte sich zum Fenster.

"Was ist denn das?"

"Ein Geschenk", sagte Sofia, und als die Mutter echote *ein Geschenk?*, fügte sie hinzu: "Von einem Kollegen."

Der Vater meinte, das sei wohl ein eher kindlich anmutendes Gebilde, aber einem geschenkten Gaul ... undsoweiter undsoweiter ..., er sprach nicht weiter.

In Sofia ballte sich etwas zusammen. Ein Gemisch aus Wut und Abscheu über Taktlosigkeit, Ignoranz, falsch verstandene Ehrlichkeit, Böswilligkeit, manchmal wurden Menschen im Alter bösartig, obwohl sie früher nicht so gewesen waren.

Dieser letzte Gedanke bewog sie, die verächtliche Bemerkung zu übergehen. Ohnehin wollte sie Martin nicht erwähnen, nichts erklären müssen. Was denn auch hätte es zu erklären gegeben? Ein achtjähriges Kind, ein Statistenjunge, mit dem sie sich ein wenig angefreundet hatte. Sie mochte ihn. Eigentlich – und der plötzliche Gedanke überraschte sie – eigentlich erwärmte er ihr Herz.

"Der Gaul ist ein Hahn, eine Art Verfremdung, eine Collage in einer besonderen Technik."

"Ach was!" Er wischte ihre Erklärung mit einer Geste seiner flachen Hand beiseite.

Das hatte er immer so gemacht, wenn er über eine Sache nicht reden wollte, von der er nichts verstand oder wenn er Gefahr lief, einen Irrtum eingestehen zu müssen.

Die Mutter versuchte zu besänftigen.

"Ist doch hübsch, Arthur."

"Hübsch. Aha."

Arthur kreuzte die Beine in der anderen Richtung, eine energische Bewegung, als gelte es, seine Meinung zu bekräftigen. Die Mutter hob wieder die Handflächen. Sofia wandte den Blick ab. Was taten diese Eltern, die nicht die ihren waren, hier in ihrem Krankenzimmer? Pflichtbesuch bei einer Abtrünnigen? Vorführung des Besserwissens?

"Wie ist denn die Verpflegung hier?", versuchte die Mutter nun in die Stille hinein eine Brücke zu schlagen.

Sofia wurde einer Antwort enthoben, ein kurzes Klopfen wie ein Stoß gegen die Tür und Dr. Klapphofer trat ein. Mit Tross und wehendem Mantel.

"Guten Morgen, liebe Frau Berger, heute werden wir Sie von den Wundklammern befreien." Ein Blick und eine Weisung gebende Kopfbewegung zu Schwester Beate.

"Würden die Herrschaften bitte draußen warten, bis wir hier fertig sind", gehorchte sie und wies auf die Tür, "kann ein bisschen dauern."

Sofia brachte es nicht über sich, die Herrschaften als ihre Eltern vorzustellen.

"Na denn", brummte der Vater, stand auf, die Stuhlbeine scharrten über den Boden, die Mutter guckte zu ihm auf, sein Kopf zuckte in Richtung Tür, sie erhob sich, sagte ach Kind!, wobei sie die Hand auf Sofias Schulter legte, ging dann mit gesenktem Blick hinaus. Der Vater folgte ihr. Wortlos.

"Na, dann lassen sie mich mal sehen. Wir wollen Sie doch übermorgen nach Hause schicken."

Das Entfernen der Klammern – es waren zwölf, man nenne sie Kölner Sparklammern – war nicht die längere Prozedur, die Schwester Beates Ausdrucksweise angedeutet hatte. Oberarzt Dr. Wingen tupfte zwei Blutströpfchen ab, der junge Assistenzart ohne Namen hielt die Schale, in die Dr. Klapphofer die Klammern legte, Schwester Beate wickelte einen neuen Verband. Die Naht im Fettgewebe darunter, also die subkutane Naht, präzisierte Dr. Klapphofer, sei mit resorbierbaren Fäden genäht, die nicht gezogen werden müssten. Bewegung in Maßen, vorerst kein Sport, sexuelle Enthaltsamkeit in den nächsten sechs Wochen. Dabei sah er sie an, als tue es ihm leid.

Wieder fühlte sich Sofia wie in einem Theaterstück, in dem sie wider Willen die Hauptrolle spielte. Was würde eine Figur in solch einem Stück tun oder sagen? Drei Männer und eine Frau stehen um ihr Bett, sehen auf sie und ihren Bauch, sprechen über ihn, sagen, was er darf und nicht darf, wissen, dass dieser Bauch keine Mutterschaft mehr zustande bringt, sprechen von sexueller Enthaltsamkeit und es tut ihnen leid – was denn, die sexuelle Enthaltsamkeit oder das aus diesem Bauch entfernte Zeugungsorgan oder die Frau, die noch jung ist, viel zu jung, keine Kinder zu haben, viel zu schön, selbst mit diesem weiß umwickelten Bauch, um ihren Mann nicht wünschen zu lassen, Kinder mit ihr zu haben.

117

Sie hatte keinen Text für diese Rolle. Es war keine Rolle, es war ihr Leben.

Sie nickte.

"Am Freitag möchte ich Sie noch sehen, bevor Sie entlassen werden", sagte Dr. Klapphofer und reichte ihr die Hand. Dr. Wingen und der namenlose Assistenzarzt nickten ihr freundlich zu, Schwester Beate schob den Verbandswagen hinaus.

Die Tür ging noch einmal auf, Schwester Beate steckte den Kopf herein.

"Es ging zwar schnell, aber die Herrschaften sind nicht mehr da, vielleicht sind sie zum Warten in die Cafeteria gegangen."

Waren sie nicht, wie Sofia nach einer Stunde klar wurde. Gut so, sie wusste nicht, worüber sie mit ihnen hätte reden können. Es gab nichts zu reden, das eine Verbindung hätte herstellen können zwischen ihr und diesem bösen, alten Mann. Die Mutter, unbestimmt, unsicher, wie sie früher nur gelegentlich gewesen war, hatte nun, so schien es Sofia, eine dauerhafte Demut daraus entwickelt. Nora oder ein Puppenheim.

Damals, als sie freudestrahlend nach Hause gekommen war, ein Engagement für ein Theaterstück fast schon in der Tasche – sie sei noch nicht volljährig und brauche die elterliche Zustimmung, hatte sie gesagt, und wenn nicht, dessen war sie sich sicher gewesen, hätte sie darauf gepfiffen –, da war es die Mutter gewesen, die sich für sie eingesetzt hatte. "Lass sie es doch probieren, Arthur", hatte sie gesagt, "ist ja nur eine Nebenrolle, in der sie singen darf, das hat doch etwas mit ihrem Studium zu tun und das bisschen Text …, na ja … hat ja nicht viel mit Schauspielerei zu tun, von der du nichts hältst." Dass sie ihr damit die Eintrittskarte für ihren Beruf gegeben hatte – nicht nur das: für ihr neues Leben!, – hatte sie wahrscheinlich jahrelang mit dem Hören oder Überhören von Arthurs Vorwürfen büßen müssen. "Dieses eine Mal meinetwegen", hatte er widerstrebend eingewilligt, "wenn du dabei dein Studium nicht vernachlässigst wegen all der Proberei, auf Seminar- und Vorlesungszeiten wird ja wohl keine Rücksicht genommen." Sie hatte verschwiegen, dass es sechs Wochen mit ganztägigen Proben sein würden. Morgens verließ sie wie immer das Haus, abends war sie zurück. In der Zeit dazwischen war sie da, wo sie nicht fehlen durfte oder wollte: Bei den Orchesterproben, im Geigenunterricht, bei der Gesangsprofessorin, die mit ihr an der Interpretation der Chansons im Stück arbeitete, bei den Proben der Schauspieltruppe der Hochschule und natürlich bei den täglichen Proben im Theater. Der Regisseur, Stefan Berger – alle duzten sich am Theater, also Stefan, wie sie ihn dann auch nannte, obwohl er soviel älter war als sie und ihr Vater hätte sein können – Stefan also hatte den Probenplan so eingerichtet, dass sie wichtige Veranstaltungen in der Hochschule nicht versäumte. Die Schauspieler nahmen sie in die Truppe auf, als habe sie schon immer dazu gehört. Christina, mit sechsundvierzig die zweitälteste nach der erkrankten Greta Ganden, machte sie mit Örtlichkeiten und Gepflogenheiten vertraut, nahm sich ihrer wie eine mütterliche Freundin an. Stefan änderte kurzerhand die verwandtschaftlichen Beziehungen der Figuren. Eine zwanzigjährige Krächze war selbst nach einer Behandlung durch die Maskenbildnerin nicht glaubhaft als Mutter einer sechzehnjährigen Tochter. Sofia und Irma wurden zu Schwestern gemacht, unwillkommene, weil herumzigeuernde, aber dann doch geduldete Eindringlinge in der vom Sozialamt zugewiesenen Wohnung. Eine drastische Geschichte um eine sechsköpfige Familie, die ihr neues Heim im Handumdrehen in einen Schweinestall verwandelt, ein Drama mit humoristischen Momenten. Proletariat, kleinbürgerliches Spießertum und Aberglaube prallten aufeinander.

Die Eltern, aus Neugierde auf ihre singende Tochter gekommen, waren in der Pause gegangen. Es habe sie angewidert, Ina in so etwas auf der Bühne zu sehen, als müsse man derartige Lebensumstände ausstellen. Die zweite Hälfte hätten sie sich ersparen wollen. Gerade die aber zeige den kritischen Blick des Autors, hatte Sofia versucht zu erklären – ohne Erfolg. Kein Wort über ihre kuriose Rolle, geschweige denn über irgendeine Leistung gesanglicher oder darstellerischer Art. Die Mutter hatte sie nur traurig angesehen, als habe sie sagen wollen *ach Kind!* - Mitleid oder Trost? Für was bloß, die Anerkennung des Publikums und des Teams einschließlich des Regisseurs war wichtiger. Vielleicht teilte sie auch die Meinung des Vaters nicht, wollte es aber nicht sagen.

Danach hatte Sofia sich in sich selbst zurückgezogen, nichts mehr von ihren Vorhaben mitgeteilt. So weit wie nötig, ging sie ihrem Studium nach. Nur Gregor wusste, dass sie in eine neue Theaterproduktion einbezogen worden war, zunächst nur für eine kleine Nebenrolle als Tochter des Herrn Ill im Besuch der alten Dame. Im nächsten Stück durfte sie wieder singen. Und sie tat es mit besonderem Vergnügen, ja Inbrunst hätte man es nennen können, wäre es ein anderes Genre gewesen als das der Seeräuber Jenny. Auch die eine Figur, so fern ab jeder Erbauung, in der sie die bigotten Eltern gern gesehen hätten. Sofia warf sich in diese Rolle, ihre Stimme veränderte sich, tauschte das Helle und Klare gegen Rauheit und Verschattung ein, ohne das verletzliche Gefühl zu verlieren.

Begeistert von der Unterschiedlichkeit der Charaktere wünschte sie sich spontan, ihre Wandlungsfähigkeit in einer ernsten, dramatischen Rolle auszuprobieren.

Sie bekam sie. Die Marie in Büchners Woyzeck. Die Rolle, die ihr Leben völlig veränderte.

Nicht eigentlich die Rolle. Die Umstände waren es, banal, wie sie im Leben sein können.

Die Rolle des unglücklichen Stadtsoldaten Franz Woyzeck war mit Harald Rehfeld besetzt, Paul Siebert gab den Tambourmajor, Sofia die Marie, Woyzecks junge schöne Geliebte, die sich um das gemeinsame Kind kümmert, mehr aber an dem schicken Tambourmajor Interesse zeigt. Das Drama nimmt seinen Lauf: Marie betrügt ihren Franz, der kriegt' s mit und ersticht sie in einem geistig verwirrten Zustand.

Die Proben liefen gut, über die einfache, dialektgefärbte Sprache der Marie fand Sofia den Zugang zur Rolle, zu den Gefühlen einer jungen Frau, ihrer Gier nach einem besseren Leben. Belastet mit einem Kind der Sünde und blind für Woyzecks Ängste und tumbe Verzweiflung, beschwört sie ihr gewaltsames Ende herauf.

Anfang März, im Lauf der dritten Probenwoche, meldete Paul sich krank, Grippe mit hohem Fieber, Bettruhe für mindestens zehn Tage. Stefan probte eine Woche lang alle anderen Szenen, aber als die Grippe nicht weichen wollte, musste eine Lösung gefunden werden. Nicht nur angesichts der baldigen Premiere.

*

Damals habe ich, dachte Sofia, seinen Glaubenssatz vom wahrhaftigen Theater zum ersten Mal wirklich begriffen und so ganz anders erlebt als Jahre später bei den Proben zu Bernarda Albas Haus. Zweimal hat diese Prämisse mein Leben in eine andere Richtung gebracht.

Stefan hatte Pauls Rolle übernommen, nur in Vertretung, wie er sagte, als junger Schauspieler habe sie zu seinem Repertoire gehört. Für eine Darstellung genüge es nicht, die Gefühle einer Figur nur im Text zu suchen. Ohne Widerpart in der Rolle, nur mit dem von einem Kollegen in die Szene hinein gesprochenen Text des Tambourmajors, wie sie es eine Woche lang probiert hatten, bleibe alles nur Illustration, es bleibe blutleer, es fehle der Saft – wie er sich ausdrückte.

Und der floss dann bald in Strömen.

Sofia erinnerte sich an Pauls zweideutiges Grinsen bei ihrer Hochzeitsfeier, als er mit diesem Satz im Kollegenkreis zur allgemeinen Erheiterung beitrug und sich selbst eine ausschlaggebende - er korrigierte sich sofort -, eine initiierende Rolle dabei zuschrieb.

Danach hatte sie von Stefan wissen wollen, ob die Liebe ihn auch so plötzlich überfallen habe, schon während der ersten Probe als Pauls Stellvertreter. Ob er die Gelegenheit genutzt habe, ihr seine Gefühle auf eine Weise klar zu machen, die ihr die Freiheit ließ, sie nur für die Bühne zu akzeptieren.

Stefan hatte nicht sofort geantwortet, ein schlichtes Ja oder Nein gab es nicht für ihn.

"Du hast ein großes Talent, bloße Darstellung von der Wahrheit zu unterscheiden", hatte er geantwortet, "anders gesagt: du kannst hinter einer Darstellung die Wahrheit erkennen. Darauf habe ich gesetzt, damals schon."

Die Erkenntnis, dass seine Gefühle echt waren, wenn auch verschlüsselt in der Rolle, hatte sie unmittelbar getroffen und sofort in Brand gesetzt.

Die Schranke fiel. Sie fiel in mehrfacher Hinsicht. Immer hatte sie sie zwischen sich und dem Regisseur gesehen, sei es, weil er soviel älter war als sie, sei es, weil sie ja doch eine Ungelernte war. Der Mensch, den sie mit respektvoller Zuneigung aus den Augen einer lernbegierigen Schülerin gesehen hatte, trat ihr als Mann auf der Bühne entgegen, nicht als Lehrer, der etwas anordnete oder anregte, sondern als Liebhaber, der seine Wünsche, eher noch seine Absicht, unverblümt ausdrückte: *Und du bist auch ein Weibsbild! Sapperment, wir wollen eine Zucht Tambourmajors anlegen. He?* - Danach hieß es im Text: *Er umfasst sie*, eine Regieanweisung, die Stefan grundsätzlich wie auch alle übrigen nicht beachtet wissen wollte. Wie der Major die Marie umfassen sollte, stand nicht da. Paul hatte es in den ersten Proben getan, indem er sie von hinten um die Taille fasste und festhielt, nachdem er, um sie herumstolzierend, sich ihr ausgiebig als fescher Tambourmajor präsentiert hatte. Da war es ihr ein Leichtes gewesen, sich solcher Schäkerei vorübergehend mit einem unwilligen *Lass mich!* zu entwinden. Stefan hatte ihr dazu keine Chance gegeben. Er stand vor ihr in derselben Szene, fixierte sie mit seinem Blick, herrisch, selbstgewiss, alle Frauen der Welt besitzen zu können, wenn er erst in Federbusch und weißen Handschuhen erscheine. Ihr *Ach was!* – laut Textanweisung sollte es spöttisch klingen –, klang ungläubig und matt, ihr *Mann!* , mit dem sie vor ihn hinzutreten hatte, war kein Aufruf zur Ordnung, so wie sie es zuvor verstanden hatte. Es war der Mann, den sie meinte, den sie haben wollte, nicht nur, weil er ihr ein besseres Leben bieten konnte. Und dann umfasst er sie, von vorn, mit beiden Armen, nimmt sie breitbeinig zwischen seine Schenkel, sie wehrt sich, er lässt nicht locker, sie spürt sein Geschlecht, ihr *Lass mich!* klingt erstickt, wo es doch verstimmt hätte klingen sollen, aber sie ist nicht verstimmt, sie wehrt sich und meint das Gegenteil, der Major nennt sie ein *Wild Tier!* und Marie wird heftig: *Rühr mich an!* wünscht sie sich, der Teufel, den der Major in ihren Augen zu sehen meint, ist ihr egal.

Sie hatte sofort begriffen, dass er sie wollte, er, Stefan, es hätte nicht seiner körperlichen Erregung bedurft. Ja, sie hätte nicht einmal irgendetwas bedeutet, wäre da nicht sein Blick gewesen, hätte sie nicht hinter dem Spott des eitlen, sich selbst bespiegelnden Majors den Ernst in seinen Augen gesehen. Nicht nur, weil es so im Text stand, als Stefan Berger wollte er sie nicht loslassen, das spürte sie, er genoss es, dass sie sich wehrte, die Bewegungen ihres Körpers unter seinen Händen fühlte. Das alles hatte sie begriffen, auch, dass er es tat, weil die Rolle es verlangte und er es tun konnte, ohne dass er sich oder sie vor aller Augen bloßstellte mit öffentlicher Zurschaustellung privater Gefühle. Als Regisseur hatte er sie außerdem da, wo er sie und ihre Darstellung haben wollte.

Sie war verwirrt, wollte zunächst sich und ihrem Gefühl in dieser Szene nicht glauben. Aber es wiederholte sich, veränderte sich von Probe zu Probe geringfügig. Hinter dem Ernst in seinen Augen glaubte sie in der Nähe der erzwungenen Umarmung den Anflug eines Lächelns zu erkennen, so, als wisse er, dass sie ihn verstanden hatte. Seine Hände trauten sich mehr, es war ja die Rolle, die ihnen das erlaubte. Sofia antwortete ihnen nach der zu Beginn verordneten Abwehr, schmiegte sich in ihre Berührung, erwartete seine Erregung, antwortete auch ihr mit jeder Bewegung ihres Körpers, mit der sie sich befreien wollte.

Acht Tage vor der Premiere hatte Paul die Grippe besiegt und übernahm wieder seine Rolle. Er blieb bei seiner Art der Darstellung. Der Tambourmajor umkreiste gockelhaft die Marie, und Stefan regte nicht an, die Szene anders zu gestalten. In Sofias Ausdruck blieb sie so, wie sie sich in ihr Gefühl eingegraben hatte, sie verlor nichts von der versteckten Begierde einer Frau, die einen Mann will.

Die wenigen Tage bis zur Premiere erlebte sie in einem Zustand sich ständig verändernder Gefühle. Unruhe, Freude, Neugierde, Erwartung, Niedergeschlagenheit wechselten sich ab, griffen ineinander, verschmolzen miteinander. Nur die Verunsicherung war ihr klar bewusst. Das Musikstudium – war das noch ihr Leben? Gehörte Gregor dazu? Liebte sie Stefan? Oder er sie? Liebte er sie wirklich, oder hatte sie nur zu sehen geglaubt, was sie sich wünschte? Ohne gewusst zu haben, dass sie es sich wünschte?

Zuhause bedrückten sie Enge und konventionelle Riten. Besonders an den Wochenenden. Keine Vorlesungen, keine Seminare, keine Proben. Keine Fluchtmöglichkeit. Die traurigen Augen der Mutter. Damals hatte sie begonnen *Ach Kind!* zu sagen, wenn Sofia zu Veranstaltungen das Haus verließ, oftmals auch Verabredungen erfand. Dann tat sie ihr Leid in ihrer stummen Unterwerfung an der Seite eines Mannes, der nach der Pensionierung seine neue Aufgabe darin sah, das häusliche Leben zu überwachen. Ihre Versuche, sie mit Erlebnisberichten aus dem Umfeld der Hochschule an ihrem Studentenleben teilhaben zu lassen, misslangen. Gern hätte sie sie etwas von der alten Nähe wieder gefunden, abgerissen an jenem unseligen Tag der Adoptiv-Tochter-Erklärung. In solchen Momenten wuchs die Gewissheit in ihr, dieses Elternhaus nicht mehr jahrelang ertragen zu können. Gleichzeitig auch die Ungewissheit, wie es ihr gelingen sollte, sich auf eigene Füße zu stellen.

Der Tag der Premiere war dann wie eine Erlösung. Seit Wochen hatte sie ihm entgegen gefiebert. Würde er eine Entscheidung bringen?

An diesem Tag erklärte sie nach dem Frühstück, dass es wieder eine Premiere gebe, in der sie diesmal eine Hauptrolle bekleide. Der Vater zeigte sich zunächst verblüfft, dann war er ausgerastet. Wie sie das mit ihrem Studium vereinbare, solange sie die Füße unter seinen Tisch stelle – Sofia verdrehte die Augen bei diesem Satz –, könne sie nicht einfach tun, was sie wolle, sie solle zusehen, ihr Studium zum Abschluss zu bringen, eine Anstellung finden und Geld verdienen, dann könne sie alle Eskapaden selbst finanzieren. Er steigerte sich in eine brüllende Wut, sprach von Gehirnvernebelung und Schaumschlägerei. Sofia hielt an sich und schwieg, jegliches Kontra auf seine Suada hätte ihn nur weiter angestachelt. Als er schließlich zu Ende gekommen schien und sie anstarrte, als erwarte er eine Antwort, stand sie auf und ging wortlos auf ihr Zimmer.

Während sie ihre Rolle rekapitulierte, Szenen und Dialoge durchging, hörte sie nebenan immer wieder die laute Stimme des Vaters, ab und zu gab es Intervalle im Schweigen. Oder Zuhören? Vielleicht hatte die Mutter ihre Zurückhaltung aufgegeben und gewagt, eine abweichende Meinung zu äußern? Egal, es sollte sie nicht kümmern. Sie war jetzt in einer anderen Figur, in einem anderen Leben, in dem der Marie.

Eigentlich war das der letzte Versuch der Mutter, den Vater aus seiner Verhärtung heraus zu holen. Der letzte Versuch, von dem sie wusste. Danach, nach der Premiere, war sowieso alles anders.

Schon bei der Feier danach war es anders. Sie hatte ihre erste Hauptrolle abgeliefert und bestens bestanden, gehörte nun wirklich dazu. Und ließ sich feiern. Sie habe sich in kurzer Zeit zu einer wahren Schauspielerin entwickelt, wisse das Brüchige einer Figur darzustellen. Das Brüchige – ist es nicht in mir selbst?, hatte sie sich damals zum ersten Mal gefragt. Ich weiß nicht, wer ich bin und woher ich komme, nicht, was ich will, wen ich will. Sie hatte die Stunden wie in Trance durchlebt, etwas von einem Leben geahnt, das sie vielleicht haben würde, meinte, ja erwartete, irgendetwas müsse nun geschehen, weil sie ein Anrecht darauf habe, auf etwas Lebensveränderndes, umwerfend Neues, jetzt gleich, sie fühlte sich unfähig, ins Elternhaus zurückzukehren. Was für ein Wort: Rückkehr! – nein, Rückschritt in ein falsches Leben.

Sie ließ die letzte Bahn fahren, irgendjemand würde sie schon mitnehmen.

Stefan war es, der sie mitnahm.

Sie hatte mehr Rotwein getrunken, als gut für sie war. Zunächst um zu feiern und zu prosten, dann, weil der Burgunder gut zum Lammspieß passte, danach, weil sie nicht nach Hause wollte. Sie hatte sich nicht betrunken gefühlt, nein!, sie fühlte sich so leicht und hoch oben und über allem schwebend – Gehirnvernebelung, ja, Vater, jetzt hast du recht! Sie prostete Stefan zu, er saß neben ihr, lächelte, legte seine Hand auf die ihre und ließ sie dort. Es fühlte sich gut an, ihre Hand wie ein Vogel im Nest. Und so sollte es bleiben.

Zur Leichtigkeit im Hirn gesellte sich Zuversicht.

Sie verließen als letzte das Restaurant gegen Mitternacht. Stefan hatte ohne ein Wort die Beifahrertür seines Opel Rekord-Coupés geöffnet, sie war eingestiegen. Er fuhr los, fragte nicht nach der Adresse. Sie sprachen nicht miteinander. Die Straße glitt in wechselnden Wellen von Licht und Dunkel unter den Rädern hinweg, rollte sich ab. Sofia hätte immer so weiter fahren mögen, zum ersten Mal mit ihm allein. Er hielt auf dem Parkplatz gegenüber ihrem Haus an, schaltete den Motor aus. Sie wandte ihm ihr Gesicht zu, im milchigen Schein der Straßenlaterne sah sie kaum mehr als die Kontur seines Profils, das kantige Kinn, die scharfe Linie seiner Nase, das Gewölk der Haare über der Stirn im Dunkel verschwimmend. Er beugte sich zu ihr herüber, betrachtete ihr Gesicht, als wolle er es erkunden wie eine ihm noch unbekannte Landschaft, dann nahm er es zwischen beide Hände, berührte ihre Lippen mit einem zarten, fast flüchtigen Kuss. Sie schaute in seine Augen, so nah jetzt, das Nebelige in ihrem Kopf war verschwunden. Seine Hände griffen in ihr Haar, er nahm ihren Mund, gierig, als sei er ihrer nun sicher, fast gewalttätig zunächst, als habe er zu lange auf diesen Moment gewartet. Sie überließ sich ihm, ihr Empfinden schmolz in der Höhle ihres Mundes zusammen, in der sich seine Zunge bewegte, viel tiefer noch hinab dringend in ihr Inneres.

Sie hatte sich fallen lassen in seine Liebkosung, wollte sie erwidern, doch er blieb stumm und sie wusste nicht, ob er wirklich gemeint hatte, was die Gesten sagten: Seine Hände, um ihr Gesicht gelegt, als hielten sie eine Kostbarkeit, der zärtliche, erste Kuss, der zu ihrer Seele gesprochen hatte, danach erst der andere, verbrennende. Sie berührte seinen Mund mit den Fingerspitzen, er umfasste ihr Handgelenk. "Es ist spät, ich bringe dich noch zur Haustür", murmelte er. Sie schloss die Tür auf, ging hinein, drehte sich auf der Schwelle um zu ihm, eine dunkle Silhouette vor der matten Straßenbeleuchtung. Ein Wächter vor ihrer Tür, Schutz und Zuflucht.

Gegen Morgen, über den ersten Vogellauten, war sie endlich eingeschlafen.

An die Einzelheiten der Szene am nächsten Vormittag erinnerte sie sich nicht mehr. Nur an die Kernaussage des Vaters: Wenn du dich dem Studium der Männer widmen willst anstatt dem Studium der Musik, kannst du gleich ausziehen, ich zahle nicht bis zum Sankt Nimmerleinstag!

Ein Satz, der sie nicht berührt hatte.

Die nächsten zwei Tage waren probenfrei, Sofia in der Hochschule, unkonzentriert, am Dienstag sagte sie die Spielstunde mit Gregor ab. Sie wollte nicht in Versuchung kommen, ihm mehr als freundschaftliche Gefühle vorspielen zu müssen. Zur zweiten Vorstellung am Mittwochabend kam sie schon zwei Stunden vor Beginn in ihre Garderobe. Sie wollte allein sein, legte Bachs H-Moll-Messe in den CD-Player. Der feierliche Ernst des Kyries paarte sich in ihr mit einem schmerzlichen Sehnen, die strenge

Erhabenheit der Musik weitete ihr Empfinden, spannte ihren Körper, sie spürte Raum in sich, bereit, vor ein Publikum zu treten, Wahrhaftiges zu sagen und zu zeigen.

Stunden später umarmte die Marie den Tambourmajor. Für Sofia war es Stefan. Er wollte sie und sie wollte ihn.

Nach der Vorstellung ging sie mit Irma, Christina, Paul und Stefan noch auf ein Glas in die Theaterstube.

"Deine Intensität war heute noch gesteigert", meinte Paul, "mir kam sie fast schon persönlich und eher verstörend vor. Wie machst du das?"

Sofia wollte etwas erwidern, ohne dass sie in diesem Moment wusste, was sie hätte sagen sollen. Ihr Blick begegnete Stefan, als sei er derjenige, an den diese Frage zu richten gewesen sei.

"Du kennst meine Prämisse des wahrhaftigen Theaters, Paul", sagte er schroff, "und es war so, wie es sein soll."

Danach wollte keine rechte Unterhaltung mehr aufkommen. Nach einer guten halben Stunde stand Stefan auf, Sofia mit ihm. Gemeinsam verließen sie die Theaterstube. Als hätte er es schon immer so gehalten, fasste er Sofias Ellenbogen und führte sie zu seinem Auto.

*

Du hast mich nicht nach Hause gebracht.

Das Auto hast du zwischen den alten Bäumen auf der Straße vor deinem Haus abgestellt, das schmiedeeiserne Gartentor stand halb offen, als habe es uns schon erwartet. Wir sind die wenigen Stufen zur Haustür hinauf gestiegen, du hast den Schlüssel im Schloss gedreht. Wir gehen hinein, du fasst nach meiner Hand, ich folge dir durch die Diele, dahinter der Raum, hoch, im Halbdunkel schimmert weiß die Decke, Schatten schweben, gedämpfte Helle dringt aus dem nächtlichen Garten herein. Es ist still, ein Fenster steht gekippt, wir schauen hinaus und ich fühle den frischen Luftzug der Aprilnacht auf meiner Haut, als du den Pullover über meine Schultern schiebst, deine Lippen streifen über meinen Nacken, ich fühle deinen Körper an meinem Rücken, den Druck, die Wärme, deine Hände, dein Begehren. Und meines. Ich bin das alles. Und du bist es auch. Und ich will deine Hände mitnehmen in meine Nacht und in meinen Tag, deinen Mund und deine Augen und alles an dir will ich mitnehmen und für immer bei mir behalten.

In jener Nacht gab es weder Zeit noch Raum, kein Denken, kein Tun, nur Geschehenlassen.

Erst der Morgen hat uns wieder in die Gegenwart gebracht.

*

Und die hatte sich verändert.

Für einige war es eine Überraschung, andere meinten, sie hätten es kommen sehen. Die Wortwahl hätte eher zu etwas Unerfreulichem gepasst, gemeint war aber die Ankündigung einer Hochzeit. Manfred wollte sich wie gewohnt großspurig mit seinem Vorhersehen in Szene setzen, Paul glaubte auch, es geahnt zu haben. Die weiblichen Ensemblemitglieder waren eher überrascht. Oder taten so.

Ein paar Wochen nach jener Nacht, beim Abfeiern der letzten Vorstellung des Woyzeck, hatte Stefan es so ganz nebenbei gesagt, wobei er Sofia den Arm um die Schulter gelegt hatte: "Übrigens, wir werden heiraten. Schon bald."

Ein Moment des Schweigens.

Dann: "Tatsächlich!" - "Wunderbar!" - "So 'ne Neuigkeit!" - "Ist nicht wahr!" - "Musste ja so kommen!"

Wer auch immer Überraschung oder Zustimmung, überschwänglich oder zurückhaltend, geäußert hatte – Sofia hatte es damals nicht gekümmert. Sie liebte und wurde geliebt, es kümmerte sie auch nicht, dass die Eltern der Heirat nicht zustimmten und obwohl eingeladen, nicht zur Hochzeit erschienen. In zwei Monaten würde sie volljährig sein.

*

Jetzt allerdings, nach Irmas Offenbarungen vor zwei Tagen, klärte sich, was sie damals während der folgenden Wochen nur am Rande wahrgenommen hatte. Christinas übliche Mitteilungsfreude schien verschwunden, auch die Rolle der mütterlichen

Freundin hatte sie abgelegt, ein-, zweimal Informationen nicht weitergegeben, sodass Sofia unvorbereitet da gestanden hatte. Versehen oder Absicht? Erst später, ein paar Monate nach ihrer Hochzeitsreise in die Bretagne hatte sich die Distanz aufgeweicht. Ja, sie war sogar in eine seltsame Art von Nähe umgeschlagen. Sie hat mich all die Jahre beobachtet, dachte sie, mich und Stefan, sie wollte wissen, was ich denke, was Stefan denkt, was ich tue, was ich richtig oder falsch mache. Vor allem letzteres. Stefan muss es bemerkt haben, deshalb hat er sie auf mich losgelassen in jener vermaledeiten Probe. Und als Regisseur sein Ziel erreicht. Und etwas ins Rollen gebracht, dem ich nicht auszuweichen konnte, weil du uns immer und immer wieder hineingestoßen hast in die Wahrheit des Empfindens und ihrer Darstellung. Ich bin darüber hinausgegangen, ohne es zu wissen und zu wollen, habe Rollen nicht gespielt sondern gelebt, die *Marie*, der Anfang unserer Liebe, die *Adela*, der Anfang von ihrem Ende, die *Nora,* die *Blanche*, die *Kattrin* – glaubst du, ich sei all diese Frauengestalten? Meine Seele hat in ihnen nach ihrer Heimat gesucht, um dir zu gefallen.

Aber ich bin sie nicht.

Willst du wissen, wer ich bin unter der Maske der Schauspielerin? Ich habe Angst vor Dunkelheit, Angst, allein gelassen zu werden, Angst vor einer unbekannten Vergangenheit, jetzt auch Angst, die Gegenwart zu verpassen. Orange und Rot kann ich manchmal kaum aushalten, und ich weiß nicht warum. Ich werde nie ein Kind haben. Ich habe die Eltern enttäuscht, und sie haben sich von mir abgewandt und es tut mir nicht leid. Ich habe dich enttäuscht, und du hast dich von mir abgewandt, und ich weiß nicht, wie ich es ertragen soll.

Sofia öffnete die Augen. Sie hatte dagelegen, die Augen geschlossen, wie lange, wusste sie nicht. Sie hatte die Schwester hereinkommen gehört, Geschirrklappern – war es zur Kaffeezeit gewesen? Auf dem Tisch stand das noch unberührte Tablett mit Streuselkuchen und Kaffee. Sie wandte den Kopf zum Fenster, den Blick in den dämmernden Abend gerichtet über den kleinen Park hinweg bis zum Horizont. Über allem der dunkle Himmel, ein abgeschnitten aussehender Wolkenstreifen über einem helleren. Sie schaute hin, dachte an nichts, schaute nur und glaubte zu sehen, dass beide Streifen, der helle und der dunkle, sich unablässig aufeinander zu bewegten, ohne sich je zu treffen oder auch nur zu nähern. Sie sah solange hin, bis das Bild still stand wie ein abgelaufener Film, und das Dunkel aus den Rändern des Himmels weiter hervor quoll und den Rest des Tages verschluckte. Stumpf war nun alles. Und ortlos.

Sie lag ganz still, ausgestreckt auf dem Rücken und schloss wieder die Augen. Sie wollte über nichts nachdenken, verweigerte sich jedem Gefühl.

Die Oma war da. Sie saß wieder auf ihrem Stuhl am Fenster. Sofia stand vor ihr, sie war kein Kind mehr und nun viel größer als die Oma. Die tat geheimnisvoll. Sie dürfe es ihr eigentlich nicht sagen, meinte aber, Sofia sollte es wissen. Es gebe Dinge, die sie in einer genau bestimmten Abfolge tun müsse, etwa wie bei einer Schnitzeljagd, dann würde sie wissen, wie es gewesen sei.

Sofia hörte nicht mehr, was sie noch sagte. Wie in einem Filmschnitt befand sie sich plötzlich in der Mitte dieses Geheimnisses, von Dunkelheit umklammert, hineingeworfen in das Auge des Bösen, es brüllte, ohne dass sie es hören konnte, ihr Körper eingeschweißt in eine schwere, strudelnde Masse, eine infernalische Explosion, die sie schüttelte und schüttelte und schüttelte …

Sie schrie, eingeschlossen in dem nassen, schweren Sack der Angst, über ihren Körper gestülpt und zugezogen, schreiend kämpfte sie um ihren Atem, schrie und schrie immer lauter, bis der hohe, scharfe Ton durch ihren Traum drang und sie endlich weckte.

Sie keuchte. Der Brustkorb schmerzte. Das Herz war ein schwerer Klumpen in ihrer Mitte. Sie lag immer noch auf dem Rücken, starrte mit geöffneten Augen zur Decke. Der rot glühende Schalter an der Wand im Eingang machte ihr Angst, sie drückte den Knopf der Nachtbeleuchtung über dem Bett und fuhr das Kopfteil hoch. In der Neonbeleuchtung sah alles so normal aus, die nüchtern-karge Einrichtung in aseptischem Weiß, auf dem Tisch immer noch das Tablett. Daneben der Tulpenstrauß, violett und orange, sie wandte den Blick ab. Martins Hahn am Griff des Kippfensters, leise hin und her schwingend.

Nachtluft bewegte sanft die papierenen Federn und machte sie schimmern, mal rot, mal golden, mal silbern im Blau. Sie konnte den Blick nicht abwenden, es war etwas Tröstendes um ihn. Allmählich beruhigte sie das Schaukeln wie eine Wiege das Kind.

Dann erst wagte sie nachzudenken.

Es war doch nur ein Traum, versuchte sie ihre Angst weg zu schieben. Es gelang ihr immer noch nicht so recht, das dunkle, sie umklammernde Böse war so bedrohlich gewesen, ein ungreifbares Es und dennoch wie eine Person, blind, wütend, zerstörerisch. Plötzlich tauchte wie aus dem Nichts ein anderes Traumbild aus ihrer Erinnerung auf. Sie liegt auf dem Rücken in einem dunklen Zimmer, die Decke bis zum Kinn gezogen, ein Etwas kauert am Fußende des Bettes, sie kann es nicht sehen, fühlt nur seine lauernde Präsenz, fühlt sie bis in die Haarspitzen, es will ihr die Decke entreißen, sie klammert sich mit beiden Händen daran, es packt sie und zieht sie mitsamt Decke und Kissen hinaus aus dem offenen Fenster. Sie erwacht mit klopfendem Herzen.

Sie hatte diesen Traum ganz vergessen, weg geschoben in die Tiefe ihres Unterbewusstseins. Jetzt erinnerte sie sich. Es war die Nacht nach jenem schrecklichen Tag an Adis Totenbett, als sie den Spielkameraden unter dem weißen Leintuch ansehen musste und den roten Deckenzipfel neben seiner Schulter nicht ertragen konnte. Ihr war schlecht geworden, sie hatte geglaubt, sich übergeben zu müssen und war hinaus gerannt.

Die Träume sind nur die Folge der elterlichen Versuche, mir die Angst vor der Dunkelheit zu nehmen, nachdem ich zuvor mit ihr gestraft wurde, beruhigte sie sich. Eine Weile durfte ich in Mutters Bett einschlafen, die Schlafzimmertür stand einen Spalt breit offen und gab mir einen tröstenden Streifen Licht.

Ihre Gedanken gerieten ins Schwimmen. Sie dachte an Maria, Erika und Theo, die drei Geschwister, mit denen sie in demselben Haus gelebt hatte, an die Spielorte ihrer Kindheit, an die Scheune, das alte Gartenhäuschen. Um und um hatten sie das Gerümpel gedreht und sich daraus eine Wohnung zusammen gebaut. Die Oma und der Spaziergang mit ihr im Wald – vier war sie damals. Wie sie sich verirrt hatten, und wie sie plötzlich oh Wunder! Omas schwarze Handtasche am Fuß einer Buche liegen sah. "Ich muss mal", hatte Ina eine Stunde zuvor an dieser Stelle gesagt und Oma legte ihre Tasche ab, um ihr nach dem Pinkeln beim Hosehochziehen zu helfen. "Mein Gott, wir sind im Kreis gegangen!", hatte sie gestaunt, "und jetzt weiß ich auch, wo wir sind", und dann bekam die glückliche Finderin einen Kuss und hatte laut *Halleluja!* gerufen.

Über ihrer Erinnerung war sie weg gedämmert, der Gedanke an die Oma und ihre Kindheit hatte sie endlich ihre Ängste vergessen lassen.

Am nächsten Morgen begann sie schon nach dem Frühstück mit dem Rollenstudium. Wie immer gab es Brot, Butter, Marmelade, Erdbeerjoghurt. Wie immer ließ sie ihn stehen, hätte statt des labberigen Kaffees gern einen starken Schwarzen getrunken. Frisch den neuen Tag angehen! Den gestrigen Tag vergessen, den bedrückenden Besuch, die Gedanken an die Vergangenheit, ihre Selbstzweifel, den nächtlichen Horror – das alles wollte sie hinter sich lassen und den Blick auf das richten, was ihr bleiben würde: das Theater.

Vor drei Tagen war sie beim Lesen in ihren Grübeleien stecken geblieben und hatte das Script beiseite gelegt. Nun begann sie noch einmal. Sei unvoreingenommen, sagte sie sich, lies den Text nicht als Schauspielerin mit einer fest gefügten Rollenvorstellung, hör einer Geschichte zu. Über die Südstaaten, über die untergehende Aristokratie, über den Zusammenprall unterschiedlicher Menschen. Was ist mit dieser Blanche? Sieh sie durch die Augen der anderen Protagonisten, beobachte sie, lerne sie kennen, krieche nicht gleich in sie hinein. Danach erst magst du durch ihre Augen auf die Umwelt sehen.

Sie las, lebte in ihrem Text, bis Schwester Anne kam und das Frühstückstablett abräumte.

"Soll ich die Zeitung noch hier lassen?"

Sofia nickte.

Dr. Wingen schaute herein: "Geht's gut? Schon so fleißig?"

Danach blieb sie ungestört bis zum Mittagessen. Sie saß am Tisch, ihr Lieblingsessen aus Kindertagen stand auf dem Tisch, Rinderrouladen mit Speck, Senf und viel Zwiebeln wie nach Mutters Rezept. Das Script lag neben dem Teller. Sie sah aus dem Fenster, aß und dachte an Stefan und an das, was er zu ihr gesagt hatte: Dem Publikum zeigst du die Wahrheit über die Figuren, dich selbst betrügst du mit ihnen.

Mit den Figuren, hat er gemeint. Er hat gemeint, ich ziehe sie mir an wie ein fremdes Kleid, um mich darin zu verstecken.

Er hat gemeint, ich wolle nicht sehen, wie ich bin, wer ich bin.

Oder nicht zeigen?

Ich habe ihm verschwiegen, dass ich als Dreijährige adoptiert wurde. Ich wollte ein vollständiger Mensch sein mit richtigen Eltern. Ich habe mich geschämt. Für mich und diese falschen Eltern. Bis heute wusste ich nicht, dass ich mich geschämt habe.

Wie Martin. Er schämt sich, weil seine Mutter ihn nicht will.

Wie auch diese Blanche sich schämt. Für ihren sozialen Abstieg, für ihr Versagen. Die sich ihre Scham nicht eingesteht. Nach Liebe und Schutz sucht. Die herumirrt in einem Niemandsland zwischen Realität und Fantasie. *Ich will keinen Realismus*, sagt sie, *ich will Magie*.

Meine Magie ist das Theater, eine Welt, die im Kopf existiert. Zu wenig zum Leben.

Ich erzähle keine Wahrheiten, sagt Blanche, *ich sage, was Wahrheit sein sollte*.

Blanche ist eine Lügnerin. Sie schafft sich eine Phantasiewelt ihrer Sehnsüchte, weil sie in der wirklichen Welt nicht zurecht kommt.

Meine Lüge ist das Verschweigen der Wahrheit.

Nur das Verschweigen.

Fatal genug.

Sie stand auf, ging zum Fenster und sah hinaus. Patienten, einige in Jogging-Kleidung, andere in Morgenmänteln, auch wohl Angehörige in bunter Sommerkleidung spazierten durch den Krankenhausgarten oder saßen auf Bänken am Rand der Wege. Ein Kinderwagen neben einer Bank, eine Frau hielt den Bügel und bewegte ihn sacht auf und ab, während sie mit ihrer Nachbarin sprach. Frau Thomen? Eher nicht. Sie würde sie auch nicht erkennen können, hatte sie ja kaum angesehen. Hatte nur nach innen gesehen, dieses ganze vermaledeite Lorca-Stück um und um gewälzt, die Proben, die Premiere, der schöne, schmierige Roland, ihre fatale Besessenheit, gut fürs Stück, schlecht – nein, tödlich! – für ihr Glück – alles, alles hatte sie vor ihrem inneren

Zensor auseinander gepflückt. Endlich auch begriffen, wie und warum alles so gekommen war. Kommen musste. Weil sie geschwiegen hatte. Die Wahrheit verschwiegen hatte. Ihre Lebenslüge.

Sie stand immer noch am Fenster. Das bunte Bild des Gartens gefiel ihr, die Hortensienbüsche in Blau und Blassrot, flammende Feuerlilien, gelbe und weiße Rosenstöcke, das Grün der Blätter in wechselnden Schattierungen von lind bis oliv, die Rotbuche mit ihrem in der Sonne wie poliert glänzenden Stamm, die Menschen, Genesende und Gesunde, die umhergingen und miteinander sprachen – alles sah so lebendig und hoffnungsfroh aus. Sie fühlte sich an einem Punkt angekommen, Ende und Anfang zugleich. Wie dieser Anfang sein sollte, wusste sie noch nicht, wusste nur, dass sie aus der Erkenntnis der Wahrheit Kraft ziehen würde, ihn zu finden.

Sie ging zum Tisch, nahm das Script und zog den Stuhl ans Fenster. Dort sitzen und den Text lernen, beim inwendigen Sprechen ab und zu in die Baumkronen und den Himmel darüber sehen, den Hahn und seine leise Bewegung vor Augen haben, das wollte sie jetzt.

Sie kam nicht dazu.

Das Klopfen hatte sie nicht gehört.

Die Tür wurde geöffnet. Stefan im Türrahmen.

Sie war zu überrascht, um irgendetwas sagen zu können, stand da, die rechte Hand noch auf der Stuhllehne, das Script in der Linken.

"Guten Tag, Sofia."

Er schloss die Tür hinter sich, drehte sich um zu ihr. Einen Moment lang wirkte er unschlüssig, fuhr mit der Hand durch die Haare.

"Stefan!" Sie brachte nur seinen Namen zustande, tat einen Schritt auf ihn zu.

"Ich sehe, es geht dir schon ganz gut", überspielte er sein Zögern, "die Schwester sagte mir eben, als ich nach deinem Zimmer fragte, du läufst schon überall herum."

"Ja, es geht mir gut, morgen kann ich nach Hause kommen."

Sie tat einen weiteren Schritt auf ihn zu, sah ihn an, sein Blick schweifte kurz ab und kehrte wieder zurück. Das Abwenden seines Blicks hatte ihr augenblicklich klar gemacht, dass sie zu Ende gelebte Worte gebraucht hatte. Nach Hause kommen braucht eine Erwartung, die es nicht mehr gab.

"Ich denke, dass ich morgen entlassen werde", korrigierte sie sich, ihre Stimme klang sachlich. Sie schaute auf den Tisch, schob die Zeitung an den Rand. "Wollen wir uns hierhin setzen oder unten in der Cafeteria einen Kaffee trinken?"

Stefans Blick war ihrer Hand gefolgt. Er beugte sich vor, fasste sie am Oberarm.

"Du hast die Zeitung schon gelesen?"

Sein Ton schien ihr dringlich und seltsam erleichtert zugleich.

"Nein?" Eine Frage schwang in ihrem Nein. "Gibt es vielleicht heute eine Kritik über den Klavierabend gestern im Konzerthaus? Gregor Weidmann, du weißt schon, mein Kommilitone von damals, bevor ich dich kennen lernte. Ich habe die Ankündigung in der Zeitung gelesen."

"Nein, Sofia - das heißt, ich weiß nicht, ob es darüber etwas zu lesen gibt."

"Und? Was gibt es zu lesen?"

Er schwieg einen Moment. "Setz dich", sagte er dann knapp, "ich muss dir etwas sagen."

"Etwas über dich? Steht etwas über dich drin?" Und als er weiter schwieg: "Los, sag mir, warum du hier bist, Stefan!"

Sie fühlte sich plötzlich unwohl. Wir müssen dir etwas sagen, hatte die Mutter einmal zu ihr gesagt - sie war dreizehn -, und immer noch nagte dieser Satz an ihr, weil er am Beginn ihrer Probleme stand.

Stefan setzte sich ihr gegenüber, legte die Hände auf der Tischplatte ineinander. Auch diese Geste kannte sie. Der Vater hatte so vor ihr gesessen, als er ihr erklärte, dass ihre Abstammung unbekannt sei. Immer hatte er die Hände ineinander gelegt, wenn er glaubte, etwas schwer Verständliches erklären zu müssen. Es sah nach Geduld-haben-müssen aus.

"Heute früh kam ein Anruf. Deine Eltern hatten gestern einen Autounfall, die Polizei hat dich als die einzige Tochter ausfindig gemacht und natürlich niemanden angetroffen, irgendjemand muss meine Telefonnummer in Hamburg gewusst haben. Im Krankenhaus wollten sie dich nicht anrufen."

"Ein Autounfall? Gestern Nachmittag waren sie noch hier. Was ist mit ihnen? In welchem Krankenhaus sind sie jetzt?"

"Es war ein sehr schwerer Unfall, Sofia. Sie haben ihn nicht überlebt."

Sofia öffnete den Mund, schwieg. Stefan streckte die Hand aus, als wolle er beruhigend nach der ihren greifen, hielt sie schwebend über dem Tisch. Sofia wandte den Blick ab, stand auf und ging zum Fenster. In ihrem Kopf stürzte alles übereinander. Der unerfreuliche Besuch gestern – ein Abschiedsbesuch –, die Wut und die schlechten Gefühle, die er ihr gebracht hatte, Stefan, der sie verlassen hatte, als Überbringer einer Todesnachricht. Glaubte er, sie trösten zu müssen? Sie brauchte keinen Trost. Sollte sie es ihm sagen? Sollte sie ihm sagen: Sie waren nicht meine Eltern, es war eine Ehepaar, das mich als Ersatzkind aufgenommen hat?

Nein, entschied sie. Dies war nicht der richtige Moment.

Sie wandte sich um, setzte sich wieder an den Tisch. "Was ist jetzt zu tun?"

Er schien erleichtert über ihre ruhige, sachliche Reaktion.

"Ich werde heute noch alles regeln, was das Formelle betrifft. Polizei, Beerdigung, Todesanzeige und so weiter. Morgen früh muss ich wieder in Hamburg sein, hab für heute schon alle Proben abgesagt. Das Private magst du selbst erledigen, wenn du wieder zu Hause bist. Grabbepflanzung, Haushaltsauflösung. Hinterlassenschaft? Damit kannst du dir Zeit lassen."

Sein Blick ging an ihr vorbei, er wies zum Fenster.

"Ein Geschenk von Martin, selbst gebastelt, vorgestern hat er mich besucht", beantwortete sie die unausgesprochene Frage.

"Dein kleiner Verehrer?"

Sie nickte, schwieg.

Er sah sie an, als erwarte er noch etwas. Eine Frage vielleicht.

"Ja ... dann", sagte er in ihr Schweigen und erhob sich.

Sie blieb sitzen, sah zu ihm hoch. Gern hätte sie wissen wollen, an was er in Hamburg arbeite, wie er es angetroffen habe, ob die Schauspieler gut seien, wie er wohne – Adresse und Telefonnummer hatte er ihr mitgeteilt, mehr nicht. Es gab keine neue Nähe zwischen ihnen.

"Ich danke dir, dass du so schnell gekommen bist", sagte sie, "obwohl ..." Sie hielt den Satz in der Schwebe.

Diesmal war er es, der nickte. Er legte ihr die Hand auf die Schulter. Nun doch ein Trost für den Entzug seiner Gegenwart? Er nahm sie wieder weg, streifte ihre Wange. Flüchtig nur, aber sie meinte, eine Absicht dahinter zu spüren. Ein Rest von Nähe?

Er ging, ohne sich noch einmal umzudrehen.

7. Tag
Donnerstag, 13. Juli

Sie hatte schlecht geschlafen, sich lange im Bett von der einen auf die andere Seite gedreht. Gott sei Dank gab es mit dem Lagewechsel keine Probleme mehr. Sie ärgerte sich, dass sie nicht einschlafen konnte. Der Tod der Eltern veränderte doch nichts. Jahrelang waren sie nicht mehr präsent gewesen, weder in ihrem alltäglichen Leben noch in ihren Gedanken. Gelegentlich und je mehr sie selbst sich in ihre Rolle als erfolgreiche Schauspielerin und Frau eines Mannes, von dem sie sich geliebt wusste, hineinfand, hatte sie noch an die Mutter gedacht, an die Frau, die ihre Mutter hatte sein wollen. War vor allem sie es gewesen, die sich wünschte, ein Kind zu adoptieren? Etwas zu haben, für das sie sorgen konnte, das ihr die Sorge mit Liebe danken würde?

Sie hatte ihr leid getan, gestern in der Nacht, als sie sich herumwälzte und ihr klar wurde, dass sie sie nicht mehr fragen konnte. Es wäre vielleicht ein Moment von Nähe gewesen.

Jetzt, am Morgen der Entlassung, war sie entschlossen, ihr verändertes Leben ohne ständiges Hinter-sich-sehen anzugehen.

"Nach der Visite können Sie sich anziehen und nach Hause gehen", sagte Schwester Beate, während sie das Frühstückstablett auf den Tisch stellte.

Dr. Klapphofer wehte gegen zehn Uhr herein. Allein. Warf noch einen Blick auf ihren entblößten Bauch, während er auf dem Stuhl saß und sie vor ihm stand, begutachtete den Sitz des Pflasterverbandes – warum bloß, da war doch sicher einer wie der andere –, prüfte mit den Fingerspitzen die Spannung ihrer Bauchdecke rund um den Narbenbereich. Sofia fühlte sich wie das Betrachtungsobjekt eines Voyeurs, überflüssige Blicke und Berührungen durfte sich der Herr Doktor unter der Tarnkappe des Arztes schon erlauben. Tat er das auch an alten Frauenkörpern? Wieder sprach er von sexueller Enthaltsamkeit in den nächsten Wochen.

"Sie sprachen von sechs Wochen, ich habe es nicht vergessen", sagte sie kühl, wandte sich ab und zog Unterwäsche und Jogginghose hoch.

Dr. Klapphofer war aufgestanden.

138

"Eins noch, wenn es sich auch von selbst versteht: Nichts Schweres tragen!"

Er hielt ihr die Hand hin.

"Dann wünsche ich Ihnen eine gute Rekonvaleszenz. Wir sehen uns in sechs Wochen zur Abschlussuntersuchung. Lassen Sie sich von der Schwester einen Termin geben."

Sofia nahm seine Hand, nickte, er ging hinaus.

Sie griff zum Telefon.

Ja, sie werde in einer halben Stunde da sein und sie in ihrem Zimmer abholen, versicherte Irma.

"Lass dir Zeit", sagte Sofia.

Teil II

Irma hatte sie ins Haus begleitet, den Koffer die Treppe hinauf ins Schlafzimmer auf den ersten Stock gebracht. Dann war sie zum Italiener an der Straßenecke gegangen – "Bitte zwei Pizza Salami" –, sie hatten miteinander gegessen und ein Glas Rotwein dazu getrunken. Danach half sie Sofia, Martins Hahn am Deckenhaken vor dem Fenster aufzuhängen. Das Mobile, ein Unikat aus den Scherben einer alten Kaffeekanne aus Stefans Familienbesitz, musste weichen – soll er es doch in seiner neuen Wohnung aufhängen und täglich anschauen wie das Sinnbild unserer zerdepperten Ehe, dachte Sofia in einem plötzlichen Anfall von Trotz. Ein paar Minuten standen sie noch davor und sahen zu, wie der bunte Vogel sich hin und her drehte. Auch er ein Mobile.

"Ein Mobile, das mein Herz bewegt", meinte Sofia.

Dann war Irma gegangen.

Über den tödlichen Unfall ihrer Eltern hatte Sofia nichts gesagt, offensichtlich waren Irma die wenigen Zeilen im Lokalteil der *Hannoveraner Nachrichten* entgangen. Gut so. Sie hätte die trauernde Tochter weder sein können noch spielen wollen. In der nächsten Woche würde sie sich um das Formelle kümmern.

Sie verbrachte noch eine Stunde am Schreibtisch, sichtete die eingegangene Post, steckte die an Stefan gerichtete in einen großen Briefumschlag. Ein paar Wochen lang würde das wohl noch so gehen. Alle weiteren Zukunftsgedanken schob sie weg. Ob Stefan in Hamburg auf Dauer bleiben würde, ob er die Scheidung beabsichtigte. Würde sie dieses Haus verlassen müssen? Einzig ihre Zukunft als Schauspielerin schien ihr für die nächste Zukunft gesichert, ihr zweiter Fünfjahresvertrag war erst im zweiten Jahr der Laufzeit. Danach? – Danach war weit weg.

Fast so unerreichbar weit in der Zukunft wie ihr nun der Anfang ihrer Ehe in der Vergangenheit entschwunden schien.

*

Noch am Tag ihrer Hochzeit hatten sie eine Reise in die Bretagne angetreten. Eine Flucht aus dem Trubel, aus der sommerlich heißen Stadt in die Einsamkeit zu zweit, an einen Ort, der Ruhe und Anregung miteinander verbinden sollte. Stefan hatte ein Sommerhaus in Saint-Cast-Le-Guildo gemietet, fernab vom Ortszentrum an der parallel zum Strand verlaufenden Straße gelegen. Ein altes Haus mit Erkern, spitzhütigen Dachgauben, inmitten von hohen Gräsern, gebeugt vom ständigen Wind. Eigentlich war dieses Haus viel zu groß für sie beide. Der Salon mit einem durch eine Schiebetür abtrennbarem Nebenraum hatte Strandblick wie auch der darüber gelegene Schlafraum mit *Grand Lit* und einem Schreibtisch am Fenster. Neben dem Bett gleich die Tür zu einem geräumigen Bad mit knarrenden Armaturen. Der muffige Charme der antiquierten Einrichtung gefiel ihnen, der Büfetschrank mit Glaseinsätzen in den oberen Seitenteilen, das zusammen gewürfelte Geschirr, die Korbsessel mit Plüschkissen am Erkerfenster. In die anderen Räume schauten sie nur kurz hinein, sie waren einfach aber etwas moderner ausgestattet. Aus der Küche führte eine steile Treppe geradewegs hinunter in den Garten, nicht mehr als eine wellig vernarbte Rasenfläche. Mitten darin ein Baum, darunter ein steinerner Tisch mit Plastikstühlen.

Sie hatten das Auto vor dem Haus geparkt, das Gepäck hineingebracht und waren hinunter zum Strand gegangen. Weiß und weit geschwungen umspannte er die blaue Bucht, unter der tief stehenden Sonne gleißte der Horizont wie flüssiges Silber, Segelboote glitten dahin, eine Parade schwarzer Scherenschnitte.

"Schau", sagte Sofia, "der Wind als Kulissenschieber."

"Kein Gedanke jetzt an Kulissen und Theater, Sofia. Keine Bühne, kein Auftritt, kein Publikum." Stefan saß im Sand und zog sie zu sich herunter. "Nur wir beide. Hier im Land der Feen."

"Die Bretagne – eine Feenland?"

"Das Land der Feen, der Elfen und Trolle und der Naturgeister. Weißt du nicht, dass wir eine Märchenreise machen? Und dass eine Fee nicht etwas schmetterlingshaft Herumschwebendes ist?"

"Und – was ist sie? Sag es mir."

Er strich ihr die Haare aus dem Gesicht und drückte seinen Mund an ihr Ohr. "Die Fee ist das Ideal einer Frau, besser noch:

die Idee einer Frau, die vollkommene Schönheit, das große Mysterium."

Sofia zog ihre Schulter zurück und sah ihm ins Gesicht. "Das hört sich schön an, Stefan, aber nun du lächelst doch. Meinst du das ernst?"

"Todernst", sagte er und lächelte weiter. "Komm hinauf in unseren Feenpalast."

Sie stiegen hinauf, öffneten alle Fenster, die aufs Meer hinaus gingen und liebten sich.

Zwei Tage lang dachten sie an rein gar nichts, was sie mit ihrem Alltagsleben verband. Es gab nur Himmel, Sand und Wasser, Essen und Schlafen. Das Bett wurde nicht mehr zugedeckt, sie liebten sich auf den hölzernen Dielen, unter der Dusche, auf dem Rasen hinter dem Haus im Schutz der Mauer. Ein Buch schlugen sie nur unter dem Sonnenschirm am Strand auf. Auch eines über Geschichte und Mythen der Kelten. Stefan las ihr manchmal daraus vor, während Sofia faul dalag. Dann war er wie ein Vater, als habe er Spaß daran, seine Kinder das Staunen über das Fantastische zu lehren. Er war der Regisseur der Stimmen in seiner Geschichte, gab jeder Figur einen Ort in Sprache und Tonfall.

"Du bist ein wunderbarer Vorleser", sagte sie, "du machst Theater nur mit der Stimme, Theater im Kopf."

Er legte das Buch beiseite und streichelte ihren Bauch.

"Es wird noch wunderbarer sein, wenn ich unseren Kindern Geschichten erzählen kann. Willst du eine hören?"

Sie nickte.

"Ein Märchen vielleicht?"

Sie nickte wieder.

"Also …"

Er setzte sich in den Sand, zögerte, sah über das Wasser, bis sein Blick in den Horizont eintauchte.

"Es war einmal eine Fee, die hieß Afsoi und lebte in der Bretagne. Sie war wie alle Feen nun einmal sind: Zart von Gestalt und schön von Antlitz. Aber etwas an ihr war anders als bei ihren Feenschwestern. Ihr Haar war rot, nicht blond, wie es sich für eine Fee gehört. Vom Blonden hatte es nur den goldenen Schimmer geliehen, wie ein Leuchten umgab er ihr Gesicht.

Das neideten ihr die anderen Feen und schlossen sie aus ihrer Mitte aus. Ihr Vater oder ihre Mutter könnten nicht dem Geschlecht der Unsichtbaren entstammen, deshalb sei sie keine richtige Fee."

Stefan hielt einen Moment inne, als denke er nach. Dann fuhr er fort.

"Darüber war Afsoi so unglücklich, dass sie sich des Öfteren in einem hohlen Baum am Seeufer versteckte. Der Baum aber hatte eine besondere Kraft und die hatte sein Blätterdach so gewaltig werden lassen: Alles, was seinen Stamm berührte und was ihm gefiel, konnte er schneller wachsen lassen, damit es ihm noch mehr gefalle.

Jedes Mal nun, wenn Afsoi in ihn hinein kroch und ihre Haare über seinen Stamm strichen, waren sie um ein paar Zentimeter gewachsen, wenn sie ihn wieder verließ. Schließlich waren sie so lang, dass Afsoi wie in einen rotgoldenen Mantel eingehüllt daher ging. Aus Scham wagte sie kaum, den Baum zu verlassen, sah von ihrem Versteck aus zu, wie die Feenschwestern in der Abenddämmerung unter Anleitung einer älteren Fee in die Kunst des tänzerischen Schwebens eingewiesen wurden. Da saß sie nun in ihrem Baum und weinte."

Wieder hielt Stefan inne. Er schaute zu Sofia hinüber, lächelte leise, als sei ihm eine Idee gekommen.

"Im oberen Stockwerk des Baumes aber ...", begann er wieder, "wohnte ein Troll mit Namen Stanef, klein und bucklig von Gestalt. Er lebte dort schon an die dreißig Jahre, und da der Baum keinen Gefallen an ihm gefunden hatte, war nichts an ihm gewachsen.

Eines Abends nun, als Afsoi wieder mit Tränen in den Augen in ihrem Versteck hockte – der Mond war schon aufgegangen und breitete sein Licht wie weiß wehende Schleier über den See – stieg der Troll zu ihr hinunter. Erst erschrak sie, dass jemand sie entdeckt hatte, aber da er sie freundlich ansprach, fasste sie sogleich Vertrauen zu ihm.

'Du sollst nicht weinen, Afsoi', sagte er, 'denn du kannst viel mehr als alle deine Schwestern. Komm heraus und geh zum Ufer, und sobald der Wind in deine Haare greift, lass dich von ihm hinauftragen über den See, deine Haare werden dich wie auf Flügeln höher und weiter hinauftragen als alle die anderen Feen.'

Afsoi tat, wie der Troll ihr geheißen.

Und kaum begann der Wind in ihren Haaren zu spielen, welche wie ein roter Vorhang ihre Gestalt umfluteten, da hob sie sich vom Boden, glitt auf dem Segel des Windes hinauf in die Lüfte, stieg hoch und höher, bis sie glaubte, den Mond fast berühren zu können. Eine Weile schwebte sie auf und nieder, dann ließ sie sich, auf ihrem Haar wie auf einem Teppich liegend, wieder auf den See hinab sinken. Überall da, wo ihre Haare die spiegelnde Fläche streiften, nahmen sie Tropfen mit, wie Perlen blieben sie in ihnen hängen.

Geschmückt wie eine Königin in ihrem Geschmeide trat sie dem wartenden Troll entgegen. Kaum stand sie vor ihm, fegte ein mächtiger Windstoß daher, hob ihre Haare empor, breitete sie wie einen Fächer aus, ehe sie den Troll umschlangen. In diesem Augenblick zuckte ein Blitz vom Himmel und versank zischend im Wasser. Vor Schreck fuhr Afsoi zusammen und fühlte, dass, auch sie umschlungen war, festgehalten von starken Armen.

'Hab keine Angst', sagte eine Stimme dicht an ihrem Ohr, 'ich war der Troll, nun bin ich dank deiner Kunst wieder ein Menschenmann. Lange ist es her, schon an die dreißig Jahre, da wollte die ältere Fee, die deine Schwestern das Schweben lehrt, mich zu ihrem Mann haben und in die unterseeischen Gemächer hinabziehen. Als ich mich weigerte, verwandelte sie mich in einen hässlichen Troll. Nur eine Fee mit rotem Haar sollte mich erlösen können, wenn sie es verstünde, mich mit dem Licht des Mondes, aus dem Wasser geschöpft, zu überschütten.'

Stefan schwieg.

Sofia tat einen Seufzer. "So schön, Stefan, ein wunderschönes und so beziehungsreiches Märchen, das du da aus dem Stegreif erfunden hast. Ich liebe dich." Sie beugte sich zu ihm hinunter und küsste ihn. "Und wie geht' s weiter? Und wenn sie nicht gestorben sind, so …"

"Nichts überspringen, du meine keltische Afsoi", mahnte er.

" 'Ich nehme dich mit in mein Erdenland', sagte Stanef, 'da werden wir dann Mann und Frau und lieben uns Tag und Nacht und bekommen viele Kinder, die Töchter so schön und anmutig wie du, meine Fee, die Söhne so stark wie … ' "

"So eilig hat er es damit?", unterbrach ihn Sofia. "Sollten die beiden nicht zunächst ein paar Jahre nur für sich allein haben?"

"Na, wenigstens eins von jeder Sorte sollte es sein", meinte Stefan, Sofias Gesichtsausdruck interpretierend.

Am dritten Tag war der Himmel bewölkt. Sie setzten sich ins Auto, erkundeten die Orte der Umgebung. Manchmal lag Sofia fast auf ihrem Sitz, schloss die Augen und ließ sich treiben beim Singsang der Räder, dem endlos rollenden rrr, angenehm rauschend mit dunklem Unterton. Dann wieder, wenn die Räder über einen gröberen Straßenbelag rollten, veränderte sich der Klang zum Hellen hin. Ein Trommelwirbel folgte beim Überfahren von Bodenschwellen, abfallende Tonhöhe beim Verlangsamen.

Alles war Hintergrundmusik für ihre Gedanken gewesen. Viele Kinder, hatte Stefan gesagt. Wenigstens zwei.

Später, später, hatte sie gedacht. Und: Ich muss ihm sagen, warum.

Auch den endgültigen Entschluss hatte sie auf später verschoben. Das Schwebende dieser Tage der Zweisamkeit wollte sie nicht stören.

Fast den ganzen Tag wanderten sie auf den Spuren der Artussage, besuchten die Megalithanlagen im sagenhaften Wald Brocéliande, gingen zu Merlins Grab, zum Jungfernbrunnen, krochen durch die mächtigen Quadern des Feengrabs. Im hohen Gras türmten sich zwei Menhire dem Himmel entgegen, neigten sich ein wenig einander zu, als seien sie ein Paar. Sofia ging dicht heran und betastete den Stein. Uralte Haut, durchzogen von sich kreuzenden Rissen. Eine steinerne Landkarte, grau, mit kleinen weißen Seen aus glattem Kieselgestein, Pflanzenreste wie Uferbüsch um sie herum, ein Spitzenmuster, das unter ihrem tastenden Finger zerbröckelte. Zwischen den beiden zwängte sich ein Baum nach oben, nur wenig höher als die beiden, schmal mit dünnem Stamm, bis er mit seinen fein gebuchteten Blättern in der Höhe die Steine berührte. Sofias Blick glitt an ihm hinauf, bis Stein, Baum und Himmel miteinander zu sprechen schienen. Mit zurückgelegtem Kopf genoss sie ein paar Augenblicke lang ihr Gefühl des Dazu-Gehörens. Dann suchte sie sich einen Platz am Fuß des Steins, fand eine Bucht, in die sie ihre Schulter drückte.

Hoch oben vor ihr das breite Blätterdach der Straßenbäume, dicht vor ihren Augen die Balustrade des hohen Grases, noch weiter hinten die Wiesen, die Kühe, viele, schwarz-weiß, die Leiber und nackten, drallen Euter glänzten obszön unter der Sonne. Mit einem Mal war sie hervorgebrochen, als hätte jemand ein Licht über der Landschaft ausgegossen.

Eine braune Feder steckte im Boden. Aufrecht stehend dicht vor ihren Füßen das Leichte, Fliegende, als hätte es jemand für sie dort eingepflanzt. Sie zog sie heraus, betrachtete sie. Nachdenklich. Sah zu Stefan hinüber, der unter einen riesigen Baum lag und in die Höhe wies.

"Komm her", rief er, "wenn du das löchrige Himmelsblau glitzern sehen willst ... *da oben ... im Wogen ...*"

Sie lächelte und steckte die Feder ein.

Wieder im Auto, während Stefan fuhr, gab sie sich ganz dem Genuss des Schauens hin, folgte den Wellen der Landschaft in ihrem sanften Auf und Ab, dem gleitenden Grün der Abhänge, unterbrochen von seltsamen Bäumen mit flaschenförmigem Wuchs um die Mitte, schmal, gefächerte Kronen ... wie gequirltes Grün, drehen sich in wechselnde Richtungen, berühren sich manchmal, als sprächen sie miteinander ... aufgereihte Totempfähle, lebendige Menhire ... stehen da in der Landschaft herum, stecken die Köpfe zusammen wie Nachbarn ... zerreißen sich das Maul über die da unter ihren buckligen Dächern ... die Gauben hocken drauf wie die Glucken ...

"Du hast Recht, Stefan, die Bretagne hat etwas Beflügelndes an sich." Die braune Feder streichelte seinen Dreitagebart. "Etwas, das die Fantasie beflügelt."

Zwei Tage später fand Stefan an einem abgelegenen Strand eine Jacobsmuschel samt Deckel, und die Feder der Menhire fand ihren angemessenen Aufbewahrungsort.

Der Aufenthalt im Märchenland der Feen war zu Ende, ohne dass sie je an sein Ende gedacht hatten. So sehr hatten sie in den Tag hinein gelebt, ohne Zeitgefühl, nur an den eigenen Bedürfnissen ausgerichtet, dass es wie ein erfrischtes Erwachen war, in den Alltag zurückzukehren. Ab nun würde es ein Alltag zu zweit sein. Und wie Stefan hoffte, bald ein Alltag zu dritt.

Aber Sofia hatte nicht von ihren Problemen gesprochen. Gleich nach ihrer Rückkehr hatte sie sich von ihrem Frauenarzt eine Rezept geben lassen.

*

Acht Jahre lang habe ich geschwiegen, dachte sie, immer noch am Schreibtisch sitzend, den Umschlag mit seiner neuen Adresse vor Augen. Je länger ihr Schweigen gedauert hatte, das ein Verschweigen war, desto schwieriger war es ihr erschienen, es aufzugeben.

Das Telefon klingelte.

Stefan, als hätte sie nach ihm gerufen. Er nutze die verspätete Mittagspause, ihr zu sagen, dass die Beerdigung auf den kommenden Freitag angesetzt sei, vierzehn Uhr auf dem Stadtfriedhof. Das Beerdigungsinstitut werde alles regeln, das Pfarramt sei informiert. Wenn sie noch Wünsche habe wegen des Blumen- oder Kranzschmucks könne sie das mit der Friedhofsgärtnerei telefonisch absprechen. Den Text für die Anzeige habe er schon mal zusammengestellt, sie finde ihn in der obersten Schreibtischschublade rechts, eventuell benötigte Telefonnummern seien ebenfalls notiert. Ob er zur Beerdigung kommen könne, wisse er noch nicht.

"Wie geht es dir?", fragte er zum Schluss.

"Danke, gut."

Dass Irma sie abgeholt und ihr die ersten Stunden erleichtert hatte, erwähnte sie nicht. Auch nur den Anschein einer Klage oder eines Vorwurfs zu erwecken, dass er sie allein gelassen hatte in dieser für sie schweren Zeit zwischen Diagnose und Entlassung aus dem Krankenhaus, verbot sie sich.

"Dank nochmals für deine Organisation."

Sie legte auf. Fühlte sich nun doch erschöpft. Der Druck im Unterleib war angestiegen, mehrere Stunden hintereinander stehend, gehend oder auch nur sitzend durchzustehen, schien nun doch nicht so einfach zu sein. Sie streckte sich auf der Couch aus. Morgen, ausnahmsweise am Samstag, würde Frau Kroker kommen und sie versorgen. Einkaufen, etwas kochen, ausreichend für zwei Tage. Sie musste sich also um nichts weiter kümmern. Ab

147

Montag, so hoffte sie, würde sie sich schon wesentlich besser fühlen.

Sie griff nach einer Modezeitschrift auf dem Tisch, schlug sie auf, blätterte ein wenig herum, betrachtete sich räkelnde Models in Abendroben auf Autodächern und Helikoptern, legte sie wieder beiseite. Welches Auto hatten die Eltern zuletzt gefahren? Wie war es zum Unfall gekommen? Unachtsamkeit? Nachklingender Ärger, der sich in aggressiver Fahrweise entladen hatte? Vielleicht auch Fremdverschulden. Sie wusste gar nichts. Hatte, als Stefan es ihr sagte, die bedrückende Stunde in ihrem Krankenzimmer vor Augen gehabt, nur gedacht, dass es nicht ihre leiblichen Eltern waren, und ob es der Moment der Wahrheit gegenüber Stefan sein könne.

Sie hatte nur an sich gedacht.

Sie wechselte ihre Lage, sodass sie im Liegen freien Blick in den Garten hatte. Groß war er nicht. Ein längliches Rasenviereck zwischen den Rückfronten der Altstadthäuser zweier Straßen, eingebettet in gelbe Strauchrosen, Hortensienbüsche und Pfingstrosen, an der Grenze zum Nachbargrundstück zwei luftige, himmelhohe Birken. Beide abgestorben. Stefan hatte sie schon längst fällen wollen. Nun waren sie immer noch da, Rastplatz für zwei Tauben, die eine da, die andere dort, schaukelten sie hoch oben auf fedrigen Zweiglein in Reichweite des Himmels, weiß gewölbt hinter der Feinzeichnung der Baumkrone. Beide flogen plötzlich und fast gleichzeitig auf und davon, nur ein Wimpernschlag trennte das Heben ihrer Flügel. Sofias Blick folgte ihnen, wie sie sich aus dem Bild hinwegstürzten. Ein anderes tauchte auf, nachdem sie das Kissen in ihrem Nacken gerichtet hatte: Mitten zwischen beiden Birken schien der papierene Hahn nun zu hängen, aus dem veränderten Blickwinkel riesig und knallbunt in dem grauschwarzen, blattlosen Gewirr. Sie schaute eine Weile hin, bis die Farben vor dem hellen Himmelsgrund anfingen zu flimmern und ihr die Augen zufielen.

Eine halbe Stunde später wachte sie mit einem Ruck auf, ihr Puls raste.

Wieder einer dieser verdammten Träume! Dieses Mal hatte sie, während sie schlief, gewusst, dass sie träumte. Sie stand als Carol auf der dunklen Bühne vor dem Plattenspieler, sollte eine

Marschmusik auflegen, sah die Plattenhülle da liegen, schmerzend knallig orange und selbst in der Dunkelheit zu sehen. Ihr wurde übel, Angst überfiel sie, sie suchte nach einem Lichtschalter, fand ihn neben dem Plattenschrank, aber noch bevor sie ihn drücken konnte, wurde sie an die gegenüberliegende Wand geschleudert. Sie streckte die Hand nach einem anderen Schalter aus und wusste, dass es ihn in Wirklichkeit auf der Bühne nicht gab. Wieder wurde sie fortgerissen, die Dunkelheit dröhnte, ihre Haut zog sich zusammen, sie schrumpfte und schrumpfte und würde immer weiter schrumpfen, bis sie nicht mehr da sein würde. Hatte nur noch gedacht: Du musst raus hier. Dann war sie aufgewacht.

Die Eltern waren tot, aber sie bedrängten sie in ihren Träumen, Unpersonen, die ihr als Dunkelheit auf der Seele lagen.

Ob sie sie je würde verbannen können?

Das Wochenende verbrachte sie mit Lesen und Musikhören, schaute ab und zu in ihr Skript und arbeitete am Text. Frau Kroker hatte sie ein wenig bemuttert, den Koffer ausgepackt, bekocht, den Haushalt geordnet. Bevor sie ging, holte sie noch die Sonnenliege aus dem Gartenhäuschen.

"Sie müssen sich schonen, Frau Berger", befahl sie und brachte ihr ein Kissen hinaus, "so eine OP steckt keiner so leicht weg."

"Ich gehorche gern", nickte Sofia, streckte sich aus und genoss die Sonne. Die Streicheleinheiten von sanfter Luft, Licht und Wärme ließen sie in einen Zustand sinken, den sie als bloßes Dasein empfand, gedanken- und wunschlos. Im Wimpernschatten ihrer halb geschlossenen Lider flimmerten abstrakte Bilder, Farbteiche in Wellen von Grün, Gold und Blau, von glitzernden Lichtreflexen durchzuckt, Lautfetzen vom Nachbargarten schwebten herüber, unverständlich, ein in die Luft geschriebenes Stenogramm, Vogelträllertriller tropfte darüber, ein Glockenton fiel vom benachbarten Kirchturm. Eine erholsame Zeitinsel, die ihr vergönnt war, bevor sie sich ab Montag der Wirklichkeit stellen musste.

Irma rief an. Ja, es gehe ihr gut, sagte Sofia, sie erhole sich, genieße den Garten, das schöne Wetter - nein, sie fühle sich nicht einsam - ja, Frau Kroker habe sie bestens versorgt.

Am Montagmorgen regnete es und es fiel ihr leicht, sich auf das Notwendige zu stürzen. Zunächst gab sie die Todesanzeige für die *Hannoversche Allgemeine* in Auftrag mit der Maßgabe, sie erst in einer Woche zu bringen und hinzuzufügen, die Beerdigung habe bereits im engsten Familienkreis stattgefunden. Dann telefonierte sie wegen des Blumenschmucks mit der Gärtnerei, danach mit dem Bestatter, der Friedhofsverwaltung, dem Pfarramt, mit der Polizei. Herr Schwarz habe am Steuer gesessen – wer sonst, die Mutter konnte nicht Auto fahren –, in einer unübersichtlichen Kurve habe er einem entgegenkommenden Fahrzeug ausweichen wollen, das Steuer wahrscheinlich zu ruckartig nach rechts gerissen und dabei die Gewalt über das Fahrzeug verloren. Dummerweise – *leider,* verbesserte der Beamte sich, habe gerade dort der einzige Baum breit und weit im Weg gestanden. "Mein Beileid", fügte er fast geschäftsmäßig hinzu.

Am Nachmittag – sie wollte sich nach einer Dämmerstunde auf der Couch gerade einen Kaffee aufschütten – klingelte es.

"Kann ich herein kommen? Ich war in der Nähe und will nur kurz nach dir sehen. Irma hat mir erzählt, dass du eine Woche im Krankenhaus warst."

Christina!

Sofia war zu verblüfft, um irgendetwas anderes als ein lakonisches *Ja* von sich zu geben, das eher als Bestätigung ihres Krankenhausaufenthaltes gemeint war. Die Verblüffung war ihr wohl anzusehen, denn Christina fügte sofort hinzu: "Du hast mich nicht erwartet, ich weiß. Soll ich ein andermal wiederkommen? Ich wollte eh' nicht lange bleiben."

Ein *Heute lieber nicht!* war nach ihrem spontanen *Ja!* schlecht möglich. Sie wischte eine einladende Geste in die Luft - *da du nun schon einmal da bist …*

Sie bereute ihre Spontaneität sofort. Auf diesen Besuch war sie nach Irmas Enthüllungen völlig unvorbereitet.

"Ich wollte mir gerade einen Kaffee machen." Sie wies ins Wohnzimmer. "Für dich auch einen?"

Christina nickte: "Gern."

Während Sofia in die Küche ging, Wasser und Kaffeemehl einfüllte, Geschirr bereit stellte, neben der Kaffeemaschine stand und wartete, arbeitete es in ihr. Wie dumm und entlarvend Christinas Äußerung, sie habe über Irma von Sofias OP erfahren. Sollte sie zu erkennen geben, dass Irma geredet hatte? Wenn ja, wie würde Christina reagieren? Wie würde sie selbst wiederum sich verhalten oder reagieren sollen?

"Ich habe auf Verdacht Kuchen mitgebracht", rief Christina herüber, "wo hast du einen Kuchenteller?"

Sofia zögerte einen Moment.

" Im Vitrinenschrank, unterstes Bord."

Am besten war es, abzuwarten und Christina den Eröffnungszug zu überlassen. Warum war sie gekommen? Um zu sehen, wie sich ihre Nebenbuhlerin fühlte? Matt gesetzt, allein gelassen und für immer unfruchtbar wie sie selbst? Sicher rechnete sie mit ehrlichen Reaktionen, da ihre Freundschaft nie angezweifelt worden war.

Sofia stellte Kanne, Sahne und Tassen auf ein Tablett und trug es ins Wohnzimmer. Mitten auf dem Tisch stand kuchenbestückt die bunte Meissnerplatte. Wie erwartet, obwohl Sofia ihr absichtlich einen anderen Ort genannt hatte. Wollte Christina ihr etwas zu verstehen geben oder sie verunsichern? Sie war ja selbst eine Zeit lang in diesem Haus ein und ausgegangen und kannte die angestammten Plätze fürs Geschirr. Also eher kein Versehen. Ihre Frage bewusst inszeniert und die schiere Falschheit.

Ein wirkliches Gespräch wurde es dann auch nicht. Christina war neugierig, vermied aber direkte Fragen und versuchte es stattdessen mit spontanen Denkansätzen.

"Das muss ja eine spannende Sache für Stefan sein ... jetzt so ... von heut auf morgen am *Thalia* ... hervorragende Schauspieler sicher ...?"

Sie blies die Worte in die Luft, während Sofia das Gefühl hatte, belauert zu werden. Sie will wissen, wie ich Stefans Alleingang verkrafte. Hat er ihr gesagt, dass er nicht beabsichtigt, mich nachzuholen? Und wenn schon ... sie wird wissen, dass ich lange genug seine gelehrige Schülerin und ja!, auch seine Frau und Partnerin war, Ideen und Gedanken mit ihm geteilt habe. Dass ich gut genug bin, allein klar zu kommen.

Wie die OP verlaufen sei, wollte Christina wissen. Schmerzen? Die Ärzte? Schonungsfristen? "Hattest du Besuch?"

"Schau dort!" Sie wies mit dem Kopf zum Fenster, Irmas Besuch überging sie. "Martin, du kennst ihn, er hat mich besucht und mir das da mitgebracht. Hat er selbst gemacht."

"Ach ja, ich habe ihn vor einer Woche auf der Straße getroffen, und er wollte wissen, wo …"

Christina stutzte einen Moment, fing sich aber sofort wieder.

"Stefan muss irgendwann angedeutet haben, dass du mit dem Gedanken an eine OP herumgehst."

Angedeutet!

Sofia war einen Moment lang versucht, nachzufragen, was Stefan ihr - *ihr* ganz persönlich gesagt habe, unterließ es aber. Sie wäre Gefahr gelaufen, ihre Gefühle offen zu legen, ein Triumph, den sie Christina verweigerte. Außerdem: Welch eine Ausdrucksweise für einen so einschneidenden und lebensverändernden Vorgang! Stefan hatte mit Sicherheit weder andeutungsweise noch *en passant* und schon gar nicht vor dem gesamten Ensemble davon gesprochen! Wenn überhaupt, dann nur zu Christina.

"Sieht lustig aus, das Federvieh", sagte Christina, und dann, während Sofia vom Besuch in der Cafeteria erzählte und dabei immerfort auf den Hahn sah: "Du siehst ja richtig fröhlich aus."

"Ich mag den kleinen Kerl."

"Ich habe immer geglaubt, Kinder interessieren dich nicht."

Diese Spitze kann sie sich nicht verkneifen, dachte Sofia, geht in die Richtung ihres Angriffs auf der Probe. Für die Vergangenheit mag es sogar zutreffen.

Christinas Themen schienen erschöpft.

"Ich will dich nicht strapazieren, du brauchst sicher noch viel Ruhe."

Sie schraubte sich aus dem Sessel hoch, Sofia begleitete sie zur Haustür. Gott sei Dank − die Randnotiz über den Unfall hatte Christina wohl auch nicht gelesen, die Betroffenheitsattitude im Gesicht einer falschen Freundin blieb ihr erspart.

"Gute Rekonvaleszenz", wünschte Christina, drehte sich am Gartentor noch einmal um. Aber Sofia hatte die Haustür schon geschlossen.

Am Freitag regnete es nach zwei sonnigen Tagen wieder. Dunkles Beerdigungswetter. Der Pfarrer sprach vom Ewigen Licht. Und dass es die Erwartung der Menschen sei, an ihm teilzuhaben. Er hatte Sofia gebeten, ihm etwas über ihre Eltern zu sagen, die Trauerrede solle ja nicht unpersönlich sein. So hatte sie natürlich hervorgehoben, dass sie an Kindes Statt im Alter von drei Jahren adoptiert wurde, dass Arthur und Anneliese Schwarz immer bedacht waren, nach der Lehre der Kirche zu leben und ihre Erziehung danach auszurichten und sich bis zu ihrer Heirat um sie gekümmert hatten. Und so sprach der Pfarrer nun von der tätigen Nächstenliebe und wie sie sich im Leben der Verstorbenen manifestiert habe.

Ein Dutzend in Schwarz gekleidete Menschen umstanden die mit grünen Tüchern ausgekleidete Doppelgrube, die Träger ließen erst den einen, dann den anderen Sarg hinunter. Links die Mutter, rechts den Vater, auch im Tod hat die gesellschaftliche Ordnung zu gelten: Die Frau liegt rechts neben dem Mann.

Sofia, einen Strauß langstieliger Lilien in der Hand, schämte sich ihrer profanen Gedanken, ermahnte sich, angesichts der beiden Särge daran zu denken, dass diese Toten ihr ein Leben im Heim erspart hatten. Martin fiel ihr ein, sein demonstrativ zuversichtlicher Gesichtsausdruck, als er von seiner Mutter sprach und sich sicher war, sie werde ihn aus dem Heim holen.

Ich muss mal nachfragen, nahm Sofia sich vor.

Sie beteten das Vater Unser.

Und vergib uns unsere Schuld, wie auch wir vergeben unseren Schuldigern.

Das gehört zu jedem Neuanfang, dachte Sofia, ob in der Ewigkeit oder im Diesseits. Ich muss mir auch selbst vergeben, sonst werde ich Kraft vergeuden. Wie war das im Beichtstuhl, früher als Kind? *Ich spreche dich los von deinen Sünden*, ritualisierte Worte. Los-Sprechen, was ist das? Nur ein Sprechen? Es hatte ihr auch ein Gefühl der Erleichterung gegeben. Ach Gott, ihre Kleinkindersünden – Ungehorsam, Widerworte, Zankereien, kleine Lügen, meistens aus Angst vor Strafe. Manchmal hatten die Eltern ihr aufgetragen, sich zu entschuldigen, so wie damals, als Maria wegen der Schubserei auf der überschwemmten Dorfstraße ausgerutscht war. Das war schwierig gewesen, manchmal fast eine Demütigung. Aber eines hatte sie dabei gelernt: Fehler einzugestehen macht stark, sie sich selbst einzugestehen ist unumgänglich, sie anderen einzugestehen, reinigend.

Der Pfarrer tat einen Schritt beiseite. Sofia ging vor und schaute eine Weile hinunter.

Ich habe euch nicht geliebt, jedenfalls zuletzt nicht mehr. Früher vielleicht, als ich klein war. Aber ihr habt für mich gesorgt und wolltet meine Eltern sein und dafür danke ich euch.

Sie warf die Lilien, in Schönheit voll erblüht, zwischen die beiden Särge.

Der Pfarrer drückte ihr die Hand, sie bedankte sich. Später würde sie ihm einen Umschlag zukommen lassen. Leute traten hinzu, um ihr Beileid zu bezeigen. Sie kannte sie nicht. Verwandte gab es nicht, beide Eltern waren Einzelkinder gewesen. Freunde? Ehemalige Kollegen? Nachbarn? Sie drückten ihr die Hand, das Wasser rann von den Schirmdächern, sie murmelten oder schwiegen aus traurig bemühten Augen, die regendurchfeuchtete Erde schmatzte unter ihren Schuhen. Sofia war erleichtert, keine ihr bekannten Gesichter zu sehen, erst im Nachhinein hatte sie sich erschrocken klar gemacht, dass sie dem Pfarrer etwas über die Adoption gesagt hatte.

Sie blieb noch ein paar Minuten am Grab stehen. Ob die Eltern die Grabstelle schon vor längerer Zeit gekauft hatten? War sie als ihre Tochter schon in deren Leben und Gedanken abwesend gewesen, abgeschrieben, weil sie den elterlichen Wünschen nach einem *ordentlichen Beruf* nicht gefolgt war und die Sorge des Sich-Kümmerns von ihr nicht mehr zu erwarten war? Sie nahm sich vor, die Grabpflege in Auftrag zu geben, einen Grabstein zu kaufen, einen Findling vielleicht. Neben der Gärtnerei gab es einen Steinmetz.

Sie schaute auf. Ein wenig entfernt, auf ihre Schaufeln gestützt, warteten zwei Friedhofsarbeiter.

Während sie wegging, hörte sie das dumpfe Poltern der schweren Erdklumpen auf den Särgen.

Wieder zuhause fühlte Sofia sich zum ersten Mal allein. Niemand hatte sie begleitet bei diesem Abschied. Wenn es auch kein schwerer Abschied gewesen war, ein nachdenklicher war es schon. Stefan war nicht gekommen. Sie hatte auch nicht damit gerechnet. Der ganze Tag wäre ihm abhanden gekommen, der zweite innerhalb von vierzehn Tagen. Eine solche Abwesenheit konte er sich noch nicht leisten. Außerdem hatte er die Eltern kaum gekannt. Vom Ensemble war Gott sei Dank niemand erschienen.

Ihre trübe Stimmung wollte sie mit Duke Ellington und einer alten Aufnahme aus den Vierzigern bekämpfen. Sie brühte einen Kaffee auf, griff sich ein Buch aus dem Regal und legte sich damit auf die Couch. Der Rücken tat ihr weh, sie fühlte sich erschöpft, immer noch die Nachwehen der OP. Sie schlug das Buch auf, *Der Funke Leben* von Erich Maria Remarque, ein Titel, der ihr nach der Erfahrung von Lebensende passend erschien. Sie kannte diesen Autor, hatte während der Schulzeit seinen Roman *Arc de Triomphe* gelesen, sein von Erzählleidenschaft geprägter Stil hatte ihr gefallen.

Nach der Lektüre des ersten Abschnitts legte sie das Buch beiseite. Worte, tote Worte, das genaue Gegenteil dessen, was sie wollte. Nichts jetzt über Tod und Lebenskampf!

Während ihr Blick nach einem anderen Titel über die Buchrücken glitt, klingelte das Telefon. Martins helle Stimme am anderen Ende der Leitung war der lebendige Funke, nach dem sie gesucht hatte.

"Ich wollte nur wissen, ob du wieder zuhause bist und ob es dir gut geht und ob du wieder gut laufen kannst und wann du wieder Theater spielst?" Er verschluckte sich vor Eile fast beim Sprechen, so, als ob er Angst hätte, sie könne auflegen, bevor er alles gesagt hatte.

"Ja, es geht mir gut, Martin, und ich danke dir, dass du mich anrufst und fragst, ob ich wieder herumlaufe. Das kann ich wieder, war sogar schon in der Stadt."

"Aber wenn du etwas einkaufen musst, Essen und so, dann kann das doch dein Mann für dich machen."

"Der ist nicht immer da, Martin. Aber ich kann gut selbst für mich sorgen."

"Ach so."

Seine Stimme klang, als denke er nach.

"Und wenn ich müde bin", fuhr Sofia fort, "lege ich mich auf die Couch und gucke auf deinen Hahn, der hängt jetzt über meinem Schreibtisch. Dann bin ich ganz schnell wieder munter."

Einen Moment war Stille.

"Darf ich meinen Hahn mal besuchen?", kam es zögernd durch die Leitung.

Sofia lachte. Das hatte er gut hinbekommen!

"Na klar, Martin, kannst du mich besuchen."

"Dann komme ich morgen. Morgen Nachmittag." Das sagte er so bestimmt, als habe er es schon vorher geplant.

"Weißt du denn, wo ich wohne?"

"Steht doch hier neben der Telefonnummer."

"Na dann bis morgen, Martin. Es gibt Eistorte."

Am nächsten Tag stand er vor der Haustür, in kurzen Lederhosen, nass gekämmt und mit akkuratem Scheitel. Er hielt ein flaches Päckchen in der Hand.

"Da ist Toni", sagte er, während er Sofia beim Auspacken zusah.

Eine Miniausgabe des Hahns kam zum Vorschein.

"Ich hab gedacht, der Hahn ist so allein, da hab ich ihm ein Kind gemacht."

Sofia stellte sich Martin vor, am Tisch sitzend über Bonbonpapierchen gebeugt, mit Pappe und Klebstoff hantierend, die Zunge in den Mundwinkel geklemmt wie jetzt, während sie den kleinen Vogel neben den großen hängten, die Schnäbel einander zugewandt. Die Vorstellung rührte sie.

"Wenn der Kleine Toni heißt, wie wollen wir dann den Vater nennen?"

Martin überlegte, schaute von rechts nach links, blickte zur Decke.

"Vielleicht Johannes? Oder findest du Peter besser?"

"Was hältst du von Hans-Peter? Dann hast du beide Namen in einem. Ein Doppelname."

Martin nickte.

Dann gab es Apfelsaft und die angekündigte Eistorte. So etwas hatte Martin noch nie gegessen. Torte und Eis in einem.

"Ein Doppelname", grinste er. Sofia sah ihm zu, wie er konzentriert mit gesenktem Blick vor seinem Teller saß, den Kuchen mit der Gabel zerteilte, aß, ab und zu *hmm* brummte. Er schien er nicht einmal zu bemerken, dass sie ihm freundlich-amüsiert beim

Essen zuschaute. Als er fertig war, leerte er in einem Zug das Apfelsaftglas, wischte sich den Mund mit der Papierserviette ab, lehnte sich zurück und sagte: "So."

"Geschafft", bestätigte Sofia.

"Kleinigkeit", meinte Martin. Er sah zur offenen Terrassentür. "Darf ich mal in den Garten gehen?"

Sie gingen zusammen hinaus. Sofia musste ihm die Namen der Blumen und Büsche nennen. Er war neugierig und völlig unbefangen, legte sich mitten auf den Rasen, breitete Arme und Beine aus und schaute in den Himmel. Sagte aber nichts.

Sofia ging in die Knie und setzte sich neben ihn ins Gras, langsam, mit kontrollierten Bewegungen.

"Habt ihr keinen Garten im Heim?"

"Im Hof haben wir einen Spielplatz, da können wir Fußball spielen. Und eine Schaukel."

"Einen eigenen Garten hatten meine Eltern früher, als ich so alt war wie du jetzt, auch nicht. Aber meine Freunde."

"Haben deine Eltern denn jetzt einen? Kannst du sie besuchen?" Er dachte wohl an seine Mutter, die ihn nie besuchte.

"Meine Eltern leben nicht mehr, gestern sind sie beerdigt worden", sagte Sofia. Gleichzeitig wurde ihr bewusst, dass dieser kleine Kerl der einzige war, dem sie es gesagt hatte.

Martin setzte sich mit einem Ruck auf.

"Gestern?", fragte er mit weit aufgerissenen Augen, "als ich dich angerufen habe?"

"Ja, Martin. Ich war gerade vom Friedhof zurück, es ging mir nicht gut, und da hat mich dein Anruf von meinen trüben Gedanken abgelenkt."

Er sah sie eine Weile an. Legte dann ganz langsam seine Arme – sie reichten nicht ganz herum - um ihren Bauch und Rücken und lehnte den Kopf behutsam an ihren Oberarm.

Sofia saß ganz still. In diesem Moment wurde ihr klar, dass diese Geste eines Siebenjährigen sie mehr berührte als die Nachricht vom Tod der Eltern. Sie hatte nicht getrauert. Würde ein Kind um *sie* trauern, wenn sie einmal nicht mehr da war? Martin wollte sie trösten, weil sie nun in seinen Augen eine Waise war, ähnlich wie er. Seine Mutter wollte ihn nicht, seinen Vater kannte er nicht, tröstete sich selbst mit einer Hoffnung. Woher nahm dieser kleine Junge, der in einem Heim aufwuchs, seine selbstverständliche Zuwendung? Ganz aus sich selbst, aus seinem eigenen, unbewussten Bedürfnis?

Martin ließ sie los, beugte sich über seine Knie und sah ihr ins Gesicht. "Geht es dir besser?" Sie nickte.

"Komm", sagte sie, stand auf und zog ihn an der Hand hoch. "Lass uns nach drinnen gehen."

In der Küche füllte sie Martins Glas nach. Ob sie denn keine Cola habe, fragte er mit bittendem Augenaufschlag, nahm dann aber doch den Apfelsaft entgegen.

"Wo geht's denn da hinauf?" Er blickte zur Treppe.

"Ich zeig' s dir." Sofia tippte auf seine Schulter, er stieg hinter ihr die Treppe hoch. Oben wies sie auf die erste Tür zur Linken.

"Das Schlafzimmer und daneben ...", sie öffnete die nächste Tür, "... das Bad."

Martin ging hinein, schaute von rechts nach links und von unten nach oben, dann drehte er sich langsam im Kreis.

"Sooo groß!", staunte er, "und so' ne große Badewanne! Da kann man ja drin schwimmen!"

"Ich denke, du magst die Badewanne nicht!"

"Aber so eine ... so eine ... hab ich ja noch nie ... und so viele silberne Kräne ... kommt da überall Wasser raus?" Er drehte sich wieder im Kreis. "Und so'n großer Spiegel bis zum Boden!"

Er stellte sich breitbeinig vor ihn hin und betrachtete sich eine Weile. Dann riss er den rechten Arm hoch, legte die Fingerspitzen an die Stirn, schloss die Hacken und stand stramm. Sofia stand im Türrahmen und beobachtete ihn. Er salutiert vor seinem Spiegelbild, weil er sich gut findet, dachte sie, er ist aufgeweckt, warmherzig und selbstbewusst. Vielleicht ein wenig zu selbstbewusst? Jedenfalls eine gute Mischung.

Sie wies mit dem Kopf auf die Tür hinter sich.

"Das da ist Stefans Arbeitszimmer, daneben habe ich ein kleineres Zimmer. Ganz früher war es Stefans Kinderzimmer, damals sah es natürlich ganz anders aus."

Martin steckte den Kopf hinein. "Und was machst du in diesem Zimmer?"

"Ich lese, lerne, höre Musik, ruhe mich aus, manchmal schlafe ich auch hier."

Er deutete auf die Couch im Alkoven. "Da schläfst du?" Er ging hinein. "Darf ich mich mal drauf setzen?"

Sofia nickte.

Langsam ließ er sich nieder. Er stützte die Arme auf, sein Blick wanderte über die Ablageflächen rund um die Couch, die Bücher und Zeitschriften, das kleine Radio, am Kopfende knipste er die Lampe an und sogleich ergoss sich ein Kegel von Licht über die vielen bunten Kissen.

"Gemütlich, das Kinderzimmer. Hast du kein Kind?"

Als habe er seine Frage schon vergessen, ließ er sich mit ausgebreiteten Armen auf die Couch zurückfallen.

Sofia schwieg.

"Gibt' s noch ein Kinderzimmer?" Er sprang auf und lief zum Treppenabsatz. "Da oben vielleicht?"

"Nein, Martin. Stefan hat keine Geschwister und seine Eltern sind schon lange tot. Da oben ist nur noch ein Dachzimmer für Gäste. Und ein kleines Bad." Sie schloss die Tür zu ihrem Zimmer. "Und jetzt gehen wir wieder nach unten. Magst du etwas spielen? Mensch ärgere dich nicht oder Halma? Oder vielleicht Mühle?"

Martin zog ein Kartenspiel aus der Hosentasche.

"Das hier habe ich immer bei mir."

Und so lernte Sofia Mau Mau spielen. Und bewunderte ein paar von Martins Kartentricks. Nach fast einer Stunde schaute er erschrocken auf die große Standuhr im Wohnzimmer.

"Keine Sorge, ich bringe dich zurück, Martin, um Sieben bist du pünktlich zuhause."

Als er vom Beifahrersitz hüpfte, sagte sie: "Wenn du mal wieder Lust hast, mich zu besuchen, ruf einfach an!"

Er riss die Augen auf, nickte heftig mit dem Kopf, schlug die Autotür mit Schwung zu und rannte die Stufen zum Portal hoch. Oben wedelte er ihr mit der rechten Hand über seiner Schulter zu, ohne sich noch einmal umzudrehen.

*

Es roch muffig.

Nicht wegen unzureichender Belüftung, sondern nach Körpergerüchen in ungewaschener Kleidung. Gleich nachdem Sofia die Haustür aufgeschlossen hatte, überfiel sie der Geruch und mit ihm die Erinnerung. Fast vier Jahre war sie nicht mehr in diesem Haus gewesen, eine Doppelhaushälfte in einem Neubaugebiet mit einem handtuchgroßen Garten hinter der rückwärtigen Terrasse, Jägerzaun rundum. Dahinter unbebaute Felder. Kurz nach ihrem Abitur waren die Eltern zur Miete hier eingezogen, doch sie hatte sich hier nie wirklich zuhause gefühlt. Während sie durch die Räume ging, sah sie hässliche Szenen vor sich, sie war geflohen, zuerst in die Hochschule, bevor das Theater zu ihrem wahren Zuhause wurde. Das Gesicht des Vaters, erst ungläubig, dann skeptisch, dann widerwillig zustimmend *Vernachlässige bloß nicht dein Studium!*, als sie freudestrahlend von ihrer ersten Rolle am Stadttheater erzählte. Beim nächsten Projekt die offene, wenn auch wegen der eher unbedeutenden Nebenrolle als Tochter des Herrn Ill noch gemäßigte Missbilligung. Dann aber, als sie mit der Seeräuberbraut *Jenny* nach Hause kam, hatte er einen Wutanfall bekommen, die Mutter war wegen der Schreierei aus der Küche herbei gerannt, wollte etwas sagen, er ließ sie nicht zu Wort kommen, sie ging weg und legte sich auf die Couch. Herzschwäche, sie dürfe sich nicht aufregen, sonst könne es einmal ganz plötzlich zu Ende sein, hatte der Arzt gesagt. In der Folgezeit war diese Schwäche zu einer Fluchtburg geworden, einer Rettungsinsel, auf der sie sich Arthurs Ausbrüchen entziehen konnte. Schließlich dann die *Marie* im *Woyzeck* und zwei Monate später die Ankündigung ihrer Heirat.

Sofia hatte sich mit Gleichgültigkeit gegen den zu erwartenden Ausbruch gewappnet. Aber der blieb aus. Der Vater war erstarrt, hatte nur ein hartes *Nein!* heraus gestoßen und war aus dem Zimmer gegangen. Die Mutter hatte sie mit erschrockenen Augen angesehen, als wolle sie nicht glauben, was sie da hörte. "Warum freut ihr euch denn nicht?", hatte Sofia gefragt, "wir lieben uns." – "Ach Kind!" Die Mutter schüttelte den Kopf. "Verstehst du denn unsere Sorge nicht? Die Schauspielerei ist so etwas Ungewisses, wir wollen dir doch nur Enttäuschungen ersparen." Die wären ihr tatsächlich nicht erspart geblieben, hätte sie sich nicht rechtzeitig mit Gleichgültigkeit gewappnet, vorausahnend, dass sie zur Hochzeit nicht erscheinen würden.Danach war der Kontakt auf Glückwünsche zu Geburtstagen oder zum Jahreswechsel zusammen geschrumpft, nicht mehr als eine Routine, die sie der Mutter zuliebe aufrecht erhielt. Meistens telefonisch, selten in persönlichen Besuchen. Umso mehr hatte sie sich gewundert, als sie vor drei Wochen an ihrem Krankenhausbett standen. Vielleicht war es so etwas wie das solidarische Mitgefühl des Nichtgebären-Könnens gewesen, mit dem die Mutter ihr hatte beistehen wollen.

Sofia war unschlüssig. Sollte sie etwas behalten von Möbeln, Hausrat, Bildern, bevor der Rest an irgendeine Organisation gehen würde? Das Klavier auf jeden Fall, wenn sie auch lange nicht mehr darauf gespielt hatte. Das große, gerahmte Foto der Oma aus dem Schlafzimmer der Eltern. Sie öffnete den Geschirrschrank in der Küche. Ja, das feine Porzellan mit dem Mille-Fleurs- Dessin. Bücher? Vielleicht die Biographien- Sammlung.

Sie öffnete Schranktüren, zog Schubläden auf. Kleidung, Wäsche, Aktenordner, Papierkram, den sie flüchtig durchblätterte, Arbeitsunterlagen aus der beruflich aktiven Zeit des Vaters. Gab es ein Testament?

Sie kontrollierte noch einmal den Inhalt der Schubladen. Die oberste Schublade des Sekretärs ließ sich nicht öffnen. Sie zog die ausziehbare Schreibplatte zu sich heran.

Nichts.

Sie kniete sich auf den Boden, öffnete eine nach der anderen die unteren Schubladen und durchwühlte sie nach einem Schlüssel.

Nichts.

Mühsam richtete sie sich wieder auf, ihre Schulter stieß von unten gegen die herausgezogene Schreibplatte, die sich plötzlich nach oben bewegte. Seltsam. Sofia setzte sich auf den Stuhl vor dem Sekretär und kippte die vordere Kante der Platte hoch. Nun ließ sie sich völlig herausziehen und gab den Blick auf den Inhalt frei. Auch nur wieder Papierkram?

Sie blätterte. Mietvertrag, Versicherungsunterlagen, Kaufbelege und Garantieerklärungen, ja, und auch das Stammbuch, nach dem sie gesucht hatte.

Kein Testament.

Eine beschriftete Mappe. Adoptionsunterlagen.

Sie schlug sie auf. Eine Urkunde über die Adoption des Kindes Katharina Groven geboren am 07. 03. 1944 in Hamburg als Tochter der Josefa Groven, geboren am 26.03. 1925, vormals wohnhaft in Volksdorf, Claus- Ferck- Straße 48 und des Schaustellers Heinrich Lowiniszak, geboren am 19.02. 1921, verstorben am 18. 06. 1947 in Volksdorf. Die Urkunde war unterzeichnet mit Datum vom 05.08. 1947 von einem Gotthold Donndorf, Vorsteher des *Rauhen Hauses* in Hamburg.

Sofia hielt das Papier in der Hand, starrte auf die Namen Ihre Augen irrten von einem zum anderen, sie murmelte die Namen vor sich hin, blieb endlich an dem Vornamen des Kindes hängen.

Katharina.

Ina.

Ina Groven also, ihr Geburtsname.

Dann Ina Schwarz.

Jetzt Sofia Berger.

Vielleicht hatte ihre leibliche Mutter sie schon mit diesem verstümmelten Namen gerufen. Oder er war ihr erst in diesem so genannten *Rauhen Haus* gegeben worden. Ein Waisenhaus?

Der hysterische Lachanfall blieb ihr in der Kehle stecken. So viele Namen waren verpflichtend für immer wieder neue Rollen. Die hatte sie ja nun gespielt.

Ihre Mutter – eine Josefa. Sicher eine Abkürzung von Josefine. Oder Josefina.

Seltsam. Diesen Namen hatte sie für sich erwählt, um daraus Sofia zu machen.

Plötzlich überkam sie das Gefühl einer starken Verbundenheit. Ihre Mutter. Ihre Mama. Wo war sie? Lebte sie noch? Woran war der Schausteller Heinrich Lowiniszak gestorben? Ein Schausteller, ein ständig Umherziehender. Die Kirmes auf dem Dorf fiel ihr ein, die jungen Männer, die im Fahrgeschäft arbeiteten, breitbeinig auf den Trittbrettern standen, die Schiffschaukeln mit reiner Körperkraft ins Schwingen brachten, ihre männliche Ausstrah-

162

lung, der Geruch von Abenteuer und weiter Welt, der es ihnen leicht machte, die jungen Mädchen zu verführen. *Eimol op de Kirmes – dä!* So war es wohl gewesen mit dem Heinrich Lowiniszak.

Doch geheiratet hatten sie nicht. Der Krieg? War er Soldat gewesen? Hatten sie deshalb nicht geheiratet? Aber er war zurückgekommen und dann in Volksdorf gestorben. An einer Krankheit oder den Folgen einer Kriegsverletzung? Ein Unfall? Hatte Josefina danach ihr Kind zur Adoption frei gegeben, weil sie es in den harten Nachkriegsjahren nicht mehr ernähren konnte?

Beim nochmaligen genauen Lesen des Dokuments blieb ein Adresszusatz bei ihr hängen: *vormals.* Vormals wohnhaft in Volksdorf. Wohin war sie verzogen? Warum stand da nicht der Wohnort, an dem sie zum Zeitpunkt des Adoptionsvertrages gelebt hatte?

Ein verstörender Zusatz.

Wo war sie jetzt?

Für wenige Minuten war sie hinabgetaucht in eine fremde Vergangenheit. Wie erwachend nahm sie ihre Umgebung zur Kenntnis: Sie saß im Wohnzimmer der Eltern und hielt ein Papier in Händen mit den Namen derer, von denen sie das Leben hatte.

Plötzlich überfiel sie eine grenzenlose Wut.

"Ihr habt es gewusst!", schrie sie und trat mit dem Fuß gegen das Möbelstück. Sie fing an zu weinen. Die Sehnsucht, die sie seit ihrem dreizehnten Lebensjahr antrieb, hatte sie an ein nur halb geöffnetes Tor gebracht, dahinter ihre wahren Eltern. Sie waren da und entzogen sich ihr sofort wieder.

Sie ging zum Fenster und setzte sich in den großen Ohrensessel. Das Dokument auf ihrem Schoß, die Hände darüber, saß sie da und schaute hinaus.

Ein gelbes Kornfeld gab es nun hinter dem Garten, in ihrer Erinnerung war es eine öde, braune Fläche gewesen all die Jahre zuvor. Sie mochte die Augen nicht abwenden von seinem Leuchten, es beruhigte sie wie ein Versprechen.

Sie stand auf und ging wieder hinüber zum Sekretär.

In der Mappe lagen noch andere Papiere, Fotokopien ihrer Geburtsurkunde, Schriftverkehr mit dem *Rauhen Haus,* ein großer, brauner Umschlag, zugeklebt.

Sie öffnete ihn.

Zeitungsausschnitte. Mehrere. Auch komplette Seiten, zusammengefaltet.

Sie nahm sie alle heraus, legte sie auf den Esstisch, schob sie auseinander. Manche waren handschriftlich datiert, andere trugen das Erscheinungsdatum in der Kopfzeile der Ausgabe. Mit einem Markierstift waren einige Stellen und längere Abschnitte gekennzeichnet.

Sofia setzte sich, griff nach dem ihr am nächsten liegenden Artikel.

DIE SCHÖNE UND DER SCHURKE

Gestern in den späten Abendstunden war Volksdorf bei Hamburg der Schauplatz eines Dramas. Nachbarn aus einer im ersten Stock gelegenen Wohnung des Hauses Nr. 48 in der Claus- Ferck-Straße alarmierten die Polizei wegen lauter Streitereien im Erdgeschoß. Die Beamten fanden eine völlig aufgelöste junge Frau vor, die offensichtlich ihren Mann erschlagen hatte. Sie habe ein dreijähriges Kind mit ihm, gab die Frau zu Protokoll, sei aber nicht mit ihm verheiratet gewesen, obwohl er es immer wieder versprochen habe. Da er Schausteller sei, sehe sie ihn nur selten und jetzt habe er gesagt, er käme überhaupt nicht mehr zurück. Dann hätten sie gestritten, und er habe sich über sie lustig gemacht. Du bist noch viel schöner, wenn du wütend bist, habe er gesagt. Da hätte sie rot gesehen und mit dem schweren Aschenbecher nach ihm geworfen. Schließlich sei es ja um ihr Leben und das ihres gemeinsamen Kindes gegangen, da gäbe es nichts zu lachen.

Die Aussage der Frau lässt auf Totschlag schließen, zumal gleich nach der Polizei auch ein Arzt aus der Nachbarschaft am Tatort erschien. Die Frau wollte ihn selbst herbeigerufen haben. Ob es der Wahrheit entspricht, wird ein Gericht entscheiden. Es würde sich strafmildernd auswirken.

Sofia rührte sich nicht, hielt wie betäubt die eingerissene Zeitung mit der altmodischen Druckschrift in der Hand, ihr Verstand weigerte sich zu verstehen. Die Buchstaben flimmerten und tanzten vor ihren Augen. Sie griff nach einem anderen Aus-

164

schnitt, las denselben Inhalt mit anderen Worten, las von Zeugenaussagen, Gerichtsverhandlungen, Anklage, Verteidigung und Urteilsspruch. Zwanzig Jahre Haft wegen Totschlags in einem schweren Fall. Das Gericht hatte einen Vorsatz auf Grund verschiedener Zeugenaussagen nicht völlig ausschließen können.

Etwas stieg in ihr auf, wie aus einer anderen Welt kommend. Etwas von Krieg und Gewalt, Verzweiflung, Wut, von Lebenskampf und Resignation. Sie stand auf, starrte auf die vergilbten, brüchigen Zeugnisse einer Tat, die ihr Leben verändert hatte. Damals wie jetzt. Welches Leben hätte sie gehabt ohne diese Tat? Eines mit ihrer Mutter Josefa? Ohne den Vater?

Sie konnte nicht darüber nachdenken. Alles war so plötzlich über sie hereingebrochen und doch so weit weg. Alles und nichts war vorstellbar.

Sie setzte sich wieder ans Fenster. Die Farbe des Kornfeldes hatte sich unter der tief stehenden Abendsonne in ein sattes Gold gesteigert. Es brannte sich in ihre Augen. Sie hielt den Blick darauf gerichtet wie auf einen Anker, der sie am Leben hielt. Ihr einziges und wirkliches mit den Eltern in diesem Haus. Hier hatten sie gelebt, sie aufgenommen, als ihr die leibliche Mutter weggenommen wurde, hatten ihr eine Heimat geben wollen, eine Chance, etwas aus ihrem Leben zu machen, und es sollte weit entfernt sein von dem, in das sie hinein geboren wurde Nie sollte sie etwas davon erfahren. Sie hatten es gut gemeint.

Nun aber habe ich es erfahren, sagte sie sich, weil sie es versäumt haben, die Zeugnisse aus der Vergangenheit zu vernichten. Und ich kann nicht so tun, als ginge es mich nichts mehr an, weil es schon solange her ist. Wo ist meine Mutter, meine Mama, die Josefa Groven? Zwanzig Jahre Haft sind längst vorbei. Wie sieht sie aus? Ein Foto war in keinem der Berichte. Vielleicht hat sie nach mir gesucht? Muss es nicht schrecklich für sie gewesen sein, mich nicht gefunden zu haben? Aber ich – ich werde sie suchen, ich, ihre Tochter Katharina! Und ich werde sie finden.

Sofia fühlte sich von einem plötzlichen Fieber ergriffen, das ihren Herzschlag hochtrieb. Das Gold des Kornfelds schien mit einem Mal zu lodern. Es ließ auch dieses Zimmer mit den dunklen alten Möbeln heller werden, ließ sie sogar ihr vergangenes Leben in diesen Räumen in einem freundlicheren Licht sehen.

165

Nun, da sie einen Entschluss gefasst hatte, fiel die Lähmung von ihr ab. Da gab es jemanden, der ihr alles erklären konnte. Sie musste ihn nur finden.

Sie schob die Zeitungsausschnitte in den Umschlag, legte alle Unterlagen wieder in die Mappe und nahm sie an sich. Sie verschloss die Schublade mit der darüber geschobenen Schreibplatte. Ein anderes Mal würde sie wiederkommen und ein paar Dinge mit nach Hause nehmen, das Klavier abholen lassen, die Biographiesammlung in eine Kiste packen, das Porzellan in Papier wickeln, die Verteilung des restlichen Hausrats regeln.

Sie durchquerte die dunkle Diele, der muffige Geruch war verschwunden.

Sie schloss die Haustür ab.

Dahinter ein Teil ihres alten Lebens, vor ihr ein neues, dass es zu finden galt.

Sie schlief schlecht in der folgenden Nacht. Hatte wieder einen jener Träume, aus denen sie mit Herzklopfen erwachte, gerade noch rechtzeitig, einer Katastrophe zu entgehen. Sie sollte ein technisches Gerät bedienen, ohne Zweck und Funktionsweise zu kennen, hatte versehentlich einen Schalter gedrückt, gefährliches Rot leuchtete auf, eine Explosion stand bevor. In Panik versuchte sie, die Maschine von der Stromzufuhr zu lösen - vergeblich. Sie wollte weg, lief zur Tür, erkannte die Etagentür der Wohnung im Dorf ihrer Kindheit, konnte sie kaum öffnen. Draußen auf der lichtlosen Treppe hatte sie wieder das Dunkel überfallen und sie war mit einem Ruck aufgewacht. Und konnte nicht wieder einschlafen. Warum wurde sie immer noch von diesen Träumen verfolgt? Das Kapitel Adoptiveltern war beendet, es hatte gestern einen versöhnlichen Abschluss gefunden. Sie war die Tochter einer Frau, die ihren Mann erschlagen hatte. Er wollte sie verlassen. Hatte sie den Mann geliebt? Überhaupt Zeit genug gehabt, ihn lieben zu lernen? Mann *und* Kind verloren. Ein unerwünschter Zufall, das Kind?

Fragen, Fragen. Ihre Mutter hatte die Antwort. Wenn sie sie nur erst gefunden hätte!

Ein Gedanke mit der Gewissheit über das, was zu tun war.

Derselbe Gedanke trieb sie schon am frühen Morgen aus dem Bett.

Während die Kaffeemaschine röchelte und das Brötchen auf dem Toaster röstete, drehte sie die Wählscheibe der Telefonauskunft. Danach die der Hamburger Stadtverwaltung, weiter zum Einwohnermeldeamt, zum Melderegister, sie ließ sich belehren über einfache und erweiterte Meldeauskunft privater Antragsteller. Eine Behördenstimme, knapp formulierend. Nein, telefonisch sei es nur in begründeten Ausnahmefällen möglich, erst recht, wenn es sich um Auskünfte aus dem Archiv handele.

Dann aber, als Sofia hartnäckig blieb, in abweisender Ausführlichkeit Bedingungen herunterleierte. Eine erweiterte Auskunft werde an Privatpersonen nur bei Glaubhaftmachung eines berechtigten Interesses erteilt oder könne zusätzlich erfolgen über frühere Vor- und Familiennamen, Tag und Ort der Geburt, frühere Anschriften, Sterbetag und -ort, Familienstand, sei beschränkt auf die Angabe, ob verheiratet oder eine Lebenspartnerschaft führend oder nicht, Tag des Ein- und Auszugs, Vor- und Familiennamen sowie Anschrift des Ehegatten oder Lebenspartners. "Hierbei fallen für jedes abgefragte kommunale Melderegister die entsprechenden Gebühren an", fügte der Mann hinzu, der sich gestört zu fühlen schien. "Am besten, Sie kommen persönlich unter Vorlage des Personalausweises zu den angegebenen Öffnungszeiten." Die ratterte er dann auch noch herunter.

Sofia goss den Kaffee in die Tasse, Milch dazu, strich Marmelade auf das Brötchen und setzte sich an den Küchentisch. Sie war noch nicht genügend erholt, sich jetzt, sofort, noch nicht einmal drei Wochen nach der OP, auf eine Reise zu begeben. Zu anstrengend mit Behördengängen und Nachforschungen. Vielleicht in einer Woche.

Das Telefon klingelte. Irma wollte sie am Nachmittag besuchen. Sie habe Christina in der Stadt getroffen, die habe von ihrem Besuch erzählt. Die unausgesprochene Frage nach dem Verlauf dieses Besuchs schwang in ihrer Stimme. Den Kuchen bringe sie mit, sagte sie.

Sie kam kurz nach vier, die lackschwarze Mireille-Mathieu-Frisur wie ein Rahmen um ihr Schneewittchen- Gesicht. Sofia arrangierte den Kuchen auf der Meißner Platte, der gegebene Moment, Irmas Neugier zu befriedigen.

"Sie hat sich selbst verraten, ohne es zu merken", sagte Sofia, "eine schlechte Schauspielerin, die Stichworte ignoriert."

Danach bewunderten beide Hans-Peter und Toni von allen Seiten. Auch dies ein gegebener Moment für Sofia, Irma mehr von Martin zu erzählen.

Eine Woche später, am Montag, rief Martin wieder an. Er druckste herum und rückte schließlich damit heraus, wie langweilig ihm sei. Sein Freund war für eine Woche bei seiner Tante, auch andere Kinder waren in den Ferien bei Verwandten. Mit seiner Mutter hatte er einmal telefoniert, sie konnte ihn nicht besuchen.

Sofia holte ihn ab. Sie gingen ins Kino, sahen sich einen Walt Disney Film an. Danach nahm sie ihn mit nach Hause, es gab Butterbrote und kalte Milch zum Abendbrot. Und natürlich Mau Mau. "Zum Nachtisch", bettelte Martin, und als ihm einmal nicht genug war: "Zuviel Nachtisch verdirbt den Magen", entschied Sofia, packte ihn ins Auto und brachte ihn zurück.

*

Am Mittwoch saß sie im Zug nach Hamburg und versuchte, ihre zwiespältigen Gefühle zu ordnen. Sie war unterwegs in eine Stadt, die jetzt Stefans Stadt war. Sie würde die Luft dort atmen, aber nicht in seiner Gegenwart. Die räumliche Entfernung zwischen ihnen schrumpfte mit jedem Kilometer, die innere konnte sie nicht überbrücken. Jetzt nicht. Und vielleicht nie mehr.

Grüble nicht, befahl sie sich, nutze die Zeit.

Sie nahm sich ihr Script vor. Den Text memorierend wandte sie den Kopf zum Fenster. Unter den Wolken glitt Landschaft vorüber, nicht mehr als ein bewegter Hintergrund für das Reden im Kopf. Die Strecke führte am Fluss entlang. Mit einem Mal kam die Sonne heraus, unter dem plötzlich entblößten Himmel glänzte das Wasser wie flüssiges Metall. Licht durchflutete das Abteil, schuf wellentanzende Spiegelbilder auf dem Fensterglas, draußen, über den vorbei zuckenden Schienen, schwebte das Abteil wie eine Parallelwelt. Darin Schemen von Fahrgästen, hinter ihren transparenten Schattenrissen Häuser, Himmel und Baumreihen im Vorbeirasen. Mit einem Paukenschlag donnerte ein Gegenzug an der flussseitigen Flanke des Zuges vorbei und wischte die poetischen Spiegelbilder mit grau wabernden Streifen hinweg, nur noch die Bäume zeichneten huschende Silhouetten auf die Scheibe.

Sofia ließ sich ablenken. Die Wirklichkeit und eine alles vertauschende Kulissenschieberei, die Wahrheit und ihre Verwandlung in Schein – das alles schien ihr ins Bild gefasst in diesen wenigen Augenblicken, während sie auf einer Reise war, die Wahrheit zu finden. Wenn sie sich überhaupt finden ließ.

Am Hamburger Hauptbahnhof nahm sie ein Taxi zum Hotel Ibis. Schon um zehn Uhr am nächsten Morgen stand sie im Bezirksamt Harburg, Fachamt Einwohnerwesen und schob dem Beamten ihren Personalausweis, ihre Geburtsurkunde, Stammbuch und Adoptionsunterlagen über den Tresen.

"Sie sind richtig hier", bemerkte der Mann nach dem ausgiebigen Studium der Unterlagen, "allerdings hätten Sie sich den Weg sparen können. Die Daten über den Aufenthaltsort der Josefa

Groven datieren aus 1947, die hätten wir auch postalisch versenden können. Für frühere Meldedaten wäre das Staatsarchiv Hamburg zuständig gewesen."

Er tippte auf die Adoptionsurkunde.

"Wir haben also hier Vor- und Zunamen der gesuchten Person, das Geburtsdatum und die Anschrift in Volksdorf. Dort kann sie aber zum Zeitpunkt der Ausfertigung des Adoptionsdokumentes nicht mehr ansässig gewesen sein kann. Ist das richtig?"

Sofia bestätigte. Sie hielt es für unnötig, einem Staatsdiener zu sagen, dass sie die Art des Aufenthaltsortes der Josefa Groven zu kennen glaubte. Ein Gefängnis, vermutlich eines in Hamburg.

Der Beamte durchforstete Akten, Dokumente, Listen, sein Finger fuhr endlose Zeilen entlang. Endlich die Auskunft. Sie war knapp.

"Die von Ihnen Gesuchte war zum Zeitpunkt der Unterzeichnung in der Justizvollzugsanstalt Fuhlsbüttel. Hilft Ihnen das weiter?"

"Danke", nickte Sofia, packte ihre Papiere zusammen und ging.

Sie fuhr zurück ins Hotel und telefonierte. Wieder eine beamtete Stimme, ebenso knapp.

"Auskünfte über Inhaftierte werden nur bei persönlichem Erscheinen und Glaubhaftmachung eines berechtigten Interesses erteilt, etwa bei erwiesener Verwandtschaft."

Am frühen Nachmittag stellte sie sich als Tochter der Josefa Groven in der Strafanstalt Fuhlsbüttel vor. Obwohl sie sich bemühte, kühl und sachlich zu erscheinen – niemand konnte wissen, dass sie ihrer Mutter zum ersten Mal in ihrem erinnerbaren Leben begegnen würde –, hatte sie starkes Herzklopfen. Die Auskunft nahm ihr für den Moment das Herzklopfen.

"Josefa Groven wurde 1956 verlegt, weil das Frauengefängnis hier als Teil der JVA endgültig geschlossen wurde und die Inhaftierten in die Vollzugsanstalt *Am Hasenberge* im Stadtteil Ohlsdorf eingewiesen wurden. Dort müssten Sie also nachfragen", empfahl ihr der Beamte.

Sofia stöhnte.

Also weiter zur Ohlsdorfer Anstalt.

Die Eingangsfassade wurde beherrscht von einem riesigen Tor, ein schwarzes Loch, alles in sich einsaugend, flankiert von zwei kleinen Fenstern in den oberen Ecken, ihre Scheiben blinkten wie die Brillengläser vor einem kontrollierenden Augenpaar.

Wieder fühlte sie ihr Herz hinter den Rippen.

Die Beamtin, eine ältere Frau mit straffer Frisur, kontrollierte sorgfältig alle Schriftstücke. Ab und zu sah sie Sofia prüfend an. Dann blätterte sie in Aktenordnern, nickte schließlich.

"Ja, ja, ich weiß es noch."

"Was wissen Sie noch?"

Die Frau schloss die Akten, legte beide Hände darauf und sah Sofia über den Rand ihrer Brille hinweg an.

"Es tut mir leid, Frau Berger, Sie kommen zu spät. Viel zu spät. Ihre Mutter ist vor sechs Jahren gestorben, hier in der Anstalt, kurz vor ihrer Entlassung. Blinddarmdurchbruch. Es ging alles sehr schnell."

Sofia schüttelte den Kopf, als wolle sie sagen, dass sie nicht verstand. Verstand schließlich, dass das Tor zur Vergangenheit, vor ein paar Tagen noch zum Greifen nah, sich nicht weiter öffnen würde. Sie hatte Mühe, die Bitterkeit dieser Erkenntnis vor der fremden Frau zu verbergen.

"Ich arbeite seit knapp zehn Jahren in diesem Haus und erinnere mich an Ihre Mutter, wenn wir auch keinen näheren Kontakt hatten."

Die Beamtin holte einen anderen Ordner, blätterte wieder, löste Klammern und entnahm ihm eine Klarsichthülle mit einem braunen Umschlag.

"Hier." Sie reichte Sofia die Hülle. "Wir bewahren in der Regel persönliche Dinge der in der Haft Verstorbenen nur für eine gewisse Zeit auf. Für den Fall, dass Angehörige danach fragen. Sie haben Glück. Das hier ist noch da."

"Danke", murmelte Sofia ohne aufzusehen, steckte die Hülle ein, ging nach draußen, über den Vorplatz, es war heiß, der Spätnachmittagsverkehr umbrandete sie, sie fand ein Taxi, ließ sich auf den Rücksitz fallen, blickte auf vorbei gleitende Fassaden, Passanten, Verkehr, drückte vor dem Hotel dem Taxifahrer eine Banknote in die Hand, stieg aus, durchquerte die Halle und nahm den Aufzug in den zweiten Stock. In ihrem Zimmer warf sie sich aufs Bett. Sie fühlte sich leer, wie abgeschnitten von ihrem Leben, unfähig, irgendetwas zu tun, zu planen, zu denken.

All ihre Energie fiel von ihr ab, hatte sie nur dazu gebracht, mit aller Kraft vor eine Wand zu laufen.

Sie lag da, starrte an die Decke.

Ihr Schulterblatt schmerzte. Etwas Hartes lag darunter. Die Tasche, achtlos von ihrer Schulter gerutscht, als sie sich aufs Bett hatte fallen lassen. Sie zog sie am Riemen unter ihrem Rücken hervor, öffnete sie. Der Umschlag! Das einzige und wenige, das ihr geblieben war!

Sie setzte sich auf, öffnete ihn.

Eine zusammengefaltete Buntstiftzeichnung, ein winziges Zellophantütchen mit einer rötlichen Locke, wenige Schwarz-Weiß-Fotos in einem Briefumschlag. Auf dem ersten eine junge Frau, die ein etwa einjähriges Kind auf dem Arm trägt, die dichten, kinnlangen Haare in seitlichen Wellen von Klammern gehalten, lächelnd, das Kind, die rechte Hand auf dem Oberarm der Mutter, mit großen Augen und halb offenem Mund, beide eine Person außerhalb des Bildes ansehend.

Ein anderes Foto, dasselbe Kind im Babyalter, vielleicht ein halbes Jahr alt, vorgebeugt auf dem Schoß einer grauhaarigen Frau, sie hält es mit beiden Händen um den Bauch gefasst, ringt sich ein Lächeln ab, das Kind, neugierige Augen, mit offenem Mund lachend, eine winzige hoch gebürstete Locke auf dem Oberkopf, umfasst seine Fußspitzen mit beiden Händchen.

Das dritte Foto, wiederum das Kind, vielleicht zwei oder an die drei Jahre alt, mit einer übergroßen Schleife in den Locken, wie es an einem von Bildern bedeckten Tisch sitzt, das Gesicht dem Betrachter zuwendet, teilweise verdeckt von Rücken und Hinterkopf einer Frau. Sie beugt sich zu dem Kind hinunter. Eine Wolke von aufgelöstem Haar, wellig, sich kräuselnd.

Sofia starrte auf das Haar. Es schien sich rot zu färben vor ihren Augen, leuchtete auf, sie fühlte sich plötzlich von Dunkelheit umklammert, das Gesicht des Kindes verschwamm, ein anderes tauchte auf mit seitlich abgeknicktem Blick, eine Stirnwunde, aus der ein dünner Blutfaden sickerte, sie sah das Haar darüber lodern, hörte Schreie, Lärm brach über sie herein.

Sie starrte auf das Foto, bis sie selbst anfing zu schreien, laut und ungehemmt. Ihr Kopf schlug in den Nacken, das Foto in beiden Händen, sich mit den Armen auf und ab bewegend, schluchzte und weinte sie, ihr Körper schwankte vor und zurück, die Stimme krallte sich in der Kehle fest, sie rang nach Luft, verkrampfte sich im Schrei. Sie wollte aufhören zu weinen, ihr Körper weigerte sich. Das Entsetzen, seit ihren Kindertagen in ihr eingekapselt, entlud sich in einer Explosion. Sie konnte sie nicht stoppen. Dann, endlich, gab sie nach, ließ sich fallen, ließ das Weinen zu. Es wollte nicht aufhören, schwemmte aus ihr heraus, was seit dem furchtbaren Geschehen damals in ihr hockte und sie in ihren Träumen heimsuchte. Die Nacht, die Schreie, die sie, kaum drei Jahre alt, geweckt hatten, voller Angst war sie durch das nächtliche Haus bis ins Wohnzimmer geirrt, sah ihre Mutter im Dunkeln auf dem Boden sitzen, lief zu ihr, beugte sich über ihre Schulter, Scheinwerferlicht eines Autos zuckte durchs Fenster und beleuchtete sekundenlang die Szene: Das Gesicht des toten Vaters, halb verdeckt von den roten Haaren der Mutter, die sich schreiend über ihn geworfen hatte.

Mehr wusste sie nicht. Alles, was unmittelbar danach geschah, hatte sie nicht mehr wahrgenommen.

Nach Minuten, endlich, fand sie sich wieder als Sofia Berger. Sie saß auf ihrem Bett im Hotel Ibis, Hamburg. Aus dem Flur vor ihrer Zimmertür drangen Geräusche, klappernde Räder eines Servierwagens, Stimmen, Lachen, eine Tür wurde vehement ins Schloss gedrückt. Sie stand auf, ging zum Fenster, öffnete es. Straßenlärm flutete herein, die Tageshitze überfiel sie. Ein ganz gewöhnlicher Sommerabend im Jahr 1972.

Sie setzte sich wieder aufs Bett. Vor ihr lag, was sie als Vermächtnis ihrer Mutter ansehen konnte. Sie nahm noch einmal das erste Foto in die Hand, versuchte, sich zu erinnern. Ihre Mutter. Die Haare in glatten Wellen aus dem Gesicht genommen, von Klammern gebändigt, wie es die Mode in den Vierzigern war. So lieb sah sie aus, wie sie ihr Gesicht an das des Kindes drückte! Eine wirkliche Erinnerung an diese Züge wollte sich nicht einstellen, nur ein diffuses Gefühl von Vertrautheit und Zuneigung. Den Gesichtsausdruck der alten Frau – es musste ihre Großmutter sein – wusste sie nicht einzuordnen. Das Kinn angehoben, kühler Blick unter halb gesenkten Lidern, bemühte Freundlichkeit in den Mundwinkeln. Das Leben war wohl nicht einfach für sie gewesen mit einer Tochter und einem Enkelkind ohne gesetzlichen Vater.

Sie öffnete das Tütchen, nahm die rote Locke in die Hand. Seidenweiches Kinderhaar, ihr eigenes. Tat es wieder zurück. Betrachtete die Zeichnung. Dünne Buntstiftlinien, blau, grün, rot, viel braun, etwas gelb. Kleine Kreise mit Strichgesichtern auf großen Kreisen, Strichbeine und Stricharme, viele ovale Formen mit bunten Wellenlinien drin. Vater, Mutter, Kind mit Ostereiern. Ein Datum auf der Rückseite: *9. April 1947* Die Schrift ihrer Mutter? Schmal, schlanke Buchstaben, leicht nach rechts geneigt. Auf dem Briefumschlag das gleiche Schriftbild in der Adresse: *An Herrn Arthur Schwarz und Frau*, mit rotem Stift durchgestrichen, daneben *Unbekannt verzogen*. Der Poststempel war schlecht zu lesen, einzig die Jahreszahl 1958 noch zu entziffern.

"Genug ... es ist genug ...genug ", murmelte Sofia. Zuviel hatte die Schreiberin des Briefes verloren. Den Mann, die Freiheit, das Kind, ehe sie auch das Leben verloren hatte. Wie oft mochte sie versucht haben, etwas über mich zu erfahren, dachte Sofia, wie oft hat sie eine Antwort bekommen, ehe sie nach unserem Umzug nach Burgdorf völlig ausblieb. Arthur und Anneliese Schwarz hatten den Kontakt nicht gewollt.

Sie stand auf, trat zum offenen Fenster, blickte hinaus auf Menschen, Asphalt und Verkehr, bis ihr Blick verschwamm. Was war übrig geblieben von ihrer Mutter? Ein Umschlag mit dürftigem Inhalt. Ein Name in den Akten und im Archiv einer Tageszeitung.

Ein Grab.

Irgendwo.

Sie würde es finden.

Am nächsten Morgen stand sie wieder in Ohlsdorf vor der Beamtin mit der straffen Frisur. Wiederum wurden die Akten befragt.

"Ihre Mutter wurde nicht auf dem Gefängnisfriedhof beigesetzt. Wahrscheinlich gab es Angehörige, die sie zur Bestattung abgeholt haben. Am besten fragen Sie da nach, wo sie zuletzt vor ihrer Inhaftierung in 1947 gewohnt hat."

Vor fünfundzwanzig Jahren also. Wenig Erfolg versprechend.

174

Sie nahm ein Taxi.

"Nach Volksdorf, bitte."

Der Fahrer nickte. Sofia warf noch einen Blick auf die Adoptionsurkunde. "In die Claus-Ferck-Straße 48."

Der Wagen hielt vor einem Eckhaus, rötlicher Backsteinbau mit vorgebautem Erker im Erdgeschoss, steiles Dach, kein Vorgarten. An der seitlichen Eingangstür drei Klingelknöpfe, auf dem obersten *Groven*.

Sie drückte augenblicklich die Klingel, wollte sich keine Zeit für Vermutungen geben, wer es wohl sein konnte, der diesen Namen trug. Ihr Geburtsname. Sie war die Katharina Groven.

"Ja? Wer ist da?"

Eine Frauenstimme. Keine junge Stimme.

"Katharina", sagte Sofia ohne nachzudenken. Verbesserte sich sofort: "Entschuldigung … ich heiße Sofia Berger und komme wegen … ich habe Josefa Groven gekannt."

Eine Weile war Stille.

"Moment bitte."

Sofia wartete.

Dann Schritte hinter der Tür. Sie wurde geöffnet, eine alte Frau sah sie misstrauisch an. Weißes Haar in einem dicken Nackenknoten zusammen gedreht, ein paar Strähnen hatten sich gelöst und umstanden wirr das Gesicht.

"Was wollen sie? Meine Tochter lebt schon lange nicht mehr."

Es gab keine Worte, die Sofia hätte sagen können, sagen wollen. Sie hielt der Frau die Adoptionsurkunde entgegen. Die sah darauf herunter, bewegte die Lippen, ohne das Papier in die Hand zu nehmen, richtete ihren Blick wieder auf Sofia. Sie schien verwirrt. Sofia tat einen Schritt auf sie zu, nahm ihre Hand und legte ein Foto hinein: Ein Baby auf dem Schoß seiner Großmutter.

Die alte Frau betrachtete das Foto, blickte auf, unruhig.

"Woher haben sie das?"

"Ich … ",

Sofia zögerte, wusste nicht, wie sie die Frau anreden sollte, die ihre Großmutter war, aber nicht verstehen wollte.

"Ich bin Ihre Enkelin, Frau Groven", sagte sie.

"Ich habe keine Enkelin, ein Bankert war das. Gehen Sie. Da!"

Unwirsch reichte sie das Foto zurück, wollte weg.

"So warten Sie doch, Frau Groven."

Sofia umfasste die Hand mit dem Foto, hielt ihr ein anderes hin.

"Sehen Sie, hier, erkennen Sie Ihre Tochter auf diesem Foto? Das Kind auf ihrem Arm bin ich, Ihre Enkelin Katharina."

"Ich habe keine Tochter mehr, ich habe keine Enkelin, alle sind weg. Gehen Sie auf unseren Friedhof, da sind sie." Abrupt drehte sie sich um.

Sofia sah ihr nach, ihrer Großmutter, die nicht ihre Großmutter sein wollte. Die nichts erzählen wollte von ihrer Tochter, der Josefa, vielleicht auch nicht mehr konnte, weil das Leben sie verwirrt hatte. Auch diese Tür in die Vergangenheit würde geschlossen bleiben.

Sofia zog die offene Haustür zu.

Auf der Straße fragte sie eine mit Einkaufstüten beladene Frau nach dem Friedhof. Der liege in der Duvenwischen, da brauche man eine halbe Stunde, erst geradeaus die Claus- Ferck- Straße hinunter und dann abwechselnd nach rechts und links und dann wieder rechts und links. "Am besten, Sie fragen noch einmal nach. Ist ein bisschen weit, aber er ist sehr schön, unser Waldfriedhof."

Sofia entschied zu laufen, wollte die Straßen und Häuser anschauen, die ihre Mutter gekannt hatte. Wenn sie heute wohl auch hie und da einen anderen Anblick bieten mochten als vor dreißig Jahren.

Sie ließ sich Zeit, schlenderte, blieb stehen, ging andere Wege, als ihr gesagt wurde, Umwege brachten sie in den früheren Ortskern. Fachwerkhäuser hinter hohen Bäumen, gepflasterte Höfe mit bäuerlichem Gerät wie es früher im Gebrauch gewesen war, eine alte Kirche wie eine Trutzburg mit kantigem Turm, sein steiles Dach zeigte wie ein angespitzter Bleistift zum Himmel. Davor der Marktplatz. Früher sicher auch der Kirmesplatz. Ob Josefa Groven hier den Schausteller kennen gelernt hatte, den Heinrich Lowiniszak?

Sofia versuchte sich ihren Vater vorzustellen, während sie durch die Straßen ging. Immer, wenn sie meinte, nun das Gesicht des Toten zu erkennen, halb verdeckt von den roten Haaren ihrer Mutter, so, wie es gestern aus dem Foto zu ihr aufgestiegen war, entzog es sich ihr sofort wieder. Es gab nur den erloschenen Blick unter halb geöffneten Lidern und die blutige Stirn.

Ein kurzer Fußweg führte von der Straße zum Friedhof hinüber. Sofia studierte den Plan am Eingangstor, informierte sich über die Belegung nach Jahreszahlen, Familien, NS- und Kriegsopfern. Nah dahinter gab es eine Kapelle. Sie schaute kurz hinein in einen kleinen Gebetsraum mit schmucklosem Altar, ging über die Wege zwischen Gräbern, locker aneinander gereiht unter hohen Fichten. Die späte Nachmittagssonne lag wie ein tröstliches, auch feierliches Licht hoch über allem.

Sie brauchte eine Weile, bis sie das Grab am Rand einer noch unbelegten Wiesenfläche gefunden hatte. Ein schmaler weißer Stein mit eingemeißeltem Namen in einem Buchsbaumcarré. Hier war lange nichts mehr beschnitten worden. Verwilderte Stiefmütterchen, dazwischen hoch aufgeschossenes Unkraut. Ein vergessener Platz. Sie bückte sich, zog das wild Wuchernde heraus. Die Gänsedistel, den gewöhnlichen Storchschnabel, die Wolfsmilch, die rote Taubnessel, sie sprach die Namen, noch geläufig aus der dörflichen Kindheit, aus Spiel und Umherstreifen auf Feldern, Wiesen, im Wald und in Gärten vor sich hin.

Es war ihr, als erzähle sie ihrer Mutter von diesen Erlebnissen, während sie sich in schnell wechselnden Bildern in ihrem Kopf abspulten. Sie stand vor dem mit staubigem Grün eingezäunten Stück Erde, zwei mal ein Meter groß, in der Rechten ein Bündel herausgerissenen Unkrauts und sah auf den Fleck, unter dem ihre Mutter seit nunmehr sechs Jahren lag, erinnerte sich an das andere Grab, das doppelte, das offene, vor dem sie vor vier Wochen gestanden hatte. Ein Gefühl, etwas verloren zu haben, war nicht dabei gewesen, als sie zum Abschied die Lilien hinunter geworfen hatte, so war es eben Brauch bei einer Beerdigung. Hier stand sie nun mit wild gewachsenen Kräutern in der Hand, Erdkrümel unter den Fingernägeln, blickte hinunter und fühlte sich angekommen. Sie setzte sich auf den Boden am Rand der Wiese.

Still, die Arme um die Knie gelegt, saß sie da und sah auf das Grab, über die Wiese hinweg hoch hinauf zu den Fichten, in den Himmel, das langsam erblassende Blau, fühlte den kühleren Luftstrich des Abends auf ihren bloßen Armen, die Stille war ein Rauschen in ihrem Ohr.

Dann stand sie auf und ging zurück.

Im Zug war es heiß, die Luft stickig, die Gänge verstopft.

Sofia hatte sich spontan entschlossen, noch am Abend zurück zu fahren. Freitagabend, Wochenendreisende. Das hatte sie nicht bedacht, wollte nur schnell zurück. Sie stand im Vorraum, eingepfercht zwischen Leuten, Koffern und Rucksäcken, die Räder eines Kinderwagen samt Baby schoben sich fast auf ihre rechte Fußspitze. Das Kind hing schief angegurtet in seinem Sitz, lutschte am Schnuller, an dem ein klitzekleiner Stoffhund baumelte, ließ das rechte Füßchen lässig hin und her schwingen und schaute vergnügt nach oben von einem zum andern, rundum in all die vielen Augen. Lächelnde Augen, lächelnde Münder, einer schnalzte auffordernd mit der Zunge, vielleicht hatte er eine Katze zuhause. Dann wanderten die Augen zur Mutter, die stolz und etwas verlegen auf das Kleine schaute. Der Zug hielt, die Mutter schob den Wagen zur Tür durch die schmale, sich bereitwillig öffnende Menschengasse. Sie sagte *Wiedersehn,* und alle erwiderten den Gruß, selbst der alte Mann neben Sofia hob kurz die hängenden Augenlider.

Irgendwann fand sie, erschöpft vom langen Stehen, endlich einen Platz.

Das Gartentor stand offen, als sie spät in der Nacht aus der Taxe stieg, so, als sei jemand schon vor ihr hinein gegangen und habe es für sie offen stehen lassen. Im Hineingehen zog sie die Post aus dem Briefkasten.

Drinnen fühlte sie die Leere wie eine Kälte um sich herum, obwohl die Tageshitze kaum nachgelassen hatte. Sie legte sich ins Bett, deckte sich nur mit einem Betttuch zu, zog es über ihren Kopf und wickelte sich darin ein.

Das Wochenende und die ganze folgende Woche verbrachte sie allein. Sie schlief lange, las viel, hörte Musik. Einmal rief Irma an und wollte sich mit ihr in der Stadt treffen, aber Sofia lehnte ab und sprach von Ruhebedürfnis. Sie wollte niemanden sehen.

Nicht, bevor sie sich in das hineingefunden hatte, was zu ihr gehörte. Das ging nicht auf der Bühne, das wusste sie nun.

Sie ging in den Garten, plünderte die Rosensträucher und füllte die größte Vase. Stellte sie auf den Schreibtisch, setzte sich hin und schrieb einen Brief an ihre Mutter.

Meine liebe Mutter,
wenn du noch lebtest, könnte ich dir diesen prachtvollen Strauß in die Hand geben. Nun duften und entfalten sich die Rosen auf meinem Schreibtisch und ich stelle mir vor, wir säßen beide hier zusammen und freuten uns gemeinsam an ihnen.
Deine Tochter, die dich liebt, ohne dich zu kennen.

Sie faltete das Blatt und legte es unter die Vase.

Nach ein paar Tagen, als der Strauß zu welken begann, legte sie ein paar Rosenblätter mit dem zusammen gefalteten Brief und dem, was sie als das Vermächtnis ihrer Mutter ansah, in einen großen Umschlag und beklebte die Oberseite mit der Buntstiftzeichnung.

Am Montag der darauf folgenden Woche fuhr sie ins Krankenhaus zur abschließenden Untersuchung. Dr. Klapphofer weilte unabkömmlich im OP, Oberarzt Dr. Wingen vertrat ihn, fragte Sofia nach eventuellen Problemen. Sie verneinte und wurde mit guten Wünschen und der Empfehlung *Sportliche Tätigkeit in Maßen* verabschiedet.

Am nächsten Tag war es wieder sehr heiß. Schon am frühen Morgen öffnete sie alle Fenster und Türen zum Garten, der Hahn in seiner luftigen Höhe tanzte im Durchzug. Eine Weile stand sie am Schreibtisch und sah aufs Telefon. Dann hob sie ab.

Sie wolle Martin sprechen, sagte sie der freundlichen Dame im Don Bosco Kinderheim.

"Welchen Martin meinen Sie denn, Frau Berger? Wir haben mehrere."

Ja, natürlich! Noch nicht einmal seinen Nachnamen wusste sie!

"Den, der in der Mutter Courage mitgespielt hat, er wird demnächst acht, hat er mir gesagt."

"Martin Sommer also. Ich werde ihm sagen, dass er zurückrufen soll. Mal schauen, wo er ist."

Zehn Minuten später war er dran.

"Hast du Lust, ins Schwimmbad zu gehen, Martin? Ich hol dich ab."

Wie erwartet war er Feuer und Flamme. Als Sofia nach einer dreiviertel Stunde vorfuhr, stand er schon im Eingangsportal des Heims, ein zusammengerolltes Handtuch unter dem Arm und hüpfte von einem Bein aufs andere.

"Die Badehose hab ich schon an", sagte er beim Einsteigen. Und als sie losfuhren: "Gehst du denn nicht lieber mit deinem Mann ins Schwimmbad? Oder muss der immerzu arbeiten?"

"Er arbeitet jetzt viel in einer anderen Stadt, Martin. In Hamburg, an einem berühmten Theater."

"Dann bist du viel allein?"

Sofia nickte.

Martin schwieg. Das kannte er wohl.

Im Schwimmbad wurde das Programm *Mutter-mit-Kind* abgespult. Sofia hatte ein Buch zu ihren Badesachen gepackt, aber zum Lesen kam sie erst mal nicht. Martin zappelte vor ihr herum, sie solle auch mit auf die große Rutsche, ein Vergnügen, das sie an ihre Kindheit erinnerte. Mit dem Fahrrad waren sie zur Wegabkürzung über Feldwege ins Schwimmbad gefahren, erst recht dann, wenn es ihr verboten worden war. Erstaunt und erleichtert nahm Sofia wahr, dass die Erinnerung an die Adoptiveltern nicht mehr bedrückend war, auch das Wissen um ihre wahren Eltern empfand sie nicht als Last. Ihre Mutter, die Josefa, wäre mit ihr, der Tochter Katharina, auch zum Schwimmen gegangen, und das Gleiche tat sie nun mit Martin.

Das Schwimmen musste sie ihm allerdings nicht beibringen. So wie auf festem Boden bewegte er sich auch im Wasser: schnell, zappelig, mit Freude an der Bewegung, die nassen Haare klebten in Büscheln um seinen Kopf, er prustete, sprang platschend vom Beckenrand ins Wasser und demonstrierte seine Tauchversuche.

Später im Bistro gab's Pommes und Bratwurst für beide, Cola für Martin, ein großes Helles mit viel Schaum für Sofia.

"Schmeckt das?", wollte Martin wissen.

"Probier's!"

Er steckte seine Nase fast hinein, schlürfte, und tauchte mit weißem Schaumrand über der Lippe wieder auf.

"Nee, das ist ja bitter!"

Er verzog die Nase und nahm den Strohhalm der Cola wieder zwischen die Zähne.

Danach auf dem großen Badetuch gab's eine Partie Mau Mau. "Zum Nachtisch", bettelte er, "und heute gibt's ganz viel Nachtisch."

Aber der schmeckte ihm heute nicht wie sonst, weil er dreimal hintereinander verlor. Als er beim vierten Spiel wieder zu verlieren drohte, schmiss er die Karten hin, schrie: "Du schummelst!", und rannte weg.

In der folgenden Stunde widmete Sofia sich ihrem Buch. Nach einer Stunde war er immer noch nicht zurück und sie begann, sich Sorgen zu machen. Sie stand auf und ging hinüber zum großen Becken, fand ihn aber nicht im Wasser.

Auf der Wiese neben dem Nichtschwimmerbecken war eine Rangelei im Gange, drei größere Jungs feuerten zwei kleinere an. Einer von den kleineren war Martin. Mit hochrotem Gesicht schlug er auf den anderen ein und versuchte, sich auf ihn zu setzen. Dabei schrie er immerzu. "Du lügst, du lügst, du blöder Wichser!"

Sofia lief hin, griff nach seinem Arm und zerrte ihn hoch.

"Was ist los, was macht ihr da, hört auf damit!"

"Der da hat mich beklaut!", schrie der andere Junge und rappelte sich hoch, "der hat mir mein Geld vom Tresen geklaut, als ich bezahlen wollte."

"Hab ich nicht, hab ich nicht", schrie Martin und wollte wieder auf ihn los.

"Doch, hast du wohl!"

"Wo soll ich's denn haben!", schrie Martin, stellte sich breitbeinig hin, streckte beide Arme in die Luft und spreizte die Finger.

"In die Badehose hast du's gesteckt, als du weggelaufen bist, ich hab's genau gesehen!"

Alle starrten auf die Badehose. Martins Arme fielen schlaff herunter, seine Lider flatterten. Die unangenehme Vorstellung, jemand würde ihm die Hose herunter reißen, malte sich in seinem Gesicht. Dann wechselte der Ausdruck, der Blick entspannte sich, die Mundwinkel hoben sich. Mit zwei Fingern griff er an der Hüfte in seine Hose, zog einen Fünfmarkschein heraus und hielt ihn wie eine Trophäe mit ausgestrecktem Arm hoch in die Luft.

"Ich wollte ja nur mal sehen, wie schnell du laufen kannst", meinte er lässig.

"Selber blöder Wichser", schrie der andere und riss den Schein an sich.

"Was war das eben?", fragte Sofia, nachdem die Gruppe sich zerstreut hatte, "wolltest du Theater spielen? Es war nicht gut gespielt und ich hab's nicht geglaubt. Warum hast du das gemacht?"

Martin druckste herum. Er habe eigentlich das Geld nicht nehmen wollen, aber der andere habe gerade mal weggeguckt und er habe auch ein Eis kaufen wollen.

"Auch eins für dich", meinte er mit treuherzigem Augenaufschlag. Aber er habe ja kein Geld gehabt. "Und da ist das einfach so über mich gekommen, ich konnt' gar nix dazu." Und dann sei er gerannt. "Und ich kann gut rennen", fügte er voller Stolz hinzu.

"Aber du weißt schon, dass du jetzt nur nach Entschuldigungen suchst, Martin, und ich verstehe auch, dass es dich wurmt, dass andere Jungs so viel haben und du vielleicht wenig. Ist das so?"

Er nickte heftig.

182

"Wenn du meinst, du brauchst etwas, kannst du's mir ja sagen. Vielleicht bin ich ja dann auch deiner Meinung."

Der Rest des Tages verlief so, wie sich Mütter und Kinder einen schönen Sommernachmittag im Schwimmbad vorstellen.

Am Abend, nach der Rückfahrt zum Heim, ging Sofia kurz ins Büro der Vorsteherin. Ja, Martin sei ein lieber Kerl, bestätigte sie, er neige allerdings zu Jähzorn und kleinen Lügereien, die er als erfundene Geschichten präsentiere und mit Charme zu verkaufen wisse. Es sei darauf zu achten, dass sich diese Fähigkeit nicht zu einem üblen Charakterzug entwickle.

Sie hatte zu Sofia gesprochen, als sei sie zuständig für Martins Erziehung. Bin ich aber nicht, dachte Sofia, als sie die Haustür aufschloss. Obwohl … vielleicht … sie dachte den Gedanken nicht zu Ende, ging in den Garten, legte ihre Badesachen zum Trocknen über einen Stuhl, ging wieder hinein. Auf dem Schreibtisch lag immer noch der beklebte Umschlag. Mein Osterbild!, dachte sie, vielleicht sollte ich das Ganze rahmen lassen? Martins Vater-und-Sohn-Hähne und mein Bild an der Wand daneben … das hat doch was. Wenn Stefan das sehen würde … In vierzehn Tagen fängt die neue Spielzeit an, ach …

Sie wollte nicht weiter denken.

Mit einem Mal war ihr alles zuviel. Sie wusste nicht, was sie tun sollte, hatte nur noch den Wunsch, alles hinter sich zu lassen. Sie brauchte Abstand von allem, vom Haus und den darin eingeschlossenen Erinnerungen, von Stefan, von Martin, von allem, was vor acht Wochen über sie hereingebrochen war.

Der Strand sah aus wie damals. Im Haus hatte sich vieles verändert.

Kurz entschlossen hatte Sofia die Reiseagentur angerufen. Ja, das alte Haus in St. Cast Le Guildo sei momentan noch zu buchen, erfuhr sie. Der richtige Ort für meine Flucht, hoffte Sofia, er tut meiner Seele gut mit seinem altmodischen Flair, ist mir vertraut und unbekannt zugleich.

Sie war mit dem Zug gefahren. Vor dem Haus angekommen hatte sie zunächst geglaubt, der Taxifahrer habe sich in der Hausnummer geirrt. Das wehende hohe Gras war einer eingemauerten, mit grobem grauem Kiesgestein ausgelegten Einfriedung gewichen, sachlich, ordentlich, mit einem Parkplatz neben der Eingangstür. Die war erkennbar neu, jetzt eher abweisend ohne den Glaseinsatz, der zum Hineinspähen einlud. Beim Aufschließen stellte Sofia sich auf weitere Veränderungen ein. Das veraltete Mobiliar war verschwunden, ausgetauscht gegen zeitgemäße Allerweltsmöbel. In der Küche gab es jetzt eine Spülmaschine. In ihrem Schlafraum im ersten Stock war nur noch der Schreibtisch von damals geblieben, immer noch stand er vor dem Fenster. Gott sei Dank. Dieser Blick hinaus ins Blaue bis zum Rand, wo Himmel und Wasser sich freundschaftlich berührten – er war geblieben.

Eine Weile stand sie da, hatte das Fenster geöffnet und schaute hinaus. Und fühlte sich fast hinausgezogen in eine Sehnsucht, der sie sich sofort widersetzte. Beim schnellen Blick zurück ins Zimmer registrierte sie das neue Doppelbett, karg, weiß, ohne die hohen Kopf- und Fußteile, die aus einem Bett eine Heimstatt machen. Auch das tat ihr gut. Auf diesem Schlafmöbel würde es ihr leichter fallen, sich nicht in Stefans Umarmung hineinzuwünschen.

Sie räumte ihre Sachen in den Schrank. Auch der war neu, mit leicht gängigen Schubladen und geräuschlosen Türen. Dann ging sie hinunter zum Strand, ließ ihr Handtuch im Sand liegen und stürzte sich ins Wasser. Mit kräftigen Stößen schwamm sie gegen die Brandung. Draußen ließ sie sich treiben, fast schwebend mit ausgebreiteten Armen. Die Abendsonne füllte die Wellenschalen mit goldenen Reflexen dicht vor ihren Augen, sie konnte kaum hinsehen. Sie überließ sich dem sanften Schaukeln der Wellen, bis das Funkeln abebbte und sich nur noch der Rand der Sonnenscheibe über dem Horizont krümmte. Dann schwamm sie zurück.

Im Haus setzte sie sich an den Küchentisch, blickte in den Garten, aß die Reste ihrer Unterwegs-Verpflegung und trank ein Glas von dem Rotwein, den sie zur Begrüßung vorgefunden hatte. Dann ging sie nach oben, legte sich in das kühle, weiße Bett und schlief ohne aufzuwachen bis zum Morgen.

Nach dem Frühstück mit frischen Croissants vom Bäcker nebenan erkundigte sie sich im örtlichen Reisebüro nach Sehenswürdigkeiten in der Umgebung, buchte auch gleich einen Ausflug nach Saint Malo und eine Tagesfahrt zum Cap Armor. Die geheimnisvollen Orte des Feenlandes mied sie. An den unverplanten Tagen wanderte sie an den Stränden diesseits und jenseits der Halbinselspitze entlang, watete bei Ebbe hinaus, einmal kam sie mit zwei schneeweißen, großen Wellhornschneckenhäusern zurück. In der Mittagshitze lag sie unter dem Sonnenschirm, schloss die Augen, ohne zu schlafen, nahm die Geräusche um sich herum wie von fern wahr, Gesprächsfetzen, Kinderlachen, den Schrei einer Möwe hoch oben, ein fernes Flugzeug vom Nirgendwo ins Irgendwo, und alles begleitend das stetige Rauschen der Brandung. In dieser heiligen Stunde des Pan machte sie sich leer von allem, was ihr in den letzten Wochen zugestoßen war. Danach holte sie ihr Buch heraus.

Sie konnte es kaum wieder beiseite legen.

Der magische Realismus, von einer ausschweifenden Fantasie in *Hundert Jahre Einsamkeit* gebannt, passte so gut in diesen Landstrich, Figuren und Geschehnisse aus einem Leben hinter der Wirklichkeit, dort, wo auch das Märchenland der Feen lag. Sie verschlang den Roman fast in einem Zug. Schaute, staunte, als sähe sie alles zum ersten Mal. Schau, diese Frau da, wie sie ein paar Schritte ins Wasser hinein tut! Als mache sie die Bekanntschaft mit ihm zum ersten Mal! Wie sie sich bewegt mit ihrem runden Bauch unter dem vorgeneigten Oberkörper, sich vorsichtig über den Meeresboden tastet, der doch so flach ist an dieser Stelle. Und jetzt ihr Mann, klein und rundlich, ihr hinterher! Da! Ein unschuldiges Gekräusel schäumt heran und netzt ihre Waden. Sie hält inne, Aug in Aug mit dem Wasser. Und nun drei weitere Schritte hinein ins Kalte. Vorsicht! Angriff! Eine neue Welle brandet heran … ausweichen, ausweichen! Eine halbe Drehung wagen, der Welle die schmälere Seite bieten. Wenn auch schwankend, aber die Füße bleiben am Platz. Und wieder drei Schritte tiefer ins Wasser hinein, nun in einer Diagonale, fast tänzerisch. Aber aufgepasst! Eine neue Welle, da ist sie schon!, trifft auf die Körpermitte! Hoch, hoch mit dem Arm, das Gleichgewicht halten! Will sie der Welle Einhalt gebieten mit ihrem Arm, hochgereckt wie ein Polizist mit Stoppschild? Nun steht der Mann neben ihr und beide bieten in schönster Einigkeit dem Wasser die seitliche Angriffsfront.

Zwei konvexe Schattenrisse zelebrieren einen skurrilen Pas de deux vor der weißblauen Kulisse. Ein Wasserballett! Welch ein Schauspiel!

Es gelang ihr, sich ganz den Momenten hinzugeben, die jeder Tag ihr brachte. Es war, als habe sie ein neues Ich gefunden. Nicht das, nach dem sie immer gesucht hatte, sondern eines, das ihr so selbstverständlich war, als sei es immer schon da gewesen und sie habe es nur nicht erkannt. Was sie mit Stefan an diesem Ort erlebt hatte, lag wie eine gehütete Erinnerung in ihr. Sie staunte, es schmerzte nicht mehr. Die Sehnsucht des ersten Abends, als sie am Fenster gestanden und hinaus gesehen hatte, war der Gewissheit eines Neuanfangs gewichen. Wie selbstverständlich würde er ihr zufallen.

Der letzte Morgen!

Sie war sehr früh aufgestanden, hatte nach einer Tasse Kaffee und einem Croissant vom Vortag gleich ihr Badezeug genommen. Sie wollte die Erinnerung an den Strand mitnehmen in einem Bild, frei von Menschen. In der Nacht hatte es geregnet, die löchrigen Straßenränder standen voller Wasser, ein spiegelnder Uferstreifen zwischen der Freiheitsverheißung der Meereslandschaft und der Heimeligkeit der kleinen bunten Strandhäuser. Der körnige Asphalt glänzte manganblau unter der noch wässrigen Sonne. Im Vorbeigehen strichen ihre Finger über die scharlachroten Staubwedel eines unbekannten Gewächses. Und daneben … immer noch waren sie geschlossen, die Flammenknospen. Welche Pracht würden sie bald wieder aus sich herausschleudern! Exotisches blühte hier nicht nur in Märchen und Sagen.

Wen wundert's, dachte sie. Ich gehe hier entlang, wie wir zusammen hier gegangen sind, ich erinnere mich nicht an unsere Worte, aber ich erkenne die Bilder. Den Himmel da oben. Noch hat er sich nicht zu seinem Blau bekannt. Die Fahnen, rotweiß gestreift, blaugelb gekreuzt. Wie sie knattern und die Korken knallen lassen! Sind es nicht Trompetenstöße? Eine Ankündigung, weit hinaus übers Meer geschickt?

Ihr Blick glitt hinunter von dem sich allmählich belebenden Blau, begleitete eine Möwe. Schreiend warf sie sich dem Wind entgegen, die wilde, aggressive Lebensfreude traf sie unvermittelt.

Frühe Strandbesucher gingen vorbei, Mütter mit Kindern, fröhlich lärmend, Männer in verwaschenen Hosen, aufgekrempelter Wellenschlag über ausgetretenen Sandalen. In einem Bistro am Straßenrand Einheimische, einen frühen Espresso schlürfend, neugierige Blicke über dem Tassenrand.

Am Wasser stieg sie die steinerne Treppe zum Strand hinunter. Scharf und salzig überfiel sie der Geruch. Sie zog die Sandalen aus, ihre Füße versanken bis zum Knöchel im nassen, schweren Sand. Direkt an der Wasserlinie entlang gehend fühlte sie den kühlen Grund hart und fest unter ihren nackten Sohlen. Eine Weile setzte sie Fuß vor Fuß, flirrendes Morgenlicht unter den halb gesenkten Lidern.

Weit ab von allem breitete sie ihr Handtuch aus, umschlang die Knie mit ihren Armen und schaute weit hinaus über die gewellte, blausplittrige Fläche, überließ sich dem Gesang der Wellen, stetig, glänzend, sich aufbauschend, wieder verklingend.

Sie stand auf, blickte zu dem sich rosig färbenden Horizont, umschloss ihre Schultern mit den Armen und schrie ein *Ja!* in den Wind. Dann rannte sie zum Wasser, der Sand spritzte unter ihren Fußsohlen – Martin, dachte sie, *ein Fohlen mit fliegenden Hufen* –, sie warf sich hinein, rang mit der morgendlichen Kühle, bewegte sich zügig und kraftvoll, bis ihre innere Wärme in alle Gliedmaßen gedrungen war.

Heute kehre ich zurück an den Ort meines alten Lebens, dachte sie. Nur ein Ort. Aber ein anderes, ein neues Leben. Keine Rückkehr, ein Aufbruch in ein Leben, das ich mir nicht zugetraut habe.

Martin wird es mich lehren, solange seine eigene Mutter es nicht tut.

Auch dann, wenn es für immer sein soll.

Am Nachmittag würde sie einen früheren Zug nehmen.
Morgen würde sie Martin aus dem Heim holen.
Übermorgen würde die neue Spielzeit beginnen.

Alles war gut.

EPILOG

Martin

Er fühlte sich unwohl. Der Gedanke, sie wieder zu sehen, bedrückte ihn. Ein Mix aus Abwehr und Neugier, eher widerwillig. Hass? Nein, dafür reichte es nicht. Dennoch: Zehn Jahre! Verdammt lang für ein Schweigen, unterbrochen nur von dem alljährlichen Weihnachtsgeburtstagskartenscheiß. Und auch nicht immer. Den vierzehnten hatte sie voll vergessen oder ausgelassen. Aber da hatte er schon kaum noch an sie gedacht, sie war im Nebel seiner frühen Kindheit verdampft. Ihr Gesicht? Schmal, lang, die Augen, erinnerte er sich jetzt, dunkel und immer ein bisschen traurig, auch die Haare dunkel, glatt nach hinten mit Gummi im Nacken. So oft hatte er sie ja nicht gesehen. Er war vier und sie hatte versprochen *Nächstes Jahr hole ich dich!* Nichts war! Auch nicht das Jahr drauf und auch nicht. als er sechs war. Er musste sich keine Vorwürfe machen wegen seiner schlechten Gefühle, er nicht, verdammt noch mal! Mit beiden Händen fuhr er sich durch die Haare und dachte dabei reflexartig an Stefan, der so etwas angeblich früher auch drauf hatte, wenn er überlegen musste - jedenfalls hatte Sofia das mal gesagt. Keine Ahnung. Gestern war Stefan aus Hamburg gekommen, um zu sehen, wie sich der kleine Statistenjunge gemausert hatte, den er vor über zehn Jahren gekannt hatte und den Sofia adoptieren wollte. Sie lebten getrennt, na schön, aber er musste trotzdem seine Einwilligung geben. Und Sofia wollte nun dieses Treffen mit seiner Mutter, ein letzter Versuch, etwas über seinen leiblichen Vater zu erfahren.

Okay, er hatte null Bock aber er würde es hinter sich bringen.

Er überquerte die Straße. *Café Hubermann* hatte Beate Sommer gesagt und gefragt *Gibt es das noch?* Gab es noch, aber er ging da sonst nie hin, also keine Gefahr, dass einer von den Typen aus seiner Klasse da rumhängen würde. Na ja, notfalls würde er eine

Geschichte erfinden, warum er sich mit einer Frau traf, die doppelt so alt wie er.

Er grinste und drückte sich gegen die schwere Eingangstür, Glas, goldene Schnörkelbeschriftung *Confiserie Café Hubermann*. Rechts die Kuchenburg und der ganze Süßkram, links die älteren Damen auf rotem Samt an runden Marmortischen, an der Wand darüber die Fotos der Berühmtheiten, die auf den Stühlen gesessen hatten, genau so Schnee von gestern wie das Café.

Er durchquerte den Raum und stieg die teppichbelegte Treppe am Ende des Durchgangs zwischen Theken und Tischen hoch. Sie würde oben sitzen, hatte sie gesagt. Hoffentlich musste er nicht warten wie er früher immer. Absichtlich war eine halbe Stunde zu spät dran, vielleicht wäre sie ja schon weg.

Aber da saß sie, am Fenster, an einem Zweiertisch. Sie stand auf, als ihre Blicke sich begegneten und er staunte, wie klein sie war. Die Haare waren anders, glatt schon noch und dünn, aber kurz und gerade geschnitten mit Pony, absolut uncool. Abwartend stand sie da in ihrem kurzen Rock und rosa Twinset, unschlüssig, als wüsste sie nicht, was sie sagen sollte. Er ging auf sie zu, ihr Blick zu ihm hoch war fragend, zaghaft lächelnd. Schließlich: "Martin", sagte sie, als er nicht wusste, wie er sie anreden sollte. Sie streckte ihm die Hand hin, er ergriff sie, eine weiche, schlaffe Hand ohne Gegendruck. Er ließ sie sofort wieder los, setzte sich abrupt an den Tisch und rieb die Handflächen auf den Oberschenkeln. Einen Moment stand sie da und sah auf ihn herunter, er fühlte ihre Unsicherheit. Es war ihm unangenehm, von ihr angesehen zu werden und um irgendetwas zu tun, legte er die Arme bis zu den Ellenbogen auf den Tisch, die Handflächen flach auf die Marmorplatte und drehte den Kopf zum Fenster. Sie setzte sich und sah ihn eine Weile an, dann hob sie ihre linke Hand, als wolle sie die seine berühren, unterließ es aber und zog sie wieder zurück.

"Martin", sagte sie noch einmal.

"Weiß nicht, was ich hier soll", murmelte er, "Sofia will es, du weißt warum."

"Ja, ja", sagte sie, "und du weißt, dass ich mein Einverständnis gegeben habe."

Er sah sie an.

190

Sie senkte den Blick.

"Ich kann dir nichts bieten, habe es nie gekonnt", begann sie, "hab doch immer versucht, einen Mann zu finden, der auch dein Vater sein wollte, aber immer wenn …"

"Und wer ist mein richtiger Vater, warum weißt du das nicht, eigentlich bin ich nur deshalb gekommen", unterbrach er sie heftig, "ich will's wissen und dann vergessen. War selbst beim Amt und hab ins Familienregister geguckt, ab Sechzehn geht das. Aber Fehlanzeige!"

Sie starrte ihn an, den großen Jungen, der er geworden war, ein junger Mann schon, eins-achtzig groß oder mehr, üppig-krauses, dunkles Haar, kräftige Augenbrauen über hellen Augen in einem schmalen Gesicht, das männlich zu werden begann.

"Ich weiß es doch nicht", sagte sie, ihre Stimme klang erschöpft, "hätte ich es gewusst, damals, mein Leben wäre vielleicht anders geworden. Und deins."

Sie war eine siebzehnjährige Frohnatur gewesen mit einem anschmiegsamen Körper und lebenslustig schwanger geworden, entweder von dem, der sie soeben verlassen hatte oder von dessen Nachfolger. Der hatte sie schon nach vier Wochen mit einer Freundin betrogen und sie hatte beide zur Hölle geschickt. Einen Monat später wusste sie, dass sie schwanger war. Dann hatte sie Alex kennen gelernt und als ihr Bauch sich zu runden begann ihm weismachen wollen, er sei der Kindserzeuger. Doch Alex hatte es nicht geglaubt und verlangt, dass sie es wegmachen ließe.

" … aber ich wollte dich behalten, und als du da warst, ist Alex gegangen. Die erste Zeit hab ich uns beide irgendwie so durchgebracht Jugendamt und Jobs und so, Geschwister hab ich nicht gehabt zum Helfen oder Eltern auch nicht mehr und dann hab ich Gerd kennengelernt und er wollte mit mir zusammen sein aber dich wollte er nicht dabei haben. Da hab ich dich erstmal ins Kinderheim gebracht und es ging eine Weile gut mit Gerd. Ich hab dich im Kinderheim besucht und manchmal auch mit nach Haus genommen, ich hab gehofft der Gerd gewöhnt sich an dich du warst so ein netter kleiner Kerl. Hat er aber nicht, wollte dass ich arbeiten gehe was aber nicht so einfach ist wenn man keine richtige Ausbildung hat. Putzen gehen, in irgendeinem Laden Kartons und Regale ein- und ausräumen, Imbissbude und so, keine Ahnung, so Jobs eben. Und dann ist Gerd weg einfach so und ich hatte wieder mal keine Arbeit. Bis ich dann eine Stelle in Düsseldorf haben konnte bei Mac Donalds, Aushilfe erstmal. Ich hätte dich auch geholt, wenn ..."

Sie sprach und sprach und breitete ihr zusammengeflicktes Leben vor ihrem Sohn aus, der schon gar nicht mehr hinhörte. Mit dieser Frau verband ihn nichts außer Biologie, und diese Beate Sommer, seine Mutter, die er auf Sofias Wunsch treffen sollte, um seinen Willen zur Adoption noch einmal zu überprüfen, servierte ihm eine Auswahl ihrer Kerle! Damals vor zehn Jahren war sie nicht gekommen, als er Sofias Pflegesohn wurde – warum eigentlich nicht? Er hatte nichts mitgekriegt von den Einzelheiten, Jugendamt, Papierkram, Notar, alles war unwahrscheinlich aufregend gewesen. Nicht mehr im Heim leben zu müssen, eine andere Schule, neue Freunde, klasse das schöne Haus, in dem er mit Sofia lebte und sie ganz für sich allein hatte, das Gefühl, gewollt und geliebt zu werden. Später das Gymnasium, nun bald die Uni.

Und nun wollte er nicht mehr *Sommer* heißen und blöde Fragen beantworten müssen, wieso er *Sommer* und seine Mutter *Berger*. Letztes Jahr im Urlaubshotel die merkwürdigen Blicke des Personals: Rothaarige Enddreißigerin mit jungem Lover im Doppelzimmer! Voll die Nummer! Es war ihr nicht peinlich gewesen, sie hatte echt was aus der Rolle gemacht mit Küsschen und Ankuscheln an seine Einszweiundachtzig. Trotzdem, noch mal musste das nicht sein.

"Hörst du mir überhaupt zu, Martin?"

Beate Sommer beugte sich vor und sah ihm von unten her ins Gesicht. Er hatte, während sie redete – hastig manchmal, als wolle sie etwas hinter sich bringen, dann stockend suchend in Erinnerungen – vornüber gebeugt da gesessen und auf seine flach nebeneinander liegenden Hände gestarrt, auf die Tischplatte gepresst, als wolle er gleich aufstehen.

"Na klar!" Er blickte kurz auf und ließ sich gegen die Rückenlehne fallen. "Klar hab ich zugehört. Echt krass!"

Sie konnte die beiden hervorgestoßenen Worte nicht zuordnen. Offensichtlich hatte er nicht zugehört, denn sie hatte gerade begonnen, ihm von der kleinen Zweizimmerwohnung zu erzählen, die sie seit kurzem bewohnte, allein, und dass sie jetzt eine feste Anstellung habe, zum ersten Mal in ihrem Leben.

"Nun erzähl mir doch von deinem Leben", sagte sie, "was machst du so, geht es dir gut? – Na klar geht es dir gut", redete sie ohne Pause weiter, die Frage war zu blöd, "in welche Klasse gehst du jetzt machst du nicht bald Abitur willst du studieren weißt du schon was?", schoss sie ihre Fragen ab, bemüht, keine Gesprächspause entstehen zu lassen, in der er aufstehen und verschwinden könnte.

Er zuckte mit den Schultern.

"Was soll die Fragerei?" War doch alles nur Pseudointeresse. "All die Jahre hat es dich nicht gekümmert."

Er kniff die Lippen zusammen und schaute beiseite.

Dann stieß er fast widerwillig heraus: "Na schön, wenn du es wissen willst: Ja, es geht mir gut, nächstes Jahr ist Abitur dran, ja ich werde studieren, weiß noch nicht genau was. Schauspielerei vielleicht."

"Klar, wenn man in so einem Haus aufwächst, bei einer Schauspielerin vom Stadttheater …"

"Was weißt du denn schon so!", fuhr er sie an, "du hast null Ahnung und …"

"Doch, doch", fuhr sie unbeirrt fort, "ich bin damals auch mal im Theater gewesen und habe Sofia Berger auf der Bühne gesehen, in den Sechzigern muss es gewesen sein, ein neues Stück, irgendetwas mit Schweinen …", sie gluckste, "und sie hat sogar gesungen in dem Stück ich fand' s gut und meine Freundin damals die Erika auch. Da war ich schon schwanger mit dir im fünften Monat und du hast mächtig gestrampelt …"

Martin schob ruckartig den Stuhl nach hinten und stand auf.

"Ich kann das jetzt nicht, ich muss weg", sagte er und vergrub die Hände in den Hosentaschen. Die Vorstellung, im Bauch dieser Frau gestrampelt zu haben, während Sofia auf der Bühne sang, war ihm zuwider. Neben dem Tisch stehend fuhr er sich mit dem Handrücken über die Stirn, als wolle er seine Vorstellung wegwischen. Beate Sommer zögerte, dann stand sie auf.

"Schon?", sagte sie und Martin erkannte die Traurigkeit von damals in ihren Augen. Ein flüchtiges Bedauern wegen seiner abrupten Reaktion ließ ihn hinzufügen: "Wir sehen uns ja noch morgen beim Notar, obwohl … dabei sein musst du nicht unbedingt."

Wie zum Gehen wandte er sich halb ab, zögerte, zog die rechte Hand aus der Tasche und hielt sie ihr hin. Sie ergriff sie, wollte sie halten, doch im Umwenden entzog er sie ihr.

Draußen vor dem Café überquerte er die Straße und ging auf der gegenüberliegenden Seite weiter in Richtung U-Bahn. Er zwang sich, ruhigen Schritts zu gehen, für den Fall, dass sie ihm oben aus dem Fenster hinterher sah. Mütter sehen ihren Söhnen nach, wenn sie weggehen, im Film tun sie das. Dies hier war aber kein Film und er war kein Filmsohn, er war Beate Sommers Sohn … ihr Sohn ihr Sohn ihr Sohn … ihr nicht abgetriebenes Kind, nicht weggemacht … in den Abfall auf den Müll … oh Gott … ihre ganze Beziehungsscheiße …

Plötzlich, am Eingang zum Stadtpark fing er an zu rennen, überholte Spaziergänger, alte, junge, schlug Haken um Pärchen und Mütter mit Kinderwagen, seine Fußsohlen federten, die Beine krümmten und streckten sich, die Arme ruderten vor und zurück, seine Lunge füllte und leerte sich in immer schnellerem Takt. Er fühlte das Herz im Hals, seine Kehle begann zu brennen, sein Puls raste. Er war ein exzellenter Läufer und genoss fast rauschhaft die Bewegung, fühlte jeden Muskel, den Luftstrom auf seiner Haut. Er war eins mit sich und seiner Umgebung.

Nach 500 Metern ließ er sic keuchend auf eine Parkbank fallen, warf sich gegen die Rückenlehne, streckte seine Beine in die Grätsche und rammte die Fersen in den Boden. Er legte den Kopf in den Nacken, schloss die Augen und fühlte die Sonnenwärme auf seinem Gesicht, fühlte mit dem langsamer werdenden Atem alle Anspannung von sich abfallen.

Er fühlte sich leicht.

Er lebte.

Alles war glatt gelaufen wie vorgesehen.

Er hatte noch einmal erklärt, es sei sein eigener Wunsch gewesen, und nun hieß er Martin Berger und war offiziell der Sohn von Sofia Berger, ihr Adoptivsohn, 17 Jahre alt. Formsache nur noch, Notar, Urkunden, Unterschriften. Auch die von Beate, natürlich war sie doch gekommen obwohl unnötig.

Jetzt, vor dem Schreibtisch des Notars, tat sie ihm doch ein bisschen leid, wie sie da auf der Stuhlkante saß und mit beiden Händen die Handtasche auf ihrem Schoß umklammerte, eingeschüchtert, wie ihm schien, durch die nüchterne Rechtssprache, mit der ihr Sohn zum Zweck der Erziehung und elterlichen Sorge einer ihr fremden Frau zugesprochen wurde, und ihm nun alle Rechte eines leiblichen Kindes zugesprochen waren. Bei dem Passus *im Interesse und zum Wohl des Kindes* sah er Beates Mundwinkel zucken. *Sie leidet*, dachte er, *Tatsache, kein Fake. Sie leidet, weil sie es nicht fertig gebracht hat, für mich zu sorgen..* Und das, *scheißderhunddrauf*, berührte ihn doch.

Dann war alles vorbei und sie standen draußen. Schlussstrich, Ende.

Beates Augen gerieten wieder ins Schwimmen.

"Kann ich Sie mitnehmen oder irgendwo absetzen?", bot Sofia an.

Beate nickte: "Bergstraße 15, da schlafe ich noch eine Nacht bei einer Freundin."

Im Auto wurde nicht gesprochen, alles war gesagt und getan.

In der Nähe ihres Hauses wollte Sofia wie verabredet anhalten und Martin schon aussteigen lassen, doch dann sagte sie, im Rückspiegel Beates Gesicht suchend: "Möchten Sie vielleicht Martins Zuhause kennen lernen? Falls Sie ihn mal wieder sehen möchten oder vielleicht wissen wollen, wie er sich so entwickelt. Sie wissen ja und der Notar hat ausdrücklich darauf hingewiesen, dass Sie uns jederzeit in gegenseitigem Einverständnis besuchen können."

Beate antwortete nicht gleich, und Martin wandte sich kurz nach ihr um. Sie saß da auf der breiten Rückbank des Audi und sah sehr klein und sehr verloren aus. "Ja gern", sagte sie, aber es hörte sich nicht danach an.

Vor der Hausfront, während Sofia die Tür aufschloss, legte Beate den Kopf in den Nacken und blickte die dreistöckige Fassade des Jugendstilhauses hinauf. Sie sah zu Martin, nickte ihm zu und er bemerkte so etwas wie ein Lächeln in ihren Mundwinkeln, das er als Anerkennung interpretierte ... *wenn man in so einem Haus aufwächst, bei einer Schauspielerin vom Stadttheater ...* hatte sie gestern gesagt.

Drinnen gingen sie in den großen Wohnraum, und während Sofia Gläser hervorholte – w*ollen wir etwas trinken?* – wanderte Beates Blick durch den Raum. Sie wirkte verlegen, wie abgestellt vor der alten Kommode neben dem großen eleganten Spiegel aus Murano Kristall. Sie hatte kurz hineingeschaut in die gespiegelte Doppelung des Raumes und sich selbst darin erblickend ihm den Rücken zugewandt. Sofia, mit einer geöffneten Flasche Sekt aus der Küche kommend und durchs Treppenhaus nach Stefan rufend, erschien soeben und meinte: "Als Martin zum ersten Mal hier war und oben im Bad vor einem ähnlich großen Spiegel stand, hat er vor seinem Spiegelbild salutiert ..." Sie schmunzelte und begann die Gläser auf der Kommode zu füllen. Martin stand noch an der Tür, wo er unschlüssig stehen geblieben war. Diese Situation war echt abgefahren – seine Wunschmutter spielte munter die Gastgeberin für seine leibliche Mutter und gab Anekdoten aus dem Leben dessen zum Besten, den sie beide ihren Sohn nannten Wie in einem Film sah er die Szene im Rahmen des Spiegels gedoppelt, Sofia, locker parlierend, die Hand mit der Flasche über die Gläser geneigt, die aufsteigende goldfarbene Flüssigkeit, zerplatzende Sektperlen. Daneben Beate, die Handtasche am Ellenbogen, die Hände vor dem Bauch übereinander gelegt stand sie stumm da. Einfach irgendwie peinlich. Und jetzt Smalltalk! Das konnte er nicht. Mit gespreizten Fingern fuhr er sich durch die Haare und rieb auf seiner Kopfhaut rum, und im Spiegel sah es genau so aus, wie er sich fühlte – ratlos.

Dann stand Stefan neben ihm im Türrahmen, im Spiegel sah Martin sein Begrüßungslächeln. Beate hob den Kopf und blickte zur Tür, und dann ging da etwas Seltsames ab, sie starrte und starrte, ihr Mund öffnete sich, die Arme fielen schlaff herunter, die Tasche klatschte auf den Boden, sie stand da und glotzte, als sehe sie einen Geist. Im Spiegel sah Martin Stefan erst ungläubig überrascht die Brauen zusammen ziehen, dann schien er zu erstarren. Martin wandte ihm den Kopf zu und dann sah er Stefans Hände durch seine Haare wühlen, er stand da neben ihm und hatte tatsächlich dieselbe Geste drauf, sah zu Beate und wusste nicht, was Sache war, und Sofia stand neben Beate, die keinen Ton von sich gab, keiner sagte was und Sofia guckte von Beate zu Stefan und dann nur noch zwischen ihm und Stefan hin und her. Da stand im Spiegel ein junger Mann neben einem älteren, gleiche Statur, der jüngere etwas größer, dunkles krauses Haar neben grauen Locken. Er sah den älteren mit dem Handrücken über seine Stirn wischen und wusste, was es bedeutete, nein verdammt, er glaubte nur es zu wissen, aber zur Hölle es konnte nicht sein, und dann fing er an zu lachen, lachte sein lächerliches Suchen nach einer Antwort aus sich heraus, ließ sich auf den nächststehenden Stuhl fallen, warf sich mit dem Oberkörper über seine Knie, lachte, bis ihm die Luft ausging und hörte ebenso abrupt auf wie er begonnen hatte. Diese Frau und Stefan! Crazy, so was zu denken, deshalb hatte er gelacht, weil es einfach nicht so sein konnte, wie es aussah, wie konnte er auch nur einen Moment annehmen … nein nicht möglich, nicht, nicht. Den Kopf auf den Knien fing er an zu weinen, sah nichts, hörte nichts, weinte um eine irrwitzige Hoffnung, fühlte sich elend, wollte es nicht zeigen und lief aus dem Zimmer, aus dem Haus, rannte und rannte, weg, weg, bis er dem Weinen entkommen und sein Kopf wieder klar geworden war.

Nach zwei Stunden war er zurück. Beate war nicht mehr da, Stefan bringe sie zu ihrer Freundin, sagte Sofia. Sie wirkte seltsam gelöst, fast heiter. "Setz dich", sagte sie. "das Leben geht nicht immer geradeaus, es schlägt Haken, ebenso banal wie unglaublich."

Banal war die einzige Nacht, die Beate und Stefan zusammengebracht hatte. Er, nach einer Aufführung nicht wie üblich durch den Bühnenausgang verschwunden, hatte Beate, damals Garderobenaushilfe am Stadttheater, vor dem Eingangsportal stehen sehen, es goss in Strömen – kein Schirm, keine Bahn in Sicht – er hatte sie ins Auto geladen und an ihrer Wohnung absetzen wollen. Sie hatte ihn im Gegenzug eingeladen, noch etwas mit ihr zu trinken, er, müde, enttäuscht von der bröckelnden Beziehung mit Christina und betrogen um seine Hoffnung, mit ihr eine Familie haben zu können, tröstete sich mit der Wärme eines jungen Körpers, der sich ihm anbot. Mehr war es nicht gewesen. Und Martin ein Zufall.

"Und dennoch, Martin, bist du das Kind, der Sohn, den er sich so sehr gewünscht hat."

Er saß am Esstisch, Sofia ihm gegenüber, sie hatte ohne Unterbrechung geredet, über die Tischplatte zu ihm hinübergebeugt und er hatte kein Auge von ihr abgewandt. Zu verstehen gab es ja nicht viel, aber es brodelte in ihm. Es war der Hammer! Eher der Ritterschlag. Sein Name sein Geburtsrecht. Sein Vater weder Schall noch Rauch, er, Martin, hatte einen Vater, einen ernsthaften Mann, den er respektierte, fühlte festen Boden unter den Füßen, nachdem er erst gestern fast aus dem Gleichgewicht geraten war. Am liebsten wäre er gleich wieder losgerannt, diesmal aus purer Freude und Lebenskraft. Stattdessen fiel er Sofia um den Hals, hielt sie, hinter ihrem Stuhl stehend, mit beiden Armen umklammert, bis sie sich befreite und lächelnd zur Decke wies: "Weißt du noch? *Der Hahn ist so allein, da hab ich ihm ein Kind gemacht*, hast du damals bei deinem ersten Besuch gesagt."

Ja, da hingen die beiden seit nun fast elf Jahren über Sofias Schreibtisch, schimmerten im Licht, drehten sich im schwachen Strom der aufsteigenden Luft, und ab und zu blitzte eine metallisch glänzende Farbe, als bewege sich eine Feder.

"Komm", sagte Sofia und zog ihn mit sich, "hilf mir in der Küche, Stefan wird gleich zurück sein und dann essen wir gemeinsam, bevor er zurück nach Hamburg muss. Er arbeitet an einem neuen Stück *Die Katze auf dem heißen Blechdach*."